DR. NASANIN KAMANI

DATE EDUCATION

Love Bombing, Tinder-Frust
und **Bindungsangst:**
Durchschaue dein Date

echt EMF

Für meine Schwester
Mey

INHALT

VORWORT

VOM SUCHEN UND FINDEN

Uns alle verbindet die Sehnsucht nach dem richtigen Partner, der uns nimmt und schätzt, wie wir sind – zugleich aber einen Großteil unserer Ansprüche erfüllt.

Frauen, Männer und alle anderen Geschlechter schlagen sich in ihren besten Jahren nicht selten durch den Dating-Dschungel und versuchen, jemanden zu finden, der ein emanzipiertes Weltbild hat, innerlich stabil ist, nicht allzu ausgelaugt oder desillusioniert von Ex-Beziehungen durchs Leben geht, unter keiner Bindungsangst leidet – und vieles mehr. Die Liste an möglichen Problemen ist lang, während jene an passenden Kandidat*innen mit jedem Jahr, das verstreicht, weiter zu schrumpfen scheint.

In diesem Buch erzähle ich von meinen persönlichen Erfahrungen, wobei mir besonders daran gelegen ist, einen ehrlichen und authentischen Einblick in meinen eigenen Dating-Kosmos zu geben – von ersten Treffen bis hin zu intensiven Kennenlernphasen mit Hindernissen, Überraschungen und Wendungen, die dem einen oder anderen sicherlich bekannt vorkommen. Gleichzeitig möchte ich durch professionelle und verständliche Analysen zu den einzelnen Kapiteln den Leser*innen dabei helfen, das Verhalten des Dating-Partners, aber auch das eigene besser zu verstehen: Was denkt er/sie während der Kennenlernphase? Was hat sein/ihr Verhalten konkret zu bedeuten? Wie können wir den Rückzug interpretieren, wie das Meldeverhalten, die gemischten Signale, die schnelle Verbindlichkeit, das plötzliche Abtauchen? Was deutet auf Bindungsangst hin, was auf ein Warmhalten oder ehrliches Desinteresse? Wann ist Vorsicht geboten, wann Nachsicht, und wie sieht unser Eigenanteil aus bei allem, was uns im Dating widerfährt? Wieso idealisieren wir den einen und entwerten den anderen? Wann sind Trigger im Spiel, die das Drama vorprogrammieren, und wieso betrügen wir uns manchmal selbst, indem wir die Augen vor Red Flags, vor Warnsignalen, verschließen oder auf einen Dating-Partner setzen, bei dem kein Funke überspringt?

Der Funke, die Chemie, das „Klicken" – welche Rolle spielen Zauber und Romantik heute überhaupt noch? Und wie können wir in verschiedensten Dating-Situationen am sinnvollsten handeln?

Die Suche nach der Nadel im Heuhaufen kann amüsieren, ablenken, das Ego pushen, aber auch anstrengen, verunsichern oder gar Ängste auslösen. Herzschmerz und Fails, die zudem viel Zeit kosten, könnten uns häufig erspart bleiben, sofern wir den Mut aufbringen, genau hinzusehen. In diesem Buch tun wir das, gemeinsam: Wir nehmen uns ihn/sie sowie uns selbst unter die Lupe, denn im Grunde sitzen wir alle im selben Boot und kämpfen mit ähnlichen Herausforderungen und Problemen.

Wer weiß schon, ob uns „The One" ganz überraschend im Café über den Weg läuft, im Tinder-Account aufblitzt oder gar längere Zeit unbemerkt als Kumpel oder Kollegin direkt vor unserer Nase gestanden hat. Dieses Buch soll dabei helfen, die Datingwelt mit all ihren unterschiedlichen Akteur*innen, Regeln und Trends besser zu durchschauen und damit die Suche nach dem oder der Richtigen ein ganzes Stück zu erleichtern.

Ich wünsche allen Leser*innen ein paar unterhaltsame und erkenntnisreiche Stunden mit *Date Education* – und viel Glück und Erfolg für das nächste Kapitel im eigenen Dating-Leben!

Richard

EIN MITBEWOHNER MIT HOHEN NEBENKOSTEN

Manche Anwärter erhalten nur deshalb eine Chance, weil sie zur richtigen Zeit am richtigen Ort sind – dass sie vielleicht das Falsche sagen oder tun, fällt im Zuge eines solchen „Treffers" eher weniger auf, gerade am Anfang.

Richard hat dahingehend den richtigen Riecher und tritt in mein Leben, als ich einen Schubser ins kalte Dating-Wasser gut gebrauchen kann.

Memo an mich selbst: Rettungsweste nicht vergessen!

Richard lernte ich kennen, als ich für ein paar Monate in eine Studenten-WG zog. Wir lebten direkt in der Nähe der Unibibliothek, zu dritt auf achtzig Quadratmetern. Dank der dünnen Wände bekam ich sowohl die lautstarken Fußballabende mit seinen Jungs als auch die lustvollen Liebeleien mit seiner feurigen Freundin mit, die mir leider nicht sehr wohlgesonnen war. Sie kaufte mir die Rolle der Medizinstudentin, die den ganzen Tag lang in der Bibliothek hing und spätabends mit Tunnelblick im Zimmer verschwand, nicht ab und sah in mir vor allem eine Frau, die sich mit Richard eine Dusche teilte, Tür an Tür mit ihm einschlief und aufwachte, ihm morgens beim Zähneputzen im luftigen Pyjama in die Arme rannte und abends parfümiert im Partydress an ihm vorbeistakste. Sie hielt mich für eine tickende Bombe, die jederzeit hochgehen könnte. Mit ihm. In seinem Zimmer. Sie vom Gegenteil zu überzeugen, war zwecklos: Sie glaubte blind, was ihre Angst ihr diktierte.

Unsere gemeinsame Mitbewohnerin Lisa erzählte mir eines Abends, dass Richard die Eifersucht seiner Freundin mit Absicht befeuerte, und zwar auf meine Kosten: „Er behauptet, du hast ein Auge auf ihn geworfen."

„Aha", antwortete ich damals. „Solange sie sich nur gegenseitig fertigmachen und mich da nicht mit reinziehen, ist mir das egal. Ich werde ganz bestimmt kein Bauernopfer in diesem Schlachtfeld sein, das die beiden Beziehung nennen."

Als Richard mir sechs Jahre nach meinem Auszug eine Facebook-Anfrage schickt, denke ich mir nichts weiter, vermutlich bin ich ihm als Freundschaftsvorschlag angezeigt worden. Nach Annahme der Anfrage erhalte ich rasch eine Nachricht: „Hey, na? Das ist ja ewig her. Wie geht es dir nach all den Jahren? Bist du unserem Stadtteil treu geblieben? Ich lebe noch immer hier. Habe gerade meine Promotion verteidigt und ein paar Wochen frei. Ich schick dir später mal meine Nummer, du kannst ja schreiben, wenn du auf die guten alten Tage Lust auf einen Kaffee hast."

Die guten alten Tage, in denen er sein Ego damit nährte, mich seiner Freundin zum Fraß vorzuwerfen?

Ich ermahne mich, nicht alles so streng zu sehen: Immerhin sind knapp sechs Jahre vergangen, das sind über 2000 Tage. So lange braucht ein ahnungsloser Medizinstudent, dessen Kleider noch nach der Kreide im Klassenzimmer riechen, um in die Rolle eines Assistenzarztes zu schlüpfen, der im Nachtdienst allein die Station schmeißt und im Reanimationsnotfall im *Bee Gees*-Rhythmus um Leben und Tod drückt.

Können derartige Entwicklungen in dieser Zeitspanne stattfinden, gibt es doch zumindest den Hauch einer Chance, dass Richard sich vom selbst ernannten WG-Weiberheld, der den Flurfunk verfälscht, in einen bescheidenen Gentleman verwandelt hat.

♥

Wie wahrscheinlich ist es, dass der andere sich über die Jahre geändert hat?

Veränderungen im Positiven wie im Negativen sind immer möglich. Grundsätzlich sollten wir jedoch nicht von einer radikalen Hundertachtzigradwende ausgehen oder erwarten, dass bestimmte Eigenschaften sich mit der Zeit in Luft aufgelöst haben. Zeit heilt sprichwörtlich Wunden, vollbringt jedoch keine Wunder.

Ausnahmen kann es geben, wenn jemand zum Beispiel einem neuen Glauben beigetreten oder psychisch erkrankt oder genesen ist.

Wir schicken uns über den Tag verteilt ein paar Nachrichten, gegen Abend kommt er dann zur Sache: Er würde mich gerne wiedersehen, Freitag sei gut, er könne mir ja einen Besuch abstatten, gegen acht. Ob ich Lust hätte? Ich starre auf das Handy, ohne recht zu wissen, was ich von seiner forschen Selbsteinladung halten soll. Er will sich treffen, zu zweit, und das obwohl wir nie wirklich befreundet waren – das spricht eher *gegen* einen platonischen Plausch. Ist in Ordnung, ich bin weder vergeben noch in einer Beziehungsanbahnung, aber warum gleich bei mir?

„Willst du Geld sparen?", frage ich mit einem Zwinker-Smiley.

„Nein", antwortet er. „Ich bringe einen Champagner mit, zugegebenermaßen vom Discounter, aber der hat auch seinen Stolz im Wert von 13 Euro."

„Klingt gut", sage ich und spreche aus, was ich zuvor gedacht habe: „Aber wieso bei mir?"

„Da wir mal unter einem Dach gelebt haben, dachte ich, es wäre albern, sich jetzt stocksteif in ein Restaurant zu setzen und umzingelt von Fremden Small Talk zu führen. Lass uns doch ganz gemütlich anstoßen – auf meine Doktorarbeit und unser Wiedersehen."

Freitagabend.

Mittlerweile bin ich neugierig auf das zweite Kennenlernen mit Richard, das nach Monaten des Dating-Stillstands genau zur richtigen Zeit kommt. Zudem finde ich es schön, dass er mich nicht aus den Augen verloren hat – trotz der Schnelllebigkeit, die unserer Generation nachgesagt wird –

und beschließe, hinter die kindischen WG-Spielereien von damals einen Haken zu setzen.

Die Zeitspanne zwischen dem Klingelgeräusch und unserer Begrüßung im ersten Stock birgt einen besonderen Nervenkitzel. Ob da vielleicht ein potenzieller *The One*-Kandidat durch meine Tür spazieren könnte? Ein Anwärter für die Rolle dieser einen besonderen Person, der man nicht nachjagen soll, wenn man den alten Meistern der Romantik glaubt, da sie ganz unverhofft in unser Leben tritt, wenn wir am wenigsten damit rechnen? Sind Dating-Apps die gespitzten Pfeile jener Jagd, welche die Chance auf eine schicksalhafte Fügung *ver*jagen?

Er steht vor mir. Die Haare sind leicht ergraut und der schlaksige Mittzwanziger-Körper hat mit Anfang dreißig den brettharten Bauch eingebüßt. Alles in allem ist er aber immer noch ein ganz attraktiver Typ.

„Da bin ich“, sagt er etwas verlegen. „Lange her, lange her.“

Wir umarmen uns. Ich grinse überfordert und stoße ein lang gezogenes „Heeey“ aus.

„Hey, hey“, erwidert er.

Ich bitte ihn herein. Wir setzen uns auf meine Couch und sind uns blitzschnell darüber einig, dass der Schampus geköpft werden muss – vermutlich in der Hoffnung, der Alkohol würde die Anspannung nach jahrelanger Funkstille und einem intimen Wiedersehen in meinen vier Wänden auflösen. Und ja, die elf Prozent halten ihr Versprechen. Die Stimmung lockert sich, ebenso wie meine Zunge – ich frage ihn ohne Umschweife, warum er damals in der WG behauptet hat, ich wäre heiß auf ihn gewesen.

„Du hast mich so angeschaut, an diesem einen Abend in der Küche, als du Pizza ausgegeben hast, weißt du noch?"

Ich zucke mit den Schultern: „Kann mich nicht mehr erinnern."

Er lacht gekränkt: „Okay?"

Eine gute Stunde später laufen wir runter zum Kiosk, um ein paar Cracker und Getränkenachschub zu besorgen.

Richard zückt an der Theke schweren Herzens einen Zehner aus seinem Portemonnaie: „Ich bin mal so großzügig."

♥

Was deutet auf versteckten Geiz hin?

Unabhängig davon, ob Frau oder Mann: Spätestens beim zweiten Kommentar, der sich auf Geld bezieht und dabei einen konkreten Bezug zum Date aufweist (in diesem Fall das Verraten des Schampus-Preises sowie das Erwähnen der eigenen Großzügigkeit beim Zahlen der Kioskrechnung) ist mit hoher Wahrscheinlichkeit davon auszugehen, dass die Person ein Geiz-Problem hat.

♥

Als wir wieder im Wohnzimmer auf der Couch sitzen, zieht er ein gebundenes Büchlein aus seiner Ledertasche.

„Was ist das?", frage ich.

„Meine frisch verteidigte Doktorarbeit."

„Welcher Fachbereich?"

„Rechtsphilosophie."

„Wow, herzlichen Glückwunsch – Herr Doktor!"

Wir stoßen erneut an. Er bedankt sich mit einem stolzen

Lächeln und fragt, wie weit ich denn mit meiner sei.

„Fast durch. Die Datengewinnung hat leider drei Jahre gedauert, jetzt muss ich nur noch alles runterschreiben."

„Ich dachte, in Medizin wird die Diss den Leuten quasi hinterhergeworfen."

„Das Einzige, was man uns hinterherwirft, sind Patienten."

Ich blättere durch die ersten Kapitel seiner Arbeit und ahne bereits beim Überfliegen, wie dicht und zäh ihre komplexen Inhalte sind.

„Leider ohne Widmung", sagt er. „Aber die kann ich dir gern reinmachen, wenn sie dir gefallen sollte."

„Ich muss sie also lesen?"

„Na klar, sonst würde ich sie dir ja nicht schenken. Du bist übrigens die fünfte Person, die sie bekommen hat und womöglich sogar die letzte."

Das Präsent hat seinen Preis. Richard erwartet volles Engagement für die Ehre, die er mir zuteilwerden lässt. Ich bin eine von den Big Five, nur dass ich kein Vetorecht besitze.

Wir lesen gemeinsam die ersten zwei Seiten der Einleitung. Er erklärt mir die Hintergründe seiner Themenwahl und ermahnt mich, die Fußzeilen nicht wegzulassen: „Die sind wichtig", sagt er. „Sonst kann man es auch ganz lassen."

♥

Wie hoch sollte die Opferbereitschaft am Anfang sein?

Wenn wir keine Lust haben, dem anderen gleich zu Beginn des Kennenlernens einen Gefallen zu tun – auch die Annahme eines Geschenks kann ein Gefallen sein, wenn es mit Zeit und Aufwand verknüpft ist –, wäre es für den weiteren

Dating-Verlauf sinnvoll, dies auch deutlich zu machen, da sonst der Eindruck entsteht, dass wir

- uns für etwas begeistern, das uns im Grunde weder mit ihm noch ohne ihn interessieren würde (zum Beispiel etwas aus dem Bereich Kultur/Kunst/Sport/Politik oder aber Körper/Sexualität).
- bereit sind, ab Tag eins deutlich mehr zu investieren, als zu diesem Zeitpunkt erforderlich wäre. Im besten Fall sollten wir die Dating-Phase einfach mit Vorsicht genießen dürfen.
- eine hohe Bereitschaft zur Anpassung besitzen, welche in diesem frühen Stadium des Kennenlernens einen schwachen, wenn nicht sogar unterwürfigen Eindruck erwecken könnte.

♥

Während wir seine Doktorarbeit in den Händen halten, kommen wir uns körperlich näher. Unsere Finger berühren sich, dann unsere Knie, sein Parfum dringt in meine Nase, mein Muttermal springt ihm ins Auge: „Woran erkennt man eigentlich, ob ein Muttermal bösartig ist?“, fragt er und streichelt mit dem Daumen über den Fleck an meinem seitlichen Hals. Ich erzähle ihm von der ABCDE-Regel, die wir im Studienfach Dermatologie gelernt haben – dass die Malignität eines Flecks sich anhand seiner Asymmetrie, seiner unregelmäßigen Begrenzung, seines Kolorits, Durchmessers sowie seiner Erhabenheit erkennen lässt.

„Das muss ich mir merken“, sagt er. „Alltagstaugliches Spezialwissen.“

Er nimmt noch einen großen Schluck, als wolle er ordentlich tanken, bevor er Vollgas gibt – und ja, tatsächlich, das Ethanol wird zum Benzin für den Motor seines Mutes: Er nähert seinen Mund, der ganz gut auf meinen passt, und küsst mich ohne Zunge. Ich verspüre mehrfach den Impuls, ihm meine einfach selbst in den Mund zu schieben, ziere mich jedoch, den ersten Schritt zu machen. In solchen Momenten verwandle ich mich von der emanzipierten Frau, die sich den Luxus gönnt, nach dem Richtigen zu suchen, bevor sie an Kinder und geteilte Konten denkt, in ein Prinzesschen, dem man gefälligst den Hof machen soll. Eine Rapunzel, die im Turm ihrer widersprüchlichen Träume festsitzt und mit ihrem albern langen Haar kokettiert, statt einfach herunterzuklettern und sich zu holen, worauf sie Lust hat.

♥

Ist es unemanzipiert, hin und wieder in klassischen Rollenbildern zu denken?

Es ist völlig normal, dass wir trotz der voranschreitenden Emanzipation noch immer verunsichert sind bei der Frage, wie viel Initiative eine Frau ergreifen darf, ohne dabei forsch und „unweiblich" zu wirken. Insbesondere beim Dating kann das Thema Emanzipation rasch zu Irritationen und Kränkungen führen, auf beiden Seiten. Während die Frau mittlerweile ruhig auch mal die Rechnung zahlen darf, stellt es noch immer ein Problem dar, wenn sie sich sexuell zu offen gibt. Grenzen sind fließend, Gefühle gemischt, Erwartungen widersprüchlich.

Am besten, wir bleiben uns selbst treu – ganz gleich, was Frauenpower-Influencerinnen posten oder die konservative Mama predigt. Es ist völlig legitim, das Bedürfnis zu haben, ein wenig zu taktieren und den anderen zappeln zu lassen – nicht, weil wir das „schwache" Geschlecht sind, sondern weil wir uns vielleicht in der Rolle der Passiven wohler fühlen oder gar Freude haben am Katz-und-Maus-Spiel.

♥

Er beendet den Kuss mit den Worten: „Ich wusste schon immer, dass du cool bist."

Und ich muss mir eingestehen, dass er cooler ist, als ich anfangs dachte. Er ist überdurchschnittlich attraktiv, hat eine schöne Stimme, einen angenehmen Geruch und eine präzise Art, sich auszudrücken. Er hat in Rekordtempo Karriere gemacht, wird bald eine Professur antreten und an seinem Lehrstuhl neue Vorlesungen konzipieren. Seinen Humor päppelt er durch das Einstreuen interessanter Fakten auf – und ja, doch, ich muss tatsächlich mitlachen, als er über mein Fachgebiet witzelt und mir YouTube-Videos vom Schwindler Gert Postel zeigt, der sich jahrelang ohne Studienabschluss als renommierter Oberarzt der Psychiatrie durchgemogelt hat: „Na, wenn der Postel damals so viel Anerkennung bekommen hat für seine Arbeit", sagt Richard angeheitert, „dann kann das ja alles nicht so schwer sein."

Klar, nett ist das nicht – aber *nett* ist auch der kleine Bruder von *nobody*.

Warum finden viele das Enfant terrible sexier als Mr. Good Guy?

Mit jemandem, der Kontra gibt und dabei gerne auch mal über die Stränge schlägt, können wir uns viel eher eine inspirierende Beziehung vorstellen, in welcher

- er uns aus der Reserve lockt, statt uns den Hof zu machen, wobei wir die Reibungen als Ansporn empfinden, mehr von uns preiszugeben (etwa eine schlagfertige/taffe Seite, die wir im Alltag sonst zurückhalten).
- er uns niemals kontrollier- oder berechenbar erscheint und daher auf Dauer attraktiv bleibt.
- wir hin und wieder umeinander kämpfen müssen, da der „Krieg" ebenso zur Liebe gehört wie der Frieden.

Das harmlose Schwiegersohn-Modell, das einsatzbereit auf der Ersatzbank wartet, hat vermutlich ein ruhigeres, dafür aber auch langweiligeres Leben im Angebot. Unsere Angst vor der Langeweile ist jedoch größer, als wir in Anbetracht ernsterer Weltprobleme gerne zugeben würden.

♥

Gegen vier Uhr in der Früh verabschieden wir uns wie ein eingespieltes Duo, das sich bereits stichelt. An der Tür gibt er mir einen letzten Kuss, der deutlich zungenreicher und zügelloser ist als der erste.

„Ciao", sagt er, als er durch die Tür verschwindet, vier Buchstaben, denen er einen bittersüßen Abschiedsklang verleiht. Als wolle er sagen: *Ciao. Ich weiß nicht, wann und wo, ich weiß nur,* dass *sich unsere Küsse wiederholen werden, die dir am Anfang nicht genug waren und von denen du am Ende nicht genug bekamst.*

Ich schlafe fest, aber kurz. Den Samstag starte ich mit Rührei und O-Saft, ein Katerfrühstück, das den Mangel an Wasser und Mineralstoffen beheben soll. Was aber hilft gegen den Mangel an Zuversicht , der mit jeder Stunde ohne Handykontakt größer wird? Ich würde mir gern weismachen, dass ich zu pessimistisch bin, zu ungeduldig, doch das Grummeln in meinem Bauch weist mich darauf hin, dass etwas faul ist – und das sind ganz bestimmt nicht die Eier.

Er meldet sich nicht. Auch am Tag darauf trudelt keine Nachricht ein. Am dritten, an dem er spätestens schreiben müsste, wenn er sich an die altbewährte Drei-Tage-Regel hält, geht mein WhatsApp-Konto ebenfalls leer aus.

Die Sicherheit, die er durch den regen Kontakt in der *Prä-Date-Phase* vermittelt hat, ist in der deutlich wichtigeren *Post-Date-Phase* flöten gegangen.

Ich gehe das ganze Treffen in meinem Kopf durch und suche im Rückblick nach Hinweisen, die mir das Ausbleiben der obligatorischen „Nachricht danach" erklären, ohne fündig zu werden.

♥

Warum suchen wir die Schuld bei uns selbst, wenn der andere sich zurückzieht?

a) Wer sich mit Schuld belädt, reißt damit als „Nebeneffekt" auch die Kontrolle an sich. Wenn ich etwas falsch gemacht habe, kann ich es auch wieder richtig machen, und das ist für viele erträglicher als tatenloses Rumsitzen und geduldiges Abwarten.

Sollte der andere sich nämlich zurückziehen, ohne dass ich ihn durch mein Verhalten irritiert oder gekränkt habe, liegt es auch an ihm (oder eben nicht), die Distanz wieder aufzulösen.

b) Dass auf Nähe und Intimität ohne triftigen Grund eine ablehnende Distanz folgen kann, auf ein warmes Miteinander ein eisernes Schweigen, verletzt unser Urvertrauen. Es führt uns schmerzlich vor Augen, dass eine Abfolge toller Begegnungen keine sichere Prognose darstellt für den weiteren Verlauf. Das Suchen und Finden vermeintlicher Fehler hat somit auch die Funktion, den wackeligen Boden, auf dem wir im Dating-Jungle stehen, zu stabilisieren. Sollten Naturgesetze wie Ursache und Wirkung nämlich keine Gültigkeit mehr haben, können wir uns auch gleich daheim verkriechen und alle Kontakte löschen.

♥

Tag Nummer vier: Zeit, den Rat von Freundinnen einzuholen.

Meine Sandkasten-Kumpanin hat selbst einen schwierigen Typen am Hals, der Anerkennung so dringlich benötigt wie Atemluft: „Meld dich ruhig. Mario hat nach dem ersten Date auch nicht geschrieben, ich musste ihm alles aus der Nase ziehen – aber die Initiative hat sich gelohnt." Gelohnt für *ihn*. Er kann von Glück reden, dass sie die halbjährlichen „Trennungen" nicht mehr ernst nimmt und sogar das Pärchenfoto im Profil belässt, im sicheren Wissen, dass er ein paar Wochen später mit seinem Standard-Versöhnungsgeschenk anrückt, einem Wellnessgutschein mit Übernachtung in einer Anlage im Umkreis von 200 Kilometern.

Meine andere Freundin, die ich aus dem Praktischen Studienjahr kenne, verzieht das Gesicht, als ich ihr die Situation schildere: „Was? Der tanzt beim ersten Date mit seiner Doktorarbeit und Aldi-Schampus an wie der letzte Lackaffe und meldet sich nach dem ganzen Tamtam nicht mal? Schreib ihm auf keinen Fall. Das ist, als würdest du ihm Beifall spenden für seine Freakshow."

Ihre Worte lasten schwer. Dennoch befolge ich den Rat der ersten Freundin und entscheide mich im Zweifel für den Angeklagten statt für meinen Stolz.

„Hey, na?", schreibe ich. „Hat deine Woche gut gestartet? Entsorge grad schweren Herzens unser Leergut ;)"

Ich bin überrascht über seine schnelle Rückmeldung: Seine Woche habe ganz gut begonnen, er denke häufig an unseren tollen Austausch und würde das Ganze gern wiederholen, am besten am Freitag, selbe Uhrzeit, selber Ort, aber diesmal sei ich für die Getränke zuständig.

„Das mit der Getränkeaufteilung ist dir scheinbar wichtig", tippe ich zurück.

Er darauf: „Emanzipation ;)"

Ich lege das Handy beiseite und versuche mich zu freuen, obwohl ich ein wenig unglücklich darüber bin, dass der erste Impuls nicht von ihm ausging. Aber gut, sage ich mir, so ist das halt in den ersten Wochen: Man ist ein Nebenschauplatz im Leben des anderen und muss sich den Fleck unterm Spotlight erst mal erarbeiten.

Das zweite Treffen. Wir führen Gespräche über Glücksgefühle, die sich mit dreißig schwieriger einfangen lassen als mit dreizehn. Über Momente der Einsamkeit, die trotz großem Kollegen- und Freundeskreis nicht ausbleiben, über die Woody-Allen-Angst, sich in jeder neuen Lebensdekade an die nostalgische Vorstellung eines besseren „Damals" zu klammern. Während wir Cocktails mixen, für die ich Tiefkühlobst, Softdrinks und Sekt besorgt habe, offenbart er, dass er nicht mehr wisse, was Heimat bedeute: ob das der Ort seiner Kindheit sei oder der, an dem er sich im Hier und Jetzt wohlfühle.

Mein Wohnzimmer wird zur gemütlichen Bar, zum Auditorium der Alltagsphilosophie, zum Terrain zweier Turtelnden, die abwarten, bis die Abendsonne nicht mehr hinsieht, bevor sie einander um den Hals fallen.

Als wir spontan zu einer Spätvorstellung ins Programmkino bei mir in der Nähe aufbrechen, öffne ich mich allmählich der Idee, dass aus uns etwas werden könnte, und verschließe mich linear dazu der Angst vor einer Verletzung. Ich nehme meinen Mut zusammen und lasse mich fallen, in seine Arme, die mir stark genug erscheinen, um das Gewicht meiner Hoffnung zu tragen. Während des Arthouse-Thrillers lege ich sogar meinen Kopf auf seine Schulter, doch die Geste stößt auf unerwartete Gegenwehr: Richard verschränkt die Arme und lehnt mit dem Oberkörper ein Stück nach vorn, als wolle er den spannenden Geschehnissen auf der Leinwand besser folgen. Ich versuche, die unangenehme Situation zu überspielen und lehne mich mit gekreuzten Beinen nach hinten in den Stuhl.

Auf dem Rückweg diskutieren wir, wie ein Streifen ohne richtigen Plot so viele Preise gewinnen konnte.

Gleich an der nächsten roten Ampel lasse ich die berüchtigte „Mir ist kalt"-Andeutung fallen, die wohl in jedem Land und in jeder Kultur dieselbe Bedeutung hat. Richard legt jedoch weder den Arm um meine Schultern noch bietet er mir seine olivgrüne Übergangsjacke an. Er lässt die Chance, seine ablehnende Reaktion aus dem Kino wiedergutzumachen, einfach verstreichen.

Bei mir daheim läuft dann schon wieder ein anderer Film: einer mit Küssen in Überlänge, die durch Knabberpausen an meinem Dekolletee unterbrochen werden.

Ein Film, der sich nur mit Mühe und Not an den braven „FSK ab 12-Stempel" halten kann und in der Kategorie *best performance without acting* einen Oscar verdient hätte.

♥

Warum meidet der andere Annäherungen in der Öffentlichkeit?

Wenn jemand hinter verschlossener Tür allerlei verspielte Intimitäten austauscht, draußen aber eher verkrampft auf eine Annäherung reagiert, liegt das nicht unbedingt daran, dass er kein „öffentlicher Typ" ist. Vielleicht hat er nur in der Zweier-Blase die Bereitschaft, uns nah zu sein, möchte draußen aber lieber ein Bild wahren, in dem die Farben weniger stark sind und die Figuren weniger scharf – ein verschwommenes Bild, das noch lange kein deutliches Bekenntnis darstellt. Sollten wir das hinnehmen, ohne uns dabei wohlzufühlen, ist das ein Zeichen dafür, dass vor allem er über die Bedingungen und die Stärke der Nähe entscheidet. Zudem besteht die Möglichkeit, dass unser Dating-Partner sich (noch) in einer

Beziehung mit einer anderen Person befindet, was er sowohl ihr als auch uns zu verheimlichen versucht.

♥

Diesmal meldet er sich bereits eine Viertelstunde nach unserem Abschied: „Ich wünsche dir eine gute Nacht!"

Ich starre auf mein Handy-Display und versuche zu verstehen, was an dieser banalen Nachricht mich missmutig stimmt. Ist es das fehlende „Bis bald", das mir ein wenig Sicherheit vermitteln würde? *Welche Sicherheit?* Die, die ohnehin niemand besitzt, weder am aufregenden Anfang noch am bitteren Ende noch in der schleppenden Mitte? Sicherheit ist eine Illusion, rede ich mir ein, und antworte mit „Träum vom Schönsten".

Ich ziehe die Jalousien zu, meine einzige Waffe gegen das flutende Licht der Morgendämmerung, das bereits in den Startlöchern steht, schließe meine Augen und schlafe mit demselben mulmigen Gefühl ein, mit dem ich nur vier Stunden später wieder aufwache. Ich verspüre den Drang, die Geschichte mit jemandem zu teilen, der sowohl mich als auch Richard kennt, und rufe unsere ehemalige Mitbewohnerin Lisa an, um ihr zu erzählen, was sich da ganz unvermittelt zwischen uns angebahnt hat.

„Warum hast du mich nicht von Anfang an eingeweiht?", fragt sie mit einer Stimme, die nicht gerade begeistert klingt.

„Ich wollte es nicht an die große Glocke hängen, solange unklar war, wohin das Ganze führt. Wieso? Hast du Bedenken?", hake ich nach.

„Also ...", beginnt sie zögerlich. „Das ist jetzt echt mies, und ich weiß auch gar nicht, wie ich dir das verklickern soll."

„Was denn?“
„Richard ist relativ eng mit meinem Cousin befreundet.“
„Ja, das weiß ich, und?“
„Der hatte neulich Geburtstag. Und Richard war auch dort.“
„Und?“
Sie legt eine Pause ein. Keine Spannungs-, sondern eine Verlegenheitspause, denn sie wird mir jeden Moment einen hässlichen Haufen Fakten auftischen, und bei dem Gedanken, dass mir keine andere Wahl bleiben wird, als ihn zu schlucken, wird mir schlagartig übel.
„Pass auf“, sagt Lisa. „Er war da mit seiner Freundin. Und soweit ich weiß, wird sie mit ihm in seinen Heimatort ziehen, vorerst in das Haus seiner Eltern. Dort möchte Richard dann an der Uni arbeiten, und für sie gibt es wohl auch ganz interessante Masterangebote. Von daher verstehe ich gar nicht, wie das zwischen euch beiden überhaupt möglich ist.“
Schweigen.
„Hallo?“, hakt sie nach. „Alles okay?“
„Ja, klar. Wann war das mit dem Geburtstag deines Cousins?“
„Vor Kurzem.“
„Wie ist sie so?“
„Nett. Doch, eine ganz Nette.“
„Hübsch?“
„Ja, schon.“
„Wie alt?“
„Jünger als er, acht Jahre oder so.“
„Was macht sie?“

„Ich glaube, sie schreibt gerade ihre Bachelorarbeit in Sportwissenschaften. Aber nagele mich nicht drauf fest."

„Alles klar. Kann ich dich die Tage noch mal zurückrufen?"

„Natürlich, bitte halt mich auf dem Laufenden. Soll ich noch etwas Bestimmtes in Erfahrung bringen?"

„Nein, alles gut."

Nein. Nichts ist gut. Alles ist ungut. Unschön. Unwürdig. Unaufrichtig. Unmoralisch. Mir wird ganz schwindlig von den vielen Un-Worten, die durch meinen Kopf schießen. Zugleich ergeben alle *Un*gereimtheiten plötzlich Sinn: die Selbsteinladungen in meine Wohnung, das Meiden öffentlicher Plätze, die verkrampfte Reaktion im Kino, der spärliche WhatsApp-Kontakt zwischen den Dates.

Ich fühle mich, als hätte er mir den Stolz gestohlen. Wenn ich verhindern will, dass er ihn obendrein auch noch *bricht*, muss ich mich wortwörtlich aus der Affäre ziehen.

♥

Habe ich einen Eigenanteil, wenn ich in einer unmöglichen Situation lande (zum Beispiel in einer Dreieckskonstellation)?

Beim Dating Game hin und wieder zu pokern, ist völlig legitim, aber durch das Verschweigen wichtiger Informationen (bestehende Partnerschaft, hohe Verschuldungen, anstehender Ortswechsel) nimmt der andere uns die Möglichkeit, selber zu entscheiden, wie hoch das Risiko sein soll, das wir eingehen möchten. Wir unterschreiben quasi, ohne alle Vertragsbedingungen zu kennen, und steuern damit unter Umständen auf einen emotionalen Bankrott zu. Dafür können wir nichts. Niemand ist in der Lage, Gedanken zu lesen, aber jeder sollte ab und zu seinem Bauchgefühl lauschen, denn es gibt Dinge, die wir spüren, bevor wir sie wissen. Dinge, die wir wissen, bevor wir sie wahrhaben wollen. Und Dinge, die wir wahrgenommen haben, schwarz auf weiß, und dennoch ignorieren. Ab diesem Punkt tragen wir eine Mitverantwortung an der eigenen Misere: Ignoranz mag sich passiv äußern, ist aber ein aktiver Prozess.

♥

Am Abend ist mir noch immer übel. Ich zwänge mir mit Mühe und Not ein paar Scheiben Knäckebrot rein und schalte schon um neun das Licht aus, um den Tag mit dem grausigen Telefonat schnellstmöglich zu beenden. Gegen Mitternacht liege ich noch immer wach: Mein Magen knurrt, während die Info über die sportliche Studentin, die angeblich durch Richards Leben turnt, unzählige Kreise in meinem Kopf dreht. Zudem ist das Ticken der Weckuhr so laut, als hätte jemand ein Mikro am Nachttisch angebracht.

Tick: Du stellst ihn zur Rede.
Tack: Du brichst den Kontakt ab.

Tick: Du bittest Lisa, weitere Details einzuholen.
Tack: Da kann man ja gleich „Stille Post“ spielen.

Tick: Das Dating Game war verloren, bevor es begonnen hat.
Tack: Gewinnen kann nur, wer kämpft.

Tick: Du installierst dir zur Ablenkung Tinder.

Tack: Du vertraust Richard und hältst entspannt den Kontakt.

Bei diesem *Tack* schlage ich zu: Gleich am nächsten Morgen werde ich ihm ein paar nette Zeilen schicken und darauf vertrauen, dass er sich im Zeitraum zwischen der Geburtstagsfeier und unserem Facebook-Kontakt von seiner Freundin getrennt hat, ohne dass Lisa und ihr Cousin darüber informiert wurden. Warum auch? Sind sie die Deutsche Presse-Agentur? Womöglich wäre es ohnehin besser, die beiden erst mal rauszuhalten, damit kein Durcheinander aus Missverständnissen und Gerüchten entsteht.

Ich nehme mein Handy zur Hand und klicke auf die ungeöffnete Message meiner Sandkastenfreundin: „Und? Wie lief das Telefonat mit deiner alten Mitbewohnerin? Was meinte sie zu Richard?"

„Gut", tippe ich. „Sie war nur ein wenig überrascht."

Ich entscheide, Richards frische bis fragliche Trennung vor meinen Freundinnen geheim zu halten, um nicht die schlafenden Beschützerhunde in ihnen zu wecken, welche mir die Story mit Sicherheit zerbellen und zerbeißen würden.

♥

Ist es verkehrt, den Dating-Partner vor bösen Zungen zu schützen?

Sollte die Inschutznahme des anderen damit einhergehen, dass wir unseren eigenen Schutz aufgeben – zum Beispiel, indem wir uns vor Freunden verschließen, um ein positives

Bild vom potenziellen Partner zu wahren –, ist das oftmals ein Zeichen dafür, dass wir uns gerade emotional in Gefahr begeben.

♥

Richard freut sich über meine Nachricht und schlägt ein Wiedersehen für den kommenden Freitag vor: „Gerne wie gewohnt bei dir, diesmal bin ich wieder dran mit den Getränken."

Ich frage, ob wir uns nicht mal bei ihm treffen wollen: „Oder versteckst du eine Leiche im Keller?"

Er schickt einen albernen Lach-Smiley: „Nicht nur eine."

„Dann halt bei mir", schreibe ich widerwillig. „Ich erwarte dafür aber bessere Schampus-Qualität."

Er: „Dafür bin ich zu arm."

Ich: „Dein *arm* wäre für viele ein dickes *reich*."

Er: „Die Subjektivität ist die Wahrheit."

Ich: „Sagt wer?"

Er: „Kierkegaard."

♥

Warum überschreiten wir den Point of no Return?

Es gibt ihn, den Point of no Return, an dem wir stehen bleiben sollten, um uns vor (weiteren) emotionalen Verletzungen zu schützen. Wenn wir uns diesem bedeutsamen Punkt nähern, spüren wir seine Energie manchmal sogar körperlich in Form von Schlafproblemen, Magen-Darm-Beschwerden, Herzrasen oder innerer Unruhe. Dennoch wird er oftmals wie fremdgesteuert überschritten. Wir wollen den Weg trotz der vielen Warnschilder weitergehen und uns mit eigenen Augen davon überzeugen, was uns auf den letzten Metern erwartet. Das Gepäck auf unserem Rücken ist hierbei mit der Resthoffnung auf ein Happy End beladen.

♥

An diesem Freitag mache ich mich besonders lange zurecht und fühle mich dabei, als würde ich in den Kampf gegen eine andere Person ziehen, die unfairerweise weder von dem Schlachtfeld weiß, das Richard hinter ihrem Rücken hergerichtet hat, noch von der Gegnerin, die sich in ihre strahlendste Rüstung wirft. Ich trage natürliche Make-up-Töne auf, ein blumig-süßes Parfum, das ihm noch aus der WG-Zeit in Erinnerung ist, und schlüpfe in ein knielanges, enges Kleid mit V-Ausschnitt und einem weiß-blauen Farbmuster, das die Lust auf einen gemeinsamen Strandurlaub weckt.

Date Nummer drei. Nach einer langen Episode in meiner Wohnung laufen wir gegen ein Uhr nachts an einen nahe gelegenen Weiher, legen uns ins Gras wie sorglose Sechzehnjährige, Hand in Hand mit Blick an die Sternendecke. Ich frage mich nicht mehr, ob ich mit dem Feuer spiele, sondern beschließe, mich im Dating-Fluss treiben zu lassen, furchtlos Richtung Fortsetzung, ins Meer der kommenden Monate – stromaufwärts, nicht abwärts.

Der Gedanke, wir könnten uns verlieren, ist nur schwer zu ertragen.

Warum werden die Gefühle stärker, obwohl die Sicherheit gesunken ist?
Verlustangst kann das Verliebtheitsgefühl steigern. Diese Steigerung hat nichts damit zu tun, dass der andere objektiv begehrenswerter geworden ist, sondern damit, dass die Sorge, unser idealisiertes Objekt zu verlieren, körperliche (Appetitlosigkeit, Magengrummeln, Herzrasen) sowie psychische Reaktionen (Gedankenkreisen, Schlafstörungen, innere Unruhe) auslösen kann. Diese verstärken die emotionale Abhängigkeit zum Dating-Partner, da wir glauben, dass nur er und niemand sonst uns durch sicherheitsbringende Nähe und verbindliche Worte aus diesem Zustand befreien kann.

Rufen wir uns diese Tatsache immer wieder ins Bewusstsein, besteht vielleicht die Chance, denjenigen, der uns nicht guttut, von uns zu stoßen, statt den Gedanken an seinen Verlust bis ins Unermessliche zu dramatisieren.

♥

Zwischen drei und vier Uhr morgens unterbricht Richard einen unserer innigen Küsse, indem er meinen Oberkörper vorsichtig wegdrückt und sich aufsetzt, während ich liegen bleibe.

„Warte“, sagt er. „Warte. Warte.“ Er atmet tief durch. „Bitte warte mal einen Moment.“

Sein „Warte“ ertönt wie ein lauter Gong, der das Ende vom Lied einläutet. Ich muss nicht warten. Warten müssen nur die, die noch nicht die leiseste Ahnung haben, was sie *erwartet*. Ich kenne jedoch das Kleingedruckte, das er mir vorenthalten hat und ich durch Dritte dennoch zu lesen bekam. Was habe ich mir nur dabei gedacht, es zu ignorieren? Dass die Wahrheit einfach das Feld räumt, als hätte sie weder Rechte noch Pflichten?

„Ich bin offiziell noch nicht ganz frei", sagt er.

Stille.

Der Wind bläst sein Nachtlied, die Bäume rascheln mit, irgendein zwitscherndes Vöglein gibt seinen Senf dazu.

„Offiziell?", frage ich.

„Also inoffiziell schon. Ich bin inoffiziell ungebunden."

„Und offiziell?"

„Offiziell bin ich gebunden."

„An was?"

Er zögert einen Moment. „An meine Freundin."

„Du hast eine Freundin?"

„Nur offiziell."

„Und weiß sie davon, was nun alles offiziell und was inoffiziell ist?"

„Das ist eben der Punkt, wir haben das alles noch nicht geklärt. Sie ist gerade für eine Fortbildung in Australien."

„Was macht sie dort?"

„Einen Tauchschein und zwei Trainerscheine. Sie ist Sportlerin."

Ich stoße ein vorwurfsvolles „Puuh!" aus, das zugleich ein wenig hilflos klingt. Er lässt sich wieder rücklings ins Gras fallen und legt sich dicht neben mich. Wir blicken stillschweigend in eine Sternendecke, die mir nicht mehr romantisch erscheint, sondern bedrohlich. Der Gedanke, dass die Gaskugeln eines Tages sterben und den Nachthimmel mit Leichen übersäen und dass aus manchen gar schwarze Löcher entstehen, welche die Sterne in sich selbst begraben, löst ein beklemmendes Gefühl in meiner Brust aus.

Als seine Finger vorsichtig mein Handgelenk berühren, springe ich auf und nehme meine Sachen vom Boden: „Lass uns gehen."

„Klar", sagt er. „Klar, klar."

Der Rückweg gleicht einem kleinen Trauermarsch. Wir trauern stillschweigend um die Unschuld, die unsere beginnende Beziehung verloren und im Grunde nie besessen hat. Der Abschied, der an meiner Tür folgt, ist kurz und schmerzlich. Wort- und kusslos. So fühlt sich ein Abschied an, der eine Grenze zieht und eine Brücke zerstört. Die Grenze zwischen *fair play* und *bad manners*. Die zerstörte Brücke zu den alten WG-Mitbewohnern aus dem dritten Stock, die es eine Ebene höher noch mal miteinander probieren wollten.

Subjektivität ist die Wahrheit, behauptet Kierkegaard?

Das Spiel ist aus, antwortet Sartre.

♥

Ist das Drama systemisch vorprogrammiert, wenn der andere noch vergeben ist?

Nicht unbedingt. Gefühle sind keine Küchengeräte, für die es eine Garantie gibt. Sie können sich ändern, abhandenkommen und an einer anderen Stelle neu entstehen. Ob man eine unglückliche Beziehung verlässt oder mühsam gemeinsam repariert, ist eine individuelle Entscheidung. Vergucken wir uns in eine vergebene Person und werden somit zum dritten Teilnehmer in einem Spiel, das, sofern nicht anders vereinbart, für zwei konzipiert wurde, ist entscheidend, wie sich der andere verhält. Die Chancen stehen gut, trotz der ungünstigen Umstände eine vertrauensvolle Basis aufzubauen, wenn

- er von Beginn an ehrlich kommuniziert, dass er interessiert ist, sich aber aktuell noch in einer Beziehungssituation befindet.
- er weder ein Date initiiert (Abendessen, Kino, Treffen in der Wohnung) noch Versuche der körperlichen Annäherung startet, ehe er seine Situation geklärt hat.
- er im Falle einer körperlichen Annäherung, der beide nicht widerstehen können – zum Beispiel alkoholisiert nach einer Party –, zeitnah seine Beziehung beendet.
- er niemals das Gefühl vermittelt, er halte sich beide Optionen warm, um alles zu seinen Gunsten abzuwägen oder sich in einem möglichst schmerzfreien Prozess häppchenweise von der alten Beziehung zu lösen, während der andere leidet.

♥

Richard

WER OHNE GESCHENK AUF ZWEI HOCHZEITEN TANZT...

In den kommenden Tagen herrscht Funkstille.

Der Freitag kommt, der Freitag geht. Er zieht an mir vorbei, als wäre es nie anders gewesen. Als wären wir uns nichts schuldig.

Die geklärten Verhältnisse mit Richard sorgen nur geringfügig für Gefühle der Erleichterung, vorherrschend ist eine unterschwellige Betrübtheit, die an die Oberfläche dringt, sobald ich an unserem Kiosk für Snacks und Getränkenachschub vorbeilaufe oder auf die gefrorenen Früchte stoße, mit denen wir bei Date Nummer zwei Cocktails gemixt haben.

Den Freitag darauf verabrede ich mich mit jemandem, den ich vor ein paar Jahren auf einer Mensa-Party kennengelernt habe. Einer, der immer wieder mal nach einem Treffen fragt, meist, nachdem ich gerade mein WhatsApp-Bild gewechselt habe, und der mir bislang nie böse war, wenn ich ihm mit großer Verzögerung eine höfliche Abfuhr erteilte. Er lädt mich in eine Bar im beliebtesten Ausgehviertel ein, ganz ohne Versteckspiel oder nervige Vorankündigungen, wer was wann zu zahlen habe. Und doch spüre ich den ganzen Abend hindurch eine Leere, die viel Raum einnimmt und deren Konturen mit den Erinnerungen an die vergangenen Freitage gezeichnet sind.

Als der Typ kurz auf Klo verschwindet, zücke ich mein Handy und unternehme die erste Kontaktaufnahme seit zwei Wochen: „Hey Richard, wie geht's dir? Ein Freitagabend ohne billigen Schampus und teure Gespräche fühlt sich etwas witzlos an."

Er antwortet eine gute Stunde später: „Hey, na? Auch ich dachte gerade an unsere Freitag-Reihe. Schön war's! Wünsche dir ein angenehmes Wochenende."

Mein erster Gedanke: *She's back* und *He's gone*. Kaum zu glauben, aber meine Story ähnelt all den anderen, in denen eine vergebene Person ihre Fühler ausstreckt, um die Marktchancen außerhalb der eingerosteten Beziehung zu testen.

Mein Begleiter, inzwischen wieder zurück, überlegt derweil, ob er die bestellten Chicken Wings mit den Händen essen kann – das Feuchttuch, das die Küche mitgegeben hat, würde es ja durchaus legitimieren, aber er wolle nicht abstoßend wirken und gleich beim ersten Date an irgendwelchen Knochen herumnagen, dazu noch mit einem Dip, der nach einer Knoblauchplantage riecht.

„Was denkst du?", fragt er.

„Bitte was?" *Wer bist du überhaupt?*, denke ich. *Und wo*

ist Richard? Glaubst du, mich interessiert, ob du mit Händen oder Füßen isst? Schleck ruhig deinen Knoblauchdip aus, denn wir werden uns weder heute küssen noch morgen noch wenn die Sonne sich ausdehnt und anfängt, Planeten zu verschlucken.

♥

Woher kommt die ablehnende Arroganz beim Dating-Neustart?

Wenn wir wegen A noch Kummer haben, kann B nur in wenigen Fällen unsere Stimmung heben. Wir stellen lauter Vergleiche an und glorifizieren dabei sowohl die optischen als auch charakterlichen Merkmale von A:

- A's komplizierte Umstände erscheinen uns spannend, B aber, der keine Beziehungsleichen im Keller hat, wirkt dagegen flach und öde.
- A's Feigheit wird als attraktive Zurückhaltung erinnert, während B uns mit der offenen Bekundung seines Interesses aufdringlich vorkommt.
- A's graue Härchen hatten etwas Väterliches, seine Augenringe standen für eine tiefsinnige Erschöpfung, das untrainierte Bäuchlein war ein süßes Bekenntnis seiner kulinarischen Sünden – B aber wird mit seinem Undercut, den Muckis und dem spannenden Hemd als „geleckter Proll" wahrgenommen.
- Dass A gern den Hauptredeanteil übernommen hat, wird plötzlich als Entertainment-Qualität gewertet, während B nur deshalb so viele interessierte Fragen an uns richtet, weil er selbst nichts zu erzählen hat.

Die Trauer darüber, dass A fort ist, verwandelt sich in eine Wut, die sich unfairerweise gegen den Falschen richtet. Die Umlenkung dieser trauerbasierten Wut ist unreif und gilt im Grunde denen, die uns in diese Lage gebracht haben: nicht B, sondern A sowie uns selbst.

♥

Ich muss nach Hause, und zwar dringend.

Meine dämliche Nachricht an Richard hat mir vor Augen geführt, dass es an der Zeit ist, mir eigenhändig den Todesstoß zu geben. Manchmal brauche ich sie, diese finale Brutalität, die den letzten Funken Hoffnung tötet, und in Situationen wie diesen sitzt kein Stoß tiefer als das bittere Ergebnis einer Stalking-Session auf Social Media. Dank Lisa ist es ein Kinderspiel, Richards Freundin auf Instagram zu finden. Sie hat ein öffentliches Profil, in dem es nur so wimmelt vor Pärchenfotos, die mit dem Filter der Verliebtheit belegt sind. Wer ist dieser Typ, der sich beim Küssen für das Internet ablichten lässt, mit Bildunterschriften wie „Now and forever, you never know before you meet the right one"? Richards eineiiger Zwillingsbruder?

Es ist fast so, als wären sie das Traumpaar einer bekannten Netflix-Serie, deren Fan-Account ich durchstöbere. Ich schaue mir jedes Bild an, lese jeden kitschigen Untertext: Sie ist nicht die größte Wortakrobatin, dafür aber naturschön und durchtrainiert, ernährungs- und umweltbewusst. Es gibt zig Fotos vom Essen oder Wandern, manche mit einem herzlichen Lächeln, andere mit einem sinnlichen Blick. Allein macht sie eine gute Figur, neben Richard eine glückliche.

Ich denke an seine Worte: Offiziell noch zusammen, inoffiziell getrennt. Dieser Account jedenfalls schaut danach aus, als würden die Herzen sowohl vor als auch hinter der Kamera fliegen.

Ich habe mich in die Hypotenuse eines Beziehungsdreiecks verwandelt, in dem er und seine Freundin als gleich lange Seiten meine Gegenspieler bilden.

Was ist nun zu tun? Sport treiben, Selbstbräuner auftragen und Chiasamen schlucken, um eine verbesserte Version der Ex zu werden? Seine Nummer aus meinem Adressbuch löschen, ihren Namen aus meinem Insta-Verlauf und die Dates aus meinem Kopf? Ihn mit seinen Halbwahrheiten konfrontieren, mit dem Spiel, das er gespielt hat und vermutlich noch immer spielt, um zuletzt und am lautesten zu lachen? Oder aber auf „wait and see" setzen – eine Strategie aus der Medizin, bei der man nach der Tumorentfernung auf weitere Maßnahmen verzichtet und abwartet, ob die Dinge sich zum Guten wenden?

In Multiple Choice kenne ich mich aus, denn der schriftliche Teil des Medizinstudiums bestand sechs Jahre lang aus fast nichts anderem. Die Antwort lautet definitiv b: Ihn vergessen, sie vergessen, die Freitage vergessen und mir klarmachen, dass ein Typ, der auf zwei Hochzeiten tanzt und auf keiner ein Geschenk dabeihat, ganz bestimmt nicht zum Bräutigam taugt.

Was springt netto beim Stalking seiner (Ex-)Freundin für uns heraus?

Wir wollen Vergleiche ziehen: Wer hat ein schöneres Gesicht, eine bessere Figur, volleres Haar, weißere Zähne? Wer unternimmt exotischere Urlaube, sammelt nettere Kommentare, postet originellere Rezepte, Locations, Modetipps?

Konkurrenzdenken kann förderlich sein zur Steigerung der eigenen Leistung und Erweiterung seiner Ziele. Jedoch handelt es sich hier nicht um den Kollegen, mit dem wir uns vergleichen, den Mentor, von dem wir lernen können, die Freundin, die uns inspiriert – es handelt sich um eine Person, die aufgrund der Umstände allein schon durch ihre bloße Existenz einen Schmerz für uns bedeutet, ganz unabhängig von dem, was sie tut oder kann. Wenn wir dann auch noch Punkte finden, in denen sie uns übertrifft, potenziert sich dieser Schmerz.

Fakten und Informationen – sofern diese korrekt präsentiert werden – sind das Einzige, was wir hierbei gewinnen. Die Frage ist, ob der Preis, nämlich eine mögliche Selbstwert-Destabilisierung, nicht zu hoch ist. Gerade wenn der Dating-Partner uns durch sein Verhalten das Gefühl vermittelt, nicht gut genug zu sein für ein klares „Ja", ist der Selbstwert ohnehin schon vorgeschwächt und besonders anfällig für weitere Schäden.

♥

Eine weitere Woche später merke ich, dass es gar nicht so leicht ist, von jetzt auf gleich wieder allein dazustehen und stoße auf der Suche nach einem brauchbaren Trost auf

Richards Doktorarbeit. Das gebundene Exemplar wird zu einer Art Ersatz, der mir ermöglicht, ihm nah zu sein, ohne ihm nachzulaufen. Ich mache mir Notizen zu Stellen, die ich besonders gut finde, schreibe mir ein paar Fragen auf und erweitere zwei, drei seiner Gedankengänge mit dem, was mir aus der Psychiatrie dazu einfällt. Meine Freude gilt dabei dem Tag, an dem er lesen wird, was ich zu seinem Werk, an dem er vier Jahre gearbeitet hat, zu sagen habe. Plötzlich habe ich eine Art Ass im Ärmel, das ich noch ausspielen kann. Eins, das ihn garantiert aus der Bahn werfen wird.

♥

> **Warum halten wir uns an jedem noch so kleinen Strohhalm fest?**
> Wenn Religion das Opium des Volkes ist, wie Karl Marx gesagt hat, dann ist die Hoffnung das Heroin für die Unglücklichen im Dating Game.

♥

Weitere drei Wochen ohne Kontakt.
Mein Handy vibriert auf der Fensterbank. Schon von Weitem kann ich die Namenslänge auf dem Display rasch Richard zuordnen – als hätte ich nur darauf gewartet. Ein paar Small-Talk-Fragen schreibt er, einen Satz zur Arbeit, einen Hinweis zu seinem Urlaub, zwei Wortspiele, drei Standard-Emojis und *kein* Vorschlag für ein Treffen. Ich fokussiere mich, antworte mit einem dichten Text, der jedoch halb so lang ist wie seiner, und sende in einer zweiten Nachricht das 500-Worte-Feedback zu seiner Doktor-

arbeit mit der Anmerkung: „Der Vollständigkeit halber – da stand ja noch was aus …"

Binnen Minuten schreibt er zurück: „Ich bin begeistert. Das ist eine der schönsten Rezensionen, die ich bislang zu meiner Dissertation erhalten habe. Wie wäre es denn, wenn wir uns am kommenden Freitag noch mal sehen? Gewohnte Zeit, gewohnter Ort, gewohnte Stimmung?"

Ja, gern, antworte ich und rede mir ein, ich hätte mit dem Ass in meinem Ärmel abgeräumt. Hätte endlich verstanden, wie man mitmacht in seinem Spiel ohne Regeln. Hätte den Jackpot geknackt, statt die Niete zu ziehen.

Am Morgen des Treffens wache ich jedoch mit einem Grimmen anstelle von Schmetterlingen im Bauch auf: Mir ist völlig klar, dass Richard mir weder dabei helfen wird, einen endgültigen Schlussstrich zu ziehen, noch eine würdige Fortsetzung zu finden. Er will mit mir ein paar Wolken höher fliegen, nicht die Angelegenheiten am Boden klären.

Doch dieser Freitag mit ihm hat nichts, rein gar nichts, mit seinen Vorgängern gemein: Richard ist weder witzig und wild noch trunken und träumerisch. Dieser Freitag gleicht einer nostalgischen Erinnerung an das, was uns entglitten ist, und während wir reden und laufen und trinken, versuche ich meine Sehnsucht nach dem Menschen zu verstehen, der vor mir ist und doch nie wiederkehrt. Meine Sehnsucht nach einem Richard, der auf dem Dating-Feld nur deshalb aufrecht stehen konnte, weil er ein paar Tatsachen unter den Teppich gekehrt hatte.

Auf meinen Wunsch hin machen wir schon kurz vor Mitternacht Schluss. Kein Durchquatschen oder Rumgemache bis in die frühen Morgenstunden. Ich möchte das Treffen beenden, bevor der nächste Tag mit hineingezogen wird. Nach dem Abschied an meiner Tür kehre ich ins Wohnzimmer zurück, setze mich auf die Couch und schalte im Radio die Nulluhrnachrichten an. Während die Verkehrsansage leise im Hintergrund läuft, bemerke ich schlagartig eine Leere in meiner Brust. Als würde man nach einem stundenlangen Discobesuch auf die totenstille Straße treten und sich dann erst der wahren Lautstärke der Musik bewusst werden. Diese „Leere danach", die den alten Platz der Hoffnung einnimmt, übernimmt eine wichtige Funktion: Sie teilt mir mit, dass der Ofen aus ist, die Vorkasse geplündert, das letzte Pulver der potenziellen Partnerschaft verschossen. Sie verleiht mir die Stärke, das Richtige zu tun.

Endlich.

Ich schicke noch in derselben Nacht eine E-Mail ab:

Danke für die bereichernden Treffen. Ich habe sie genossen und werde sie in guter Erinnerung bewahren. Ich würde unseren Kontakt jedoch gerne an dieser Stelle beenden, da die Lage, in der wir uns befinden, keine ist, die mir, dir oder einer dritten Person gerecht wird. Ich wünsche dir viel Erfolg für die Zukunft.

Seine Antwort folgt in den frühen Morgenstunden:

Du bist eine wunderbare Frau, mit all deiner Wärme, die sich gelegentlich in eine dich selbst schützende Kälte umkehrt. Du bist eine, die verstehen wie erklären kann, die sanft ist, aber bestimmt, hingebungsvoll und doch stolz. Du bist das, was man sich wünscht, wenn der fordernde Alltag sich dem Ende neigt und der Abend seine Arme öffnet für die Stunden der Zweisamkeit.

Sie ist zurück.

Sie – für dich „die andere", für mich „die Aktuelle". Eine Trennung wird sehr wahrscheinlich der nächste Schritt sein.

Dennoch: Ich möchte unsere vielschichtigen Freitagstreffen nicht länger im Hintergrund laufen lassen, denn dort gehören sie nicht hin. Sollte es mal ein „Wir" geben, so gehört es nach vorn, in die erste Reihe, seit der ersten Stunde.

Zugegeben: Ich war durchaus in der Position, meine Spielräume zu nutzen und mich der Bequemlichkeit eines warmen Wechsels hinzugeben, aber das bin nicht ich und das werde ich niemals sein.

Du bist zur falschen Zeit am richtigen Ort. Dieser Ort ist mein Herz.

Leb wohl, vorerst.

Ich lese seine Zeilen meiner Schwester vor, meinen beiden Freundinnen, die in die Richard-Story eingeweiht sind, und zum Schluss sogar Lisa. Über zwei Sachen sind alle vier sich einig. Erstens: Er denkt, man müsse seinen Brief irgendwann in einem Jahrhundertroman abdrucken. Zweitens: Die Sache geht ihm sowohl ans Herz als auch an die Nieren.

Warum macht der andere nach dem (selbst verschuldeten) Ende plötzlich emotionale Bekenntnisse?

a) Er hat realisiert, wie wertvoll wir für ihn geworden sind. Oft passiert dies nach einer längeren Zeit der Kontaktstille, oder aber, wie in diesem Fall, im Zuge der endgültigen Trennung. Er empfindet dabei ein starkes **Nähebedürfnis** und fast schon eine euphorische Begeisterung für unser Wesen, der sich ein bittersüßer Schmerz beimischt. Insbesondere Männer können in diesem Zustand plötzlich ungewohnt theatralisch werden. Die Intention seiner Handlung spielt hierbei eine untergeordnete Rolle, da er sich in erster Linie Erleichterung verschaffen will, indem er seine Gefühle an den Menschen richtet, der sie in ihm ausgelöst hat: an uns.

b) Weniger romantisch, aber durchaus möglich: Ein weiterer Versuch, unsere **Verfügbarkeit** und damit seine Machtposition als Entscheider aufrechtzuerhalten. Der andere spürt, wenn er den Bogen überspannt und unsere Geduld strapaziert hat. Eine emotionale Nachricht, insbesondere, wenn sie unerwartet kommt, kann als Überraschungsangriff gewertet werden, der unseren Plan zerstören soll, uns endgültig loszureißen. In diesem Fall ist sein Handeln berechnend. Das schließt in keiner Weise aus, dass ihm tatsächlich etwas an uns liegt – nur ist seine Zuneigung stets an seine Bedingungen gekoppelt.

c) Wir haben ihm das Steuer aus der Hand gerissen und den Kurs gewechselt. Das ist neu für ihn, denn bislang konnte er sich mit uns in dem schwankenden Boot seiner Beziehungsunsicherheit treiben lassen. Nun hat er jedoch Panik, dass er womöglich Mist gebaut hat und sich etwas Großartiges entgehen lässt. Da er aber noch immer unsicher und risikoscheu ist, kann er auch jetzt keine klare Stellung beziehen. Stattdessen setzt er seinen Schuss in Form einer emotionalen Nachricht ab, ein halbes **Zugeständnis**, die Andeutung einer Entscheidung – in der Hoffnung, dass dies vorerst reicht. Seine Intention: Zeit zu gewinnen und uns nicht zu verlieren.

♥

Ich verinnerliche seine E-Mail, bevor ich sie in den Papierkorb schiebe. Dann lösche ich unseren WhatsApp-Verlauf, lege mich schlafen, träume von einem fünften Treffen, bei dem sich alles zum Guten wendet, wache auf, fahre zur Arbeit, drehe auf der Autobahn das Radio laut, trauere dem Traum bei einem Beatles-Klassiker hinterher, betrete die Klinik, verschwinde auf der Mitarbeitertoilette, pudere meine Augenringe zum Teufel, mache die erste Blutabnahme und schließe mit Richard ab.

Ich schließe mit ihm ab und schließe die Tür hinter ihm – die zu meinem Herzen, in dem er wochenlang hausiert hat, ohne einen Cent Miete zu zahlen.

Zirka zehn Wochen später. Ich liege im Bett, das Nachtlicht ist bereits ausgeschaltet, mein Handy blinkt auf. Bestimmt eine Freundin, denke ich, oder meine Schwester.

Es ist Richard.

Um diese Uhrzeit? An einem Sonntag? Habe ich womöglich noch einen anderen Richard in den Unterwelten meiner Kontaktliste abgespeichert?

Seine Nachricht: „Na, wie ist es dir so ergangen? Bist du gut in die kalten Monate gekommen? Sag mal, wollen wir unsere alte Freitags-Reihe wieder aufnehmen und uns diese Woche treffen? Ich würde mich riesig freuen!“

Ja, doch, das ist er: mein Richard, der nie mir gehörte. Und was ich spüre, so klar und deutlich, als würde es dort geschrieben stehen: Er ist Single. Und ein wenig verzweifelt. Höchst fraglich, ob tatsächlich *er* am Ende die Trennung beschlossen hat, denn wie es scheint, will er sich keine Zeit nehmen, sie richtig zu verdauen, und setzt lieber auf unsere spätsommerlichen Good Vibes – nur dass diese mittlerweile unter matschnassem Laub begraben liegen. So ein schlauer Typ, denke ich, und doch dumm genug zu glauben, er könne einfach weitermachen, wo alles aufgehört hat. Als hätte mein Gefühlsleben seither stillgestanden und nur darauf gewartet, dass Richard mit der Fernbedienung um die Ecke kommt und den Pausenmodus per Knopfdruck beendet.

♥

Warum denkt der andere, er könne uns nach Lust und Laune wieder aufwärmen?

a) Er denkt es nicht, er hofft es nur. Da er jedoch vertuschen möchte, wie dreist seine unvermittelte Wiederannäherung ist – dazu noch ohne jegliche Erklärungen zu seiner aktuellen Situation oder Anknüpfung an unsere alten Konflikte –, meldet er sich mit einer Selbstsicherheit, die uns wiederum verunsichern soll: Wir freuen uns, sind aber auch verwirrt und fühlen uns überrumpelt. In diesem Zustand wissen wir plötzlich nicht mehr, ob das Äußern oder gar Hegen von Zweifeln überhaupt noch angebracht ist.

b) Er denkt, dass wir es mitmachen werden. Der Grund dafür ist, dass wir uns zuvor überangepasst verhalten haben – heißt: Wir haben häufig unsere eigenen Bedürfnisse unterdrückt und Ängste oder Sorgen mit uns selbst ausgemacht, um die neue Bindung nicht zu gefährden.

c) Er unterschätzt den üblen Geschmack von „kaltem Kaffee". Während wir getrauert und den Abschied mit all seinen Unannehmlichkeiten korrekt verarbeitet haben, hat er uns innerlich nur aufs Abstellgleis gestellt und geht fälschlicherweise davon aus, er könne unsere Flamme mit einem Fingerschnippen wieder entzünden.

♥

Ich schicke keine Antwort. Ich habe nichts zu sagen. Jedes Wort wäre eines zu viel. Das ist kein strategisches Schweigen, kein Rarmachen aus Rache.

Ein paar Tage später klopft es an einem Dienstagnachmittag an meiner Wohnungstür. Ich mache auf und denke dabei an einen Nachbarn oder ein Paket. Das Paket heißt Richard, eingehüllt in Winterkleidung. Ich brauche einen Moment, bis ich ihn wiedererkenne, denn in Daunenjacke und Schal schaut er ziemlich aufgeplustert aus. Die Haare sind zudem kürzer als im Sommer, der Stoppelbart voller und seine Stimme klingt irgendwie höher: „Hey", sagt er.

„Unten war offen."

Ich zögere einen Moment und bitte ihn dann herein. Im Wohnzimmer hängt feuchte Kleidung, deren Waschpulvergeruch sich durch die Heizluft im ganzen Raum verteilt hat. Das Radio läuft laut, der Fernseher stumm, auf dem Bett liegt ein aufgeschlagenes Buch, daneben eine Tasse Tee auf einem Holzbrett.

„Störe ich?", fragt er und sieht sich dabei um, als würde er es sich liebend gern gemütlich machen in dieser geborgenen, wohlig duftenden Höhle, in der er bereits viele berauschende Stunden verbracht hat.

„Nein, schon okay."

„Nicht, dass du mich jetzt für einen Stalker hältst", sagt er mit einem angespannten Lachen.

„Ach Quatsch."

♥

Der andere steht unangekündigt vor der Tür: Ist das mutig oder verzweifelt?

Beides: Die Verzweiflung verleiht ihm den nötigen Mut. Er befindet sich quasi im Nichts-zu-verlieren-Modus und tauscht seinen Stolz gegen einen grenzüberschreitenden Rettungsversuch ein.

Deutlich attraktiver wirkt auf uns jedoch der Mut, den der andere aus einer starken Position heraus aufbringt: weil er kann und will, nicht weil schmerzliche Emotionen ihn dazu treiben.

♥

Wir setzen uns auf meine Couch. Ich weiß nicht, was ich denken soll. Ich registriere, was passiert, und denke einfach gar nichts. Die Zeiten des Kopfzerbrechens sind vorüber. Nein: Die Zeiten, in denen ich *überhaupt* einen Kopf für Richard hatte, sind vorüber.

„Ja, ich dachte, wir sollten uns mal wieder treffen", sagt er.

Ich nicke: „Klar, das kriegen wir schon irgendwie noch mal hin."

„Diesen Freitag?"

„Das schaffe ich nicht."

„Wann wäre denn passend für dich?"

Ich antworte nicht, biete keinen Tee an, schaue ihm kaum in die Augen. Was hat er denn geglaubt? Dass sein unwiderstehlicher Anblick genügen würde, um das Blatt zu wenden? Welches Blatt überhaupt? Es gibt kein Blatt mehr.

„Na gut", sagt er nach einer langen Schweigeminute, „dann breche ich mal auf."

„Wie du magst", antworte ich und begleite ihn in den Flur. Wir nicken uns zum Abschied flüchtig zu, mit einem halben Lächeln, das nie mehr ein ganzes wird.

♥

Woran erkennt man, dass der Dating-Zauber eindeutig verflogen ist?

a) Die körperliche Anziehung ist gesunken oder gar verschwunden. Zudem reißt uns das einst als charmant empfundene Zusammenspiel aus Gestik, Mimik und Stimme nicht mehr vom Hocker.

b) Die gemeinsame Zeit verfliegt nicht mehr, sondern vergeht, unter Umständen sogar recht langsam, denn es kann sein, dass wir den anderen ohne die Brille der Bedürftigkeit nicht mehr sonderlich spannend finden. Zeit für neue Dating-Optionen!

c) Seine Nachrichten lösen weder auf der körperlichen Ebene (vegetative Symptome) noch auf der psychischen (Hebung oder Senkung der Stimmung) eine Veränderung aus. Zudem ist das Bedürfnis, den Kontakt zu halten, reduziert oder erloschen. Unter Umständen empfinden wir sogar die Vorstellung einer losen Freundschaft als „anstrengend", da wir außerhalb des Dating Games keine Basis dafür sehen.

d) Es ist kein Drama, wenn er uns im Zuge einer zufälligen Begegnung mit Dutt und Jogger vorfindet. Durch eine Mischung aus Verarbeitung und Selbstschutz stehen wir mittlerweile über den Dingen und haben nicht mehr das Bedürfnis, uns durch Styling, Sympathie etc. zu beweisen.

♥

In den kommenden Tagen ruft Lisa an und trägt die neuesten News an mich heran: „Richard hat meinem Cousin erzählt, ihr hättet wilden Sex gehabt. Er meinte, du wärst da überraschend offen gewesen."

„Schwachsinn, wir hatten keinen Sex, es gab nur die Vorspeise."

„Das Vorspiel?"

„Ein paar kalte Häppchen."

„Petting?“

„Penetrationslos.“

„Krass.“

Ich frage, was er sonst noch gesagt habe.

„Dass du luderhaft bist“, antwortet Lisa.

„Dass ich was bin?“

„Luderhaft.“

„Das hat er gesagt?“

„Ja. Luder-haft. Er meinte, es sei richtig zur Sache gegangen und ihr hättet es überall im Wohnzimmer getrieben.“

Dass offenkundige Machos nach einer Abfuhr Lügen über wilde Sexorgien verbreiten, um ihren Schwanz zu retten, war mir bekannt. Aber einem Lehrstuhl-Richard, der jahrelang im stillen Kämmerlein an seiner Dissertation geschrieben hat und sich dem bürgerlichen Leben außerhalb der akademischen Gemäuer entzieht, hätte ich diesen primitiven Trick 17 aus dem Repertoire des verletzten Männeregos beim besten Willen nicht zugetraut. Tja, Klischeefalle. Man lernt nie aus.

„Willst du ihn nicht konfrontieren?“, fragt Lisa.

„Nein“, antworte ich und erkläre ihr, dass meine Finger in den Arbeitsstreik gehen, sobald ich ihnen den Befehl erteile, Richard zu kontaktieren.

Nach dem Telefonat ziehe ich zum ersten Mal seit Monaten seine Doktorarbeit aus meinem Regal und blätterte durch die gefühlt 1000 Seiten in Schriftgröße 2. Ganz hinten finde ich den zusammengefalteten Zettel, auf dem ich mir Stichworte für das Feedback notiert hatte.

Woher nur konnte ich die Kraft für so viel Mühe nehmen? Allein bei dem Gedanken, noch mal eine fachfremde Promotion samt Fußzeilen neben dem Joballtag zu lesen, fühle ich mich erschlagen. Ich öffne die Abstellkammer und lege seine Arbeit in den Karton mit den vollgekritzelten Blöcken, die ich demnächst entsorgen möchte.

Andy

DER SEELENSTRIP: NACKTE TATSACHEN BEIM TINDER-DATE

Ich gebe im App Store das Wort Tinder ein, bestätige mein Passwort und lade die Gratis-App herunter: Null Euro für das digitale Liebesland der unbegrenzten Möglichkeiten.

Das Tinder-Logo wird zum festen Bestandteil meines Handydisplays: Eine orange Flamme, bei deren Anblick ich durchaus ins Schwitzen komme. Immerhin muss ich Fotos reingeben, die weder needy noch nichtssagend wirken, ein paar warme Worte druntersetzen und mich zur Schau stellen wie bestellt und (noch) nicht abgeholt.

Ich ermahne mich, offen zu bleiben. Nicht auszuschließen, dass auch ein Match eine besondere Magie bergen kann. Und wer weiß: Vielleicht liegen die Chancen, in der Tinderflamme Feuer zu fangen, tatsächlich höher, als „ganz ohne Eigenarbeit" von Amors launischem Pfeil getroffen zu werden.

Amor hatte seine Chance, mit Richard.

Ein Schuss, der nach hinten losging.

Ich swipe, also bin ich.

Ich kam, sah und swipte.

Swipe *diem*.

Nach ein paar Monaten bei Tinder, etlichen Chats und einer Handvoll Treffen werde ich auf Andy aufmerksam.

Ich gebe ihm ein Like, weil er als ein Meter neunzig großer Erzieher mit Hund im Profil den Anschein erweckt, ein tierlieber Typ mit sozialer Ader zu sein, der sich auf seine beachtliche Körpergröße nichts einbildet. Einer, dem Lug und Betrug so fernliegen wie der Besuch beim Friseur. Ja, Andy hat sein volles, dunkelblond gewelltes Haar bis über die Ohren wachsen lassen, und das eine Foto, auf dem er mit breitem Grinsen eine Haarsträhne langzieht, lässt vermuten, dass er ganz stolz darauf ist, mit Anfang dreißig noch nicht zur *Generation Glatzen-Gefahr* zu gehören.

♥

Was haben Hunde und Babys im Online-Profil zu suchen?
Manche Nutzer*innen setzen ihr Haustier gekonnt ein, um positiv aufzufallen und die knallharten Wegwischer*innen weichzukochen – quasi eine Vorstufe zu Bildern mit Babys, die in Kombination mit aufklärenden Hinweisen wie „Bin nur der Patenonkel" erscheinen.

♥

Nur zwei, drei Minuten nach dem Like schreibt er einen längeren Begrüßungstext mit mehreren Fragen, in denen er sich auf mein Profil bezieht. Scheinbar ist er nicht nur happy mit Hund und sexy im Spiegel-Selfie, sondern auch noch hoch motiviert, den gematchten Fisch rasch aus dem Tinder-Teich zu ziehen. Da ich unsicher bin, ob Angler Andy mir tatsächlich zusagt, lasse ich mir mit dem Anbeißen erst einmal Zeit.

Eine Woche später hakt er spätabends noch mal nach: „Na du? Beschäftigt oder desinteressiert?"

Ich liege gerade im Bett und heule wegen des traurigen Staffelfinals meiner Lieblingsserie.

„Alles gut", antworte ich. „Ich hatte bislang nur keine Zeit, mich zu melden."

Ich hätte am Bahngleis antworten können, in der Kassenschlange, beim Tanken, auf dem Klo. Zeitmangel als Ausrede ist so anerkannt wie abgenutzt.

„Hey, cool von dir zu lesen!", schreibt er. „Wie verbringst du deinen Sonntagabend so? Ich arbeite unter der Woche mit den Kiddies und helfe an den Wochenenden einer alten Lady beim Einkauf und Wohnungsputz. Heutzutage braucht man ja oft zwei Jobs, wenn man sich auch mal was gönnen will. Aber das sieht bei dir doch sicher anders aus. Du bist Ärztin, richtig?"

Ich weiß jetzt nicht mehr, was schlimmer ist: die lange Zeit, die ich bis zur nächsten Staffel warten muss, oder die kurze, in der er seine detailreiche Antwort verfasst?

Ich wische meine Tränen weg und tippe drauflos: „Ich arbeite in einer psychiatrischen Klinik. Sag mal, kannst du mir zufällig eine gute Serie empfehlen?"

Auch seine nächste Nachricht lässt nur wenige Minuten auf sich warten.

Ich antworte erst, als ich am nächsten Morgen ausgeschlafen in einen Stop-and-go-Stau gerate.

„Hast du Insta?", frage ich. Ich habe selbst nur zwei Bilder drin und bin eher die stille Stalkerin als die posende Posterin, aber vielleicht weckt sein Insta-Account ja meine Neugierde und vielleicht könnte diese Neugierde zum Motor der bislang mangelnden Motivation werden, ausführlicher auf ihn einzugehen.

♥

Ist der fehlende Flow am Anfang ein schlechtes Zeichen?
Wenn wir uns unmotiviert fühlen, obwohl wir grundsätzlich auf Partner*innensuche sind, liegt das vermutlich weniger am Prämenstruellen Syndrom, dem Bürostress oder den Renovierungsarbeiten daheim. Vielleicht ahnen wir bereits anhand seiner Eckdaten und des Schreibkontakts (Sprache, Inhalt, Frequenz), dass er nicht die Art von Mann oder Frau ist, die wir suchen. Passivität ist als Zeichen des Widerstands zu werten.

♥

„Nein, bin nicht so der Insta-Facebook-Typ", erwidert er. „Du etwa? Wenn du noch mehr Bilder haben möchtest, könnte ich dir welche auf WhatsApp schicken. Magst du mir deine Nummer geben? Bis wann arbeitest du heute denn?"

Schon wieder Fragen. Sogar drei. Glaubt er, sie würden ihn einen Schritt näherbringen zum Date voller Küsse, die nach Wegbier und Wok-Gerichten vom Foodtruck schmecken? Aus irgendeinem Grund stelle ich mir vor, wie er mit dem einen oder anderen Tinder-Date aufs monatliche Streetfood-Festival geht und an jedem Essensstand neue Fragen stellt, obwohl seine Begleitung mit vollem Mund und überschwappendem Getränk in der Hand ganz offensichtlich nicht in der Lage ist, sie in diesem Moment ordentlich zu beantworten.

Das *Stop* wird wieder zum *Go*, allerdings bloß auf der Straße, nicht im Chat. Ich schließe die App und lege das Handy beiseite.

♥

Warum kämpft der andere engagiert um das erste Treffen?

a) Er sitzt unfreiwillig **auf dem Trockenen**. Vielleicht hat Tinder-Match X aus heiterem Himmel die „Freundschaft" plus beendet oder er hat wochenlang auf das falsche Pferd gesetzt: Tinder-Match Y, das trotz anfänglichem Hufenscharren plötzlich nichts mehr von einem gemeinsamen Ausritt wissen will. Da seine Libido gar nicht daran denkt, sich an seine aktuelle Lage anzupassen, entsteht ein psychischer wie physischer Druck, der ihn dazu verleitet, in uns eher eine Matratze zu sehen als ein Match.

b) Der Mann hinter dem Match ist nicht halb so attraktiv, wie seine gut gewählten Profilbilder suggerieren. Er will möglichst schnell ein Treffen vereinbaren, solange er noch im Gespräch ist und kein anderer uns „abgegriffen" hat. Sein Plan basiert hier auf der leisen Hoffnung, dass der Funke beim Live-Treff trotz **Mogelbildern** überspringt.

c) Er/Sie befindet sich **in an open relationship**, vielleicht sogar erst seit Kurzem, und ist neugierig auf das Experiment mit der sexuellen Freiheit innerhalb einer bestehenden Partnerschaft.

Wichtig ist, dass der andere uns rechtzeitig (am liebsten gestern) über seine „offenen" Umstände aufklärt, damit wir uns bei fehlendem Interesse rechtzeitig verschließen können vor dem weiteren Kennenlernen, der Investition von Zeit, der Entwicklung von Gefühlen.

d) Er ist hellauf von uns beziehungsweise von unserem Profil **begeistert** und gibt Gas, da er Sorge hat, als digitale Karteileiche zu enden – was bei den Massenchats auf Tinder & Co. schnell passieren kann.

e) Worst-Case-Szenario: Er ist **unglücklich getrennt** und sucht nach einem Trostpflaster, das die frische Wunde abdeckt. Dabei geht es ihm nicht unbedingt um Sex: Vielleicht genügt ihm regelmäßiger Schreibkontakt und/oder ein kuscheliger Filmabend. Hierbei wirft sein Ballast, über den er uns nicht unbedingt aufklärt, einen Schatten über das Kennenlernen, aus dem wir unter Umständen nicht einmal mit Geduld und Verständnis heraustreten können. Wer noch Trauer zu verarbeiten hat, kann nur bedingt die emotionale Energie aufbringen, die für die Entstehung einer neuen Bindung notwendig wäre.

♥

Ein paar Tage später erhalte ich eine Insta-Anfrage von einem leeren Profil mit dem Benutzernamen *Andy*. Eine freundliche Erinnerung? Ich nehme an. Er lädt noch am selben Abend ein sympathisches Selfie hoch, für mich, seinen einzigen Follower, und fragt in der Bildunterschrift nach einem Treffen. Die Aktion ist irgendwie herzerwärmend. Ich kommentiere das Bild mit einer Zusage.

Da er rund fünfzig Kilometer entfernt wohnt, biete ich ihm als eingefleischte Großstädterin einen Spaziergang durch die geheimen Altstadtecken an und nehme mir vor, zur Abwechslung mal mit mehr Freude und weniger Skepsis an das erste Date heranzugehen.

Am Abend des Treffens lackiere ich mir die Nägel, ziehe Stiefeletten an, ein schwarzes Oberteil mit Schulterausschnitt und binde meine Haare zu einem sportlichen Zopf zusammen, den ich – sollte ich den Drang verspüren, mein Date mit lasziver Langhaar-Mähne zu betören – kurzerhand lösen könnte.

Tatsächlich bin ich positiv überrascht, als wir uns live in die Augen blicken: Er sieht fast einen Tick besser aus als auf den Bildern. Auch den Akustiktest besteht er beim Begrüßungsplausch. Seine Stimme ist weder unerwartet hoch noch hat er einen Hang zum Nuscheln.

Wir kaufen eine große Steinofen-Pizza, zwei Getränke aus dem Kühlregal und setzen uns an der Flusspromenade auf eine freie Bank mit Blick auf die andere Stadtseite. Er hat darauf bestanden, für alles zu zahlen, ich könne mich beim nächsten Mal ja revanchieren, aber heute gehe auf ihn. Er ist kein Geizhals, das muss man ihm lassen, aber genau hier beginnen nach knapp zwei Stunden auch die ersten Probleme: Er geizt weder mit den Banknoten noch mit den Bekenntnissen, weder mit der Währung noch mit der Wahrheit. Anders als bei Tinder stellt Andy beim realen Treffen weniger Fragen, sondern gibt lieber Infos preis: Er erzählt von seinem selbstsüchtigen Vater, der die Familie vor langer Zeit für eine andere Frau verließ. Von der Mutter, die ein paar Jahre später einen Polizisten aus demselben Ort heiratete, zu dem Andy und sein Bruder ein gutes Verhältnis hatten.

„Aber den musste meine Mutter vergraulen: Mit normalen Männern kann sie nichts anfangen, nur mit Arschlöchern. Sie fühlt sich unwohl, wenn es jemand zu gut mit ihr meint."

Im Job sei sie toll, eine Intensivpflegerin, die mit Herzblut ihre Schichten meistert, aber daheim hätte sie mit *intensiven* Gefühlsausbrüchen aufgewartet. Sie habe Andy als Kind öfter mal runtergemacht, ihn aber auch als starken Sohn gefeiert, der auf die Familie achtgeben würde: „Da ging einiges drunter und drüber, sag ich dir."

Ich frage mich, warum er mir das alles erzählt. Denkt er, ich würde als Ärztin aus der Psychiatrie auf Seelenstriptease abfahren, oder gehört das zu seinem Erstes-Date-Standard? Will er gleich von Beginn an diejenigen aussieben, die mit seinem Background ein Problem haben und nach unbefleckten Heile-Welt-Menschen suchen?

♥

Warum erzählt der andere verfrüht von traumatischen Erlebnissen?

a) Er möchte uns so schnell wie möglich emotional nah sein und sich dadurch **Sicherheit** verschaffen. Durch das Präsentieren seiner seelischen Kindheitsnarben kann er Gefühle wie Empathie, Spannung, Entsetzen und Bewunderung in uns auslösen. Zudem könnten wir seinen offenen Umgang mit der sonst so tabuisierten männlichen Verletzlichkeit attraktiv finden. Dahinter verbirgt sich oftmals die Angst, uns auf anderem Wege nicht erreichen zu können.

Tatsächlich kann so rasch ein Band entstehen, das jedoch rissig ist.

b) Die Redseligkeit könnte ein Zeichen von Nervosität sein oder der Versuch, diese zu überspielen: Er möchte sich nett unterhalten, tut sich unter dem Dating-„Spotlight" jedoch deutlich schwerer mit einem unverfänglichen Gespräch als etwa mit Freunden in vertrauter Runde. Lampenfieber kann in der Kommunikation beim Betroffenen zu Schweigsamkeit, zu einem „leeren Kopf" mit Begleitsymptomen wie Kniezittern, Magengrummeln oder Ähnlichem führen, aber auch zu einem erhöhten Mitteilungsbedürfnis: Man quasselt sich die **Nervosität** quasi von der Seele, ohne die Informationen vorher zu filtern, und packt im Eifer des Gefechts den Ex-Partner aus, den Familien-Zwist, das Burn-out von vorletztem Jahr.

c) Er ist ein überaus offener Typ und fürchtet sich nicht davor, uns durch intime Informationen zu verschmähen oder eine potenzielle Angriffsfläche zu liefern. Vielleicht besteht sein Umfeld ebenfalls aus Leuten, die ein schnelles Sichöffnen als angenehme **Authentizität** werten.

d) Worst-Case-Szenario: Er möchte **bemitleidet werden**. Vermutlich gab es bereits Situationen in seinem Leben, in denen er auf diese Weise weitergekommen ist. Zudem suchen einige Frauen keinen Halt in einer Beziehung, sondern eine Aufgabe, nämlich die Rettung des Partners: ein dysfunktionales Konzept zur Sicherung des Selbstwerts sowie der partnerschaftlichen Zuneigung. Vielleicht glaubt er, wir wären eine passende Kandidatin für ein solches Beziehungskonzept mit abhängigen Strukturen. Wenn wir zudem auch noch in einem Helferberuf arbeiten (sozialer oder medizinischer Bereich, Glaubensgemeinde, wohltätige Organisation etc.), schätzt er seine Chancen diesbezüglich als besonders hoch ein.

♥

„Ich hoffe, deine Mutter kommt gut zurecht mit dem Alleinsein", sage ich. „Stelle ich mir nicht leicht vor neben dem Job auf einer Intensivstation."

Er zieht den Mund breit, schüttelt den Kopf und schaut mich plötzlich so an, als wären wir Verbündete im Kampf gegen den unfairen Rest der Welt.

„Sie ist wieder vergeben", sagt er. „An einen arbeitslosen Alki, den sie obendrein noch durchfüttern muss." Er trinkt schulterzuckend von seiner Flasche. „Sie kann halt nicht Nein sagen, schon gar nicht zu denen, die ihr am Herzen liegen. Eine gute Seele, die ihr letztes Hemd hergibt. Meine Mama und ich, wir sind da ähnlich naiv. Ich wurde deshalb schon oft ausgenutzt." „Ausgenutzt? Von wem?", frage ich und fühle mich allmählich, als würde ich mir nach einem anstrengenden Arbeitstag eine Runde Reality-TV reinziehen, was, wenn man ehrlich ist, deutlich erholsamer sein kann als eine Dokumentation über Klassik und Kunst.

„Linda und Anita", sagt er. „Die beiden waren mehr oder weniger daran schuld, dass ich meine frühere Arbeitsstelle gekündigt habe – das war vor dem Kindergarten, im betreuten

Wohnen für Jugendliche."

„Linda und Anita?"

Kolleginnen? Ex-Frauen? Böse Stiefschwestern?

„Mit Linda war ich fest zusammen", sagt er. „Nach vier gemeinsamen Jahren und einem Haufen Pläne für die Zukunft war auf einmal alles aus und vorbei. Dabei hatte sie ein paar Wochen davor noch behauptet, dass sie mich liebt. Ist das nicht übel?"

„Manchmal ist das halt so. Ein *Ich liebe dich* ist keine Vertragsunterzeichnung."

„Das sehe ich anders. Man sollte aufpassen, was man wem verspricht."

„Eine Liebeserklärung ist aber kein bindendes Versprechen."

„Doch, irgendwie schon."

„Und was war mit Anita?"

„Sie hat zugeschlagen, als ich nach der Trennung von Linda am Boden lag. Ihr Ex-Freund war ein Schnösel um die eins sechzig, mit dicker Geldbörse und kleinem Gestell. Die hatte lange keinen richtigen Body mehr in der Bude. Nackt war ich ihr gut genug, aber angekleidet wollte sie dann doch lieber einen Arzt oder Anwalt."

„O, das tut mir leid, war bestimmt verletzend."

„Ach, das kenne ich schon seit der Schulzeit. Die anderen im Dorf kamen alle aus guten Häusern, mit Pools und Pferden und so. Ich war der Junge ohne Vater, der neben der Schule gekellnert hat, um seiner Mutter über die Runden zu helfen. Die Mädels fanden mich reif und wollten, dass ich mit ihnen in die Kiste springe ..."

„Ohne in ihre Kreise zu dringen?“

„Genau. Du Schlaukopf.“

Die Pferdeflüsterinnen wollten lieber einen Arzt oder Anwalt statt einen Andy mit Aushilfsjobs und Brennpunkt-Bürde.

Was will ich? Falsche Frage: zu früh fürs erste Date und zu groß, um sie eben mal im Hinterkopf zu beantworten. Was *weiß* ich?

Ich weiß, dass ein Partner kein Prestigeobjekt ist und ein volles Konto niemanden davor schützt, in der Kennenlernphase leer auszugehen. Dass sich etliche Diskussionen um die Frage drehen, ob Gegensätze sich stärker anziehen oder Gleichgesinnte besser zusammenpassen. Ob man mehr auf den *Vibe* statt auf die Vita setzen sollte – und zwar, ohne dass die Beziehung nach dem anfänglichen Hormonrausch an unterschiedlichen Vorstellungen, Gehältern und Freundeskreisen scheitert, oder, wie bei Hollywood-Scheidungen gern verlautet wird: an „unüberbrückbaren Differenzen“.

„Nachdem Linda und Anita mich beide abserviert hatten, lag ich echt am Boden“, erzählt er weiter. „Zum Glück hat Carmen mir durch diese schwere Zeit geholfen.“

„Wer ist Carmen?“

„Meine Nachbarin, eine ganz Liebe. Sie hat mir den Job im Kindergarten organisiert und ein paarmal für mich gekocht. Letztens hat sie mir ein heißes Bad eingelassen, weil ich daheim keine Wanne habe.“

„Und? War sie mit dir drinnen?“

Er zwinkert mir zu: „Eifersüchtig?“

Ich überhöre den Kommentar, da sonst die Gefahr besteht, dass ich meine restliche Cola über seinem Kopf auskippe.

„Nein, im Ernst", schiebt er hinterher. „Keine Sorge."

„Sorge worüber?", frage ich irritiert.

„Dass ich wild durch die Gegend date. Carmen hätte zwar grundsätzlich Interesse und ich mag ihren Sohn auch, den kleinen Theo, aber nach unserem Ausrutscher vor ein paar Monaten habe ich klipp und klar gesagt: Lieber Buddy bleiben, als eine neue Baustelle riskieren."

Während Andy sich im Tinder-Chat mit zig Fragen gerüstet hat, belädt er seine Waffe im Live-Treff lieber mit Frauennamen.

„Weißt du was?" Er sieht mich an, lächelt hoffnungsvoll. „Du bist echt cool!"

„Ich?"

„Ja. Du kannst gut zuhören, hast ehrliche Augen und das Herz am rechten Fleck. Das gefällt mir."

Worauf basiert dieses Flitzurteil? Hat er etwa einen Röntgenblick, der Charakter- statt Körperschichten durchdringt? Oder brauchte er nach Linda und Anita dringend Ersatz, da die Nachbarin durch ihre mütterlichen Pflichten keine attraktive Option darstellte?

♥

Wie ist es möglich, dass wir binnen kürzester Zeit zur Traumfrau erklärt werden?

a) Idealisierung: Unser Date kann noch nicht viel über uns wissen. Emotionale Intelligenz, der „richtige Riecher" oder ein gutes Bauchgefühl ersetzen keine Kennenlernzeit. Es

ist ganz normal, den anderen im Prozess des Verliebens zu idealisieren – sollte dies jedoch zu früh und zu heftig geschehen (ein Anzeichen dafür wäre, dass seine Worte oder Taten uns eher verwundern als verzücken), fungieren wir vermutlich als leere Fläche, die er mit den Farben seiner Fantasie bemalt, mit dem Pinsel der Projektionen. Er sieht in uns in erster Linie das, was er sehen will und wonach er sich sehnt, und weniger das, was uns tatsächlich ausmacht.
Das einzig Positive daran: Wir können nicht viel falsch machen. Sein Unterbewusstsein hat nun einmal entschieden, uns in den Himmel zu heben, und gegen die Dynamik des Unterbewussten kann sogar der schärfste Verstand machtlos sein.

b) Love Bombing: Der andere überhäuft uns mit Nähe, Komplimenten, Serviceleistungen (Einladen, Abholen, Geschenke), verfrühten Liebesschwüren („Ich habe immer auf jemanden wie dich gewartet."). Von diesem Phänomen hört man häufig im Zusammenhang mit Narzissten, die das Objekt der Begierde auf diese Weise einlullen und nach der erfolgreichen Herstellung von Nähe, Vertrauen und gegebenenfalls bereits emotionaler Abhängigkeit in aller Ruhe aussaugen. Aber nicht nur Narzissten betreiben Love Bombing. Auch Menschen ohne Persönlichkeitsakzente oder Persönlichkeitsstörungen können diese (unbewusste) Strategie fahren, so bei erniedrigtem Selbstwertgefühl und zugleich hohem Bindungswunsch. Der Love Bomber glaubt in diesem Fall, er müsse von null auf hundert fahren, damit es überhaupt den Hauch einer Chance gibt, uns von sich zu überzeugen. Die schnelle Nähe mit den verfrühten Schwüren und überzogenen Schmeicheleien soll hierbei darüber hinwegtäuschen, dass er (seiner Ansicht nach) wenig zu bieten beziehungsweise zu hoch gegriffen hat.

c) **Turbo-Match:** Er ist ein beziehungsfreudiger Bodenmensch, dem die Hohe See des Singledaseins Übelkeit bereitet. Da er schnellstmöglich wieder Land unter den Füßen gewinnen will, entscheidet er sich ganz bewusst dafür, alles ein wenig zu überstürzen und quasi beim erstbesten Angebot zuzuschnappen (Not macht erfinderisch, nicht wählerisch). Wenn er später dann etwas zur Ruhe kommt, wird er feststellen, dass er auf der Suche nach Quantität (einer Beziehung) auch Qualität (eine tolle Frau) gefunden hat. Die Frage ist nur, ob wir damit leben können, dass wir mehr oder weniger als Element einer Zufallsauswahl – auch „Random Sample" genannt – in seinem Leben gelandet sind.

♥

Die Temperaturen fallen allmählich. Das Touristengewühl wird leiser und die Frage, was genau mir an ihm gefällt, lauter: Ist es die gute Figur, die er in der Lederjacke macht? Der jungenhafte Wake-up-Look, den er dem tollen Haar verdankt? Die tiefe, klare Stimme, die seinen grässlichen Geschichten einen schönen Klang verleiht? Ist er der Typ Mann, der – wäre er tatsächlich Arzt oder Anwalt – nie und nimmer auf Tinder landen würde, da er sich auch im realen Leben kaum vor Angeboten retten könnte? Und ist sein Seelenstriptease, den ich zu Beginn als übergriffig empfand, da ich die „nackte Wahrheit" nicht schon bei Date Nummer eins sehen wollte, nur im ersten Moment ein Kontra, im zweiten aber irgendwie ein charmantes Pro in der heutigen Zeit, in der sich vieles um Fotofilter, Follower, Fuck Boys und Future Faking (vorgegaukelte gemeinsame Zukunft) dreht?

Auf Andys Vorschlag holen wir uns als Nachtisch ein Eis am Stiel und schlendern damit über die alten Pflastersteine durch die engen Gassen.

„Echt cool, dass du dir nach der Pizza auch noch was Süßes gönnst", sagt er. „Mittlerweile achte ich auf so was. Ich glaube, meine letzte Freundin war magersüchtig."

„Welche? Anita?"

„Nee, Linda. Die hatte auf jeden Fall eine Essstörung."

„Die Arme."

„Dass sie gehungert hat, war okay – aber ich durfte mir dauernd eine Standpauke reinziehen, weil ich mir hier und da mal ein Päckchen Gras gegönnt habe. Findest du das logisch?"

„Ach, du kiffst?"

Er beißt kräftig in sein Magnum.

„Früher mal", sagt er nach dem Runterschlucken. „Jetzt nicht mehr."

„Wann war früher?"

„Bis vor einem Monat. Davor schon ein paar Jahre lang täglich. Aber ich bin durch mit dem Thema."

„Sicher?"

„Ja, sonst würde ich mich doch nicht auf eine Ärztin aus dem Psycho-Bereich einlassen." Er zwinkert schon wieder mit diesem Selbstbewusstsein, das ihn hin und wieder wie ein Blitz durchfährt und zu mimischen Spielereien verleitet. Ich verkneife mir die Frage, wer sich hier wann auf wen eingelassen hat, und hake stattdessen nach, ob er definitiv nicht mehr kifft.

„Nein. Höchstens alle paar Wochen mal unter Leuten. Dafür trinke ich relativ selten, und die ganze Pharmaindustrie kann mir auch gestohlen bleiben, ich verzichte sogar auf Kopfschmerztabletten. Vorurteile mal beiseite: Sind die Schäden da nicht kleiner, wenn man ab und zu einen Joint raucht?" Ich nicke mechanisch: „Klar. Besser ein Jonny als zwei Jackies mit einer Ibu."

♥

Worauf ist zu achten, wenn Drogen im Spiel sind?

Je kürzer der letzte Konsum zurückliegt, desto instabiler ist höchstwahrscheinlich die aktuelle Abstinenz. Niemand hat es verdient, aufgrund einer Suchtproblematik verurteilt zu werden. Aber wer ein Problem hat mit einem Partner, der phasenweise oder regelmäßig kifft, sollte sich möglichst früh ein realistisches Bild von der Lage machen:

- **Frequenz:** Seit wann konsumiert er und wie oft? Täglich oder mehrmals pro Woche/Monat?
- **Setting:** Konsumiert er in Gesellschaft oder auch allein? Gibt es eine „Kiffer-Clique", die großen Raum einnimmt?
- **Intention:** Nutzt er Cannabis ausschließlich als Genussmittel oder zur Selbsttherapie bei anderen psychischen Problemen, zum Beispiel sozialen Ängste/ADHS/innerer Unruhe?

Falsche Hemmungen sind hier fehl am Platz. Es macht keinen Sinn, sich anfangs locker zu geben, um keine Sympathiepunkte zu verspielen, später aber permanent unter dem Gefühl zu leiden, der Suchtstoff wäre die dritte Person in der Beziehung und der Partner könne verdeckte psychische Probleme haben.

♥

Gegen dreiundzwanzig Uhr begleite ich ihn zum Parkhaus. Er bietet an, mich nach Hause zu fahren.

„Schon gut“, winke ich ab. „Ich laufe gern zu Fuß, dann kann ich noch meine Schwester anrufen.“

„Um die Uhrzeit?“

Ja, denke ich, solange der erste Eindruck noch frisch genug ist, um mit ihr zu erörtern, ob ein zweites Treffen infrage kommt.

Bevor er zum Parkautomaten läuft, frage ich völlig aus dem Zusammenhang gerissen, ob er ein Instrument spiele. Sein Gesicht leuchtet auf: „Gitarre! Ich habe zwei E-Gitarren und eine spanische. Letztens habe ich mir einen neuen Verstärker geholt, hat mich alles ein Vermögen gekostet. Aber hey: *Ohne Musik wäre das Leben ein Irrtum*, nicht wahr?“

Drei Gitarren und ein Zitat von Nietzsche – Bingo! Musik ist mir wichtig! Wichtiger als Muskeln und Moneten, Monogamie oder Manieren, wichtiger als ein Monsterpenis oder Modebewusstsein. Wenn jemand sich tatsächlich mit Musik auskennt, darf er gern auch die eine oder andere Macke zu viel haben. Während des Dates habe ich mich hin und wieder wie im falschen Film gefühlt, der jetzt aber unverhofft ein gutes Ende zu nehmen scheint.

„Fantastisch!“, sage ich munter. „Dann freue ich mich, dich bald an der Gitarre zu hören.“

Er nickt siegessicher: „Wirst du! Zupfst du auch ab und zu?"

„Das nicht, aber ich spiele Klavier."

„Wow! Hast du einen schicken Flügel? Würde zu dir passen."

„Hah, schön wärs, ein E-Klavier von Yamaha. Die Technik ist aber tip top."

„Fehlt dir bei den elektronischen Teilen nicht etwas? So vom Gefühl her?"

„Manchmal schon, dafür kann man aber sogar nachts drauf spielen, mit Kopfhörern. Stört niemanden."

„Wenn du mal nicht pennen kannst, meinst du."

„Genau. Manchmal hilft Piano mehr als Pennen."

Wie angekündigt, rufe ich auf dem Heimweg durch die belebte Freitagnacht meine Schwester an, um von Andy zu erzählen – nur lasse ich dabei die Namen Linda, Anita und Carmen aus dem Spiel, ebenso das Wort „Marihuana", und reite stattdessen auf den Gitarrenkünsten herum, den uneitlen Jobs im Sozialbereich, der Großzügigkeit, dem guten Aussehen und der unterhaltsamen Redseligkeit: „Dem musste ich nicht alles aus der Nase ziehen!"

„Mmh", sagt meine Schwester ein wenig skeptisch. „Klingt ja alles erst mal ganz nett. Und das ist für dich in Ordnung, dass er nicht studiert hat?"

Ich schnaube verächtlich: „Ich bitte dich. Wir sind im 21. Jahrhundert. Männer dürfen jünger sein als wir, weniger verdienen, Tränen statt Blut vergießen und Rad anstelle von Auto fahren – Geschlechterrollen sind so out wie Barzahlung."

„In Deutschland ist Barzahlung aber noch nicht out."

„Warum vermiest du mir jetzt alles?“

„Was? Hä? Ich stelle doch nur ein paar normale Fragen.“

„Okay, du klangst so wenig begeistert.“

„Du musst begeistert sein, nicht ich. Und wenn du so schnell zu verunsichern bist, hast du ja vielleicht doch Bedenken?“

„Deine Mädels quatschen im Hintergrund. Das macht gerade keinen Sinn, lass uns morgen weiterreden.“

Ich lege auf und rufe eine Kollegin an, die zwar nicht meine beste Freundin ist, mir aber häufig das beste Gefühl gibt: Wenn ich darauf aus bin, etwas zu hypen, zieht sie feuchtfröhlich mit, und wenn ich über etwas hinwegkommen will, zieht sie bitterböse mit mir drüber her. Das alles tut sie in einer Top-Qualität, denn sie ist nicht nur eine passive Jasagerin, sondern eine *produktive*, die mit mir nach Argumenten sucht, um meine Ansichten zu stärken.

Die abschließenden Worte meines Telefonjokers: „Super, Süße, echt ein toller Typ. Großzügig, offen, emotional, ehrlich, musikalisch, sozial, gut aussehend – du hast richtig Glück!“

Ja, ich habe richtig Glück. Wurde auch mal Zeit! Ich habe mir einen Fisch aus den süßesten Gewässern geangelt, und dass man ihn hier und da vielleicht noch etwas zubereiten muss, damit er ordentlich mundet, sagt nichts Schlechtes über seine Qualität aus.

Warum suchen wir die Bestätigung von Außenstehenden, wenn wir uns unsicher fühlen?

Sie wissen es zwar nicht immer besser. Sie sehen die Dinge jedoch aus der Distanz, ohne emotionale Beteiligung, und damit automatisch objektiver. Diese Objektivität ermöglicht ihnen oftmals eine realistischere Einschätzung der Lage. Wenn wir die Meinung derer, die uns sowohl am besten kennen als auch das Beste für uns wollen, partout nicht hören möchten, könnten wir uns auf einem Irrweg befinden.

♥

Beim Zähneputzen höre ich eine dreiminütige Sprachnachricht von Andy ab, in der er über das positive Treffen referiert. Ich bin ein wenig verwundert, wie ausführlich sein Feedback ist, ermahne mich aber, nicht immer nach dem Haar in der Suppe zu suchen, da dieses deutlich leichter zu finden ist als die Nadel im Heuhaufen. Die Annahme, dass er beim Einschlafen an mich denken wird, wärmt auch *mein* Bett, in dem ich zuletzt trotz milder Außentemperaturen häufig alleine gefröstelt habe.

Am nächsten Tag schreiben wir ein bisschen hin und her, der übliche Small Talk, der sich über mehrere Stunden erstreckt und zur ersten Stufe der Verbindlichkeit gehört. Abends erzählt er, dass er auf dem Sprung sei, er würde jetzt mit seiner Nachbarin Carmen Lasagne kochen. Ah ja. Die mit dem netten Sohn, die ihm gerne mal ein Bad einlässt.

Dann erhalte ich keine Nachricht mehr, über vierundzwanzig Stunden lang. Ich denke mir nichts. Denke mir dann doch wieder was, eine Menge sogar: er und Carmen, bekifft in der Wanne, mit Lasagne- anstelle von Rosenblättern. Sind sie aus der Friendzone rausgeplanscht? Ich erinnere mich wieder an Andys bedrückenden Kindheitsstorys, an die Mutter, die überfordert war, und die Väter, die einander abgelöst haben.

Nimmt er womöglich jede Schulter, an die er sich lehnen kann?

♥

Können wir über eine mehrtägige Funkstille hinwegsehen?

In Beziehungsratgebern liest man oft, es wäre ganz unbedenklich, wenn der andere sich während des Kennenlernens abrupt nicht mehr meldet und für ein paar Tage abtaucht, obwohl zuvor reger Austausch geherrscht hat. Sie sprechen von natürlichen Unterbrechungen während der unverbindlichen Anfangszeit.

Jedoch gibt es immer Gründe, warum jemand die Intensität des Kontakts und damit der vorherrschenden Nähe ändert. Zu den häufigsten zählen:

- **Unschlüssigkeit über den weiteren Verlauf:** Er hat den Eindruck gewonnen, wir daten mit dem Ziel einer Beziehung und müssen noch klären, ob es unter diesen Umständen sinnvoll ist, sich weiter zu treffen.
- **Selbstunsicherheit:** Er fragt sich, ob er uns genügen kann und neben uns eine ausreichend gute Figur macht. Eventuell fühlt er sich trotz der starken Anziehung wohler mit einer Person, die ihm in bestimmten Punkten unterlegen oder zumindest gleichgestellt ist.

- **Nachlassendes Interesse:** Zum Beispiel wegen fehlender körperlicher Anziehung oder Sympathieeinbußen durch unterschiedliche politische/kulturelle/soziale Ansichten.
- **Ablenkung:** Durch andere (zeitintensive) Dating-Optionen.
- **Taktik:** Er will sich rar und interessanter machen und die vorherrschende Dynamik (der Machtverhältnisse) ändern.

♥

Zwei Tage später meldet er sich und fragt, ob ich mich spontan treffen wolle. Ich schlage einen Spaziergang vor, gleich am Nachmittag nach der Arbeit, ein Stündchen mit Tee – das sei doch ganz nett. Beim trocken-wolkigen Walk durch mein Viertel bietet er an, am Wochenende mal etwas „Entspannteres" zu unternehmen: „Kochen und Filmchen bei mir?"

Meine Antwort: „Alles klar! Danach fahre ich aber wieder."

Er: „Du darfst auch gern in mein Bett und ich haue mich auf die Couch. Bin da von der alten Schule!"

Das dritte Date. Ich fahre in Rock und Pulli eine gute Dreiviertelstunde lang stadtauswärts in seine siebzig Quadratmeter große Souterrainwohnung, die mit offener Küche, gedimmten Lichtern und einem großen Flachbildschirm-Fernseher angenehme Abende mit kulinarischer Untermalung verspricht.

„Das habe ich mir alles selbst erarbeitet", sagt er, als ich ihn auf die schöne Einrichtung anspreche. „Mir hat niemand was geschenkt, da bin ich auch stolz drauf. Aber natürlich finde ich es nicht verwerflich, wenn es anders läuft."

„Wie anders?"

„Wie bei dir halt."

Wir setzen uns auf das lederne Ecksofa und entkorken den Rotwein, den ich mitgebracht habe. Auf dem Küchentresen sehe ich Geschirr, auf dem Herd eine Pfanne.

„Wie lief es denn bei mir?"

„Du weißt schon, diese Grundsicherheit. Man merkt dir einfach an, dass du noch nie Angst hattest, mal in der Gosse zu landen."

„Niemand sollte so eine abscheuliche Angst haben", sage ich beim Anstoßen.

Er trinkt einen Schluck, presst die Lippen aufeinander, nickt wie ein alter Hase aus einer harten Branche: „Tja, das kann man sich aber leider nicht immer aussuchen."

Ich frage Andy frei heraus, warum er sich nach dem Kochabend mit der Nachbarin nicht mehr gemeldet hat.

Er ist bei ihr eingeschlafen, erzählt er, auf der Couch natürlich, und plötzlich stand die Ex vor der Tür – ja, Carmen ist bisexuell und frisch getrennt von einer Erstsemesterin, die noch bei ihr zur Miete wohnt. Die Mitbewohnerin machte eine heftige Eifersuchtsszene und wollte Andy umgehend aus dem gemeinsamen Nest werfen. Am Ende hat der lärmempfindliche Nachbar von nebenan die Polizei gerufen, und da fiel Andy fast aus allen Wolken, immerhin hatte er schon was geraucht.

„Geraucht? Also gekifft?", frage ich und strecke meine Beine auf der Couch aus. Er legt meine Waden über seinen Schoß und beginnt, sie zu streicheln.

„Ja, aber ich habe nur ein paarmal dran gezogen."

„War die Eifersucht der Ex denn berechtigt?"

Schon wieder das Zwinkern: „Wer weiß?"

„Du und dein Hippie-Harem", rutscht mir raus.

Er stellt sein Weinglas beiseite, wirft meine Beine von seinem Schoß und kitzelt mich am ganzen Oberkörper. Ich lache lauthals, wehre und winde mich, springe von der Couch, richte mein Haar. Das Bild um mich herum verwackelt wie ein Film, den man mit der Handkamera gedreht hat. Ich muss dringend etwas essen, bevor der Wein weiter ins Blut dringt und die romantische Komödie sich in ein Drama verwandelt.

Ich laufe in den Küchenbereich und probiere seine Thai-Nudeln mit einer Gabel direkt von der Herdplatte.

„Die sind noch ungewürzt, du Vielfraß", ruft Andy aus dem Wohnzimmer.

„Apropos Vielfraß", sage ich mit halb vollem Mund. „Wo ist eigentlich der Hund aus deinem Profil? Schläft er schon?"

Andy folgt mir und lehnt mit dem Rücken an den Kühlschrank: „Der ist vor ein paar Monaten gestorben."

„Was?"

„Ja."

„Oh Gott, wie furchtbar."

Schweigen.

„Warum hast du ihn denn bei Tinder reingestellt?"

„Das war unvermeidbar. Er ist auf fast jedem schönen Foto von mir mit drauf."

Ich lasse die Gabel in die Pfanne fallen und gebe ihm eine tröstende Umarmung: „Das tut mir echt leid."

Wir drücken uns lange und innig, und als ich einen Schritt zurückweiche und sein verlegener Blick meinen trifft, verstehe ich, dass das der Moment vor dem Moment ist. Das letzte Zögern vor der ersten Züngelei.

Will ich das?

Ich weiß nicht, was ich will. Ich weiß nur, dass das Dämmerlicht in seiner Wohnung deutlich gemütlicher ist als die Dunkelheit vor seiner Tür.

Ehe ich weiter darüber nachdenken kann, wonach der Kuss wohl schmecken wird, was er bedeuten könnte und wie lange er dauern soll, hat sein Mund den Weg zu meinem gefunden.

♥

Wofür spricht das Zögern beim ersten Kuss?

a) Wer trotz geleertem Rotweinglas, ausgelassener Stimmung und ruhigem Setting nicht in Fahrt kommt, der will womöglich nicht. Eine Erklärung, die einfach klingt, für manche aber schwer zu schlucken ist: Wenn der andere „auf dem Papier" viele Pluspunkte gesammelt und sich als gute Partie bewährt hat, wollen wir oft nicht wahrhaben, dass der Funke dennoch nicht überspringt. Das Gütesiegel kann die Gefühle leider nicht immer beeinflussen.

b) Die Angst, sich durch eine körperliche Annäherung verletzbar zu machen, kann zum Hemmnis werden. Sollte diese Angst zu einem Rückzugs- und Abbruchverhalten führen, liegt vermutlich eine grundlegende Bindungsscheu vor. Sie kann aber auch ein ernstzunehmendes Warnsignal sein: Gibt es etwas an der Dating-Dynamik oder speziell an seinem Verhalten, das als bedrohlich empfunden wird?

c) Das weibliche **Hard-to-get**-Spiel. Grundsätzlich nicht verkehrt, dennoch ist Vorsicht geboten: Dieses Spiel ist so alt und bekannt wie Adam und Eva, und wer nicht den Vorwurf kassieren will, die schönsten Momente durch berechenbare Lehrbuch-Tricksereien zu verderben, kann insbesondere vor dem ersten Sex ruhig auch mal auf **easy to give** setzen.

♥

„Das war schön", sagt er, als unsere Lippen sich wieder lösen.

„Fand ich auch."

Wir schlagen unsere Teller voll und schalten im Wohnzimmer eine Fernsehserie an, die beim Essen leise im Hintergrund läuft.

Mit vollem Magen fühle ich mich wieder deutlich nüchterner und werfe einen sehnsüchtigen Blick auf die klassische Gitarre an der Wand über dem Ecksofa: „Bitte spiel mir etwas vor!"

„Jetzt?"

„Ja, jetzt."

Er deutet auf die beiden E-Gitarren, die am anderen Zimmerende um den Verstärker herum aufgestellt sind: „Auf der roten oder schwarzen?"

„Auf der klassischen bitte!"

„Klassische liegt mir nicht so."

„Und warum hängt sie dann so präsent über deinem Kopf?"

Er äfft meinen Frageton nach: „Vielleicht weil ich sie einfach schön finde?"

Dann springt er auf, macht den Fernseher aus, packt die rockstarrote E-Gitarre, drückt und dreht an den Verstärkerknöpfen herum und setzt sich wieder.

Ich lächle hoffnungsvoll. Der Kuss war keine Katastrophe, und wenn er statt Albéniz lieber Santana spielt, kann sich noch immer ein Himmel öffnen, in dem die Sterne ganz gut stehen zum Verlieben.

„Ja, puh", sagt er und fährt sich dabei durch sein schönes Haar. „Was soll ich denn jetzt spielen?"

„Alles, was du willst. Ich bin ganz Ohr."

Er klopft kurz gegen das Gitarrenholz, summt eine Melodie vor sich hin, wippt dabei mit dem Kopf: „Okay, okay. Ja, hm. Also irgendwie ist das seltsam so."

„Was ist seltsam?"

„Mir jetzt sofort was aus den Fingern zu ziehen."

„Dann spiel doch das, was du zuletzt geübt hast."

„Magst du Nirvana?"

„Ja klar, leg los."

Er spielt die ersten paar Takte des berühmten „Come As You Are"-Intros und bricht dann ab: „Ach, das klappt nicht, wie ich will."

„Klang doch super, mach weiter."

„Weiter weiß ich grad nicht mehr. Warte mal kurz." Er zückt sein Handy, ruft eine Seite mit Chords auf und versucht eine Weile, den restlichen Notentext zu entziffern.

„Das geht einfach nicht." Er wirft das Handy beiseite.

„Dann spiel etwas anderes."

„Mann, du bist aber hartnäckig!"

Ich bin nicht hartnäckig, sondern *heartbroken*. Ist das alles? Kein anmutiger Albéniz? Kein sensationeller Santana? Kein charismatischer Cobain?

„Ich könnte ein paar Akkorde spielen, die ganz gut zueinander passen, wäre das was?"

Ich zucke mit den Schultern: „Okay."

Er legt die E-Gitarre beiseite, nimmt die klassische von der Wand und gibt seine Akkorde zum Besten, zwei in Dur, zwei in Moll. Bei jeder Wiederholung variiert er die Abfolge und Anzahl der vier Griffe, und ich frage mich, ob das eine verlegene Rettungsaktion ist oder ein kläglicher Versuch, die Basis-Zupferei als kreative Impro zu verkaufen.

♥

Das falsche Musikversprechen: Konfrontieren oder ignorieren?

Dass jemand beim Kennenlernen behauptet, ein Instrument zu beherrschen und es dann doch nicht tut, wenn der Live-Beweis fällig wird, ist keine Seltenheit. Um keinen Stimmungseinbruch zu riskieren, wäre es besser, den anderen selbst entscheiden zu lassen, ob und wann er uns etwas vorspielt.

♥

„Ich bin eher so der Lagerfeuer-Gitarrist", sagt er, als er mit dem Zupfen aufhört.

„Ziemlich teuer, was du hier an Musikequipment hast."

„Ja, stimmt schon, aber macht mir eben richtig Spaß, und darum geht's doch im Endeffekt, oder?"

Ja. Und zwar nicht nur beim Gitarrenspiel, sondern auch im Dating Game, und das ist plötzlich nicht mehr spaßig, sondern zieht mich runter. Ich falle von meinem hohen Ross. Ich *verfalle* in Zweifel, stelle alles infrage: mich selbst, Andy, unsere Perspektive.

Ein Blick aufs Handy, ein „Oh, schon so spät“, eine Lüge über einen morgigen Termin in Herrgottsfrühe.

♥

Warum verwenden wir beim Dating Notlügen, statt Klartext zu sprechen?

a) Wir wollen den anderen durch zu viel Direktheit nicht persönlich angreifen/verletzen.

b) Wir sind zu feige – nicht nur, um mit der Wahrheit rauszurücken („Ich merke zunehmend, dass die Chemie nicht stimmt und würde das Date gerne beenden"), sondern auch, um negative Reaktionen unseres Gegenübers auszuhalten (Enttäuschung, Wut, Unverständnis, Ablehnung, unangenehme Nachfragen).

c) Wir haben schlichtweg keine Lust, uns die Mühe zu machen, dem anderen einen ehrlichen Grund für einen abrupten Abgang zu liefern und speisen ihn/sie lieber mit einer griffbereiten Floskel ab. Zudem haben wir nach einer Weile im Dating Game (von anderen Spielern) gelernt, sparsam mit unseren Kräften umzugehen.

d) Wir verstehen die Wahrheit selber noch nicht ganz und wollen durch die Notlüge Zeit schinden beziehungsweise keine Optionen verspielen: Will oder kann ich nicht? Ändert sich das noch? Nicht, dass ich eine ehrliche Ansage morgen schon wieder bereue.

„Willst du nicht bleiben?“ Er packt mich am Arm und schaut mir eindringlich in die Augen: „Du hast doch schon getrunken.“

„Die anderthalb Gläser stecke ich weg.“

„Du gehst aber nicht, weil ich dir nichts vorspielen konnte, oder?“, fragt er.

„Bitte? Nein!“ Ich gebe ihm eine feste Umarmung und stakse auf hohen Schuhen zur Tür raus, ohne mich noch einmal umzudrehen.

♥

Warum türmt jemand von einem Date, das objektiv gut läuft?

Wenn wir mittendrin den Impuls verspüren, schleunigst abzuhauen und uns daheim die Decke über den Kopf zu ziehen, um

- bei unserem Lieblings-Sad Song eine Runde zu heulen, da wir uns unerklärlich einsam fühlen
- unsere Gedanken auf einen anderen zu lenken und ihm noch am selben Abend zu schreiben (flirtiger Kollege, Ex-Freund, Dating-Partner auf dem Abstellgleis)
- uns einer Reizüberflutung aus Tinder, Netflix und WhatsApp auszusetzen und irgendwo zwischen Match, Staffelfinale und Gruppenchat ins Koma zu fallen,

dann liegt das wohl kaum daran, dass unser Gegenüber etwas falsch gemacht hat, sondern daran, dass es kein Richtig geben kann: Wie auch, wenn wir tief im Herzen bereits wissen, dass wir uns nicht in ihn verlieben werden? Wir können nicht hellsehen, aber wir können hinsehen. Die Antwort liegt meist auf der Hand, wird aber von niemand Geringerem als uns selbst gerne mal unter den Teppich gekehrt.

Andy

SEX OHNE LIEBE, EINE PARTY OHNE ANLASS

Im Auto fühle ich mich in der Tat noch zu angeheitert für den Rückweg und stelle mich in der Parallelstraße auf einen Parkplatz, um aus seinem Sichtfeld zu verschwinden. Ich beginne zu zittern, da ich an den Beinen nur mit einer Nylonstrumpfhose bekleidet bin und trotz Dieselmotor und Plastikkonsum doch noch genug für Mutter Erde übrighabe, um den Wagen samt Heizung im Stand ausgeschaltet zu lassen. Ich mache das Radio an. Auf meinem Lieblingssender läuft gerade eine Zuhörersendung über Beziehungsprobleme. Vielleicht sollte ich da mal anrufen und erzählen, dass ich mich mitten in der Nacht auf einem Vorort-Parkplatz verstecke und mir mit Restschminke und Restalkohol die Glieder abfriere.

Woran liegt das?, würde der Moderator mit der geschulten Stimme fragen, und ich würde erzählen, dass mein Date mehr von Marihuana als von Musik versteht, in einer

Dreiecksbeziehung mit dem Nachbarspaar steckt und auf Tinder Fotos von seinem toten Hund reinstellt, um die Trefferquote zu erhöhen. Und dann würde der Moderator fragen, ob die Sache mit Andy damit gelaufen sei, und ich würde antworten, dass die Angst, *ich* könne hier das wahre Problem sein, mich davon abhält, das Handtuch zu werfen. Dann würde er das Gespräch mit ein paar Weisheiten beenden: Dass wir im Endeffekt doch alle irgendwo nach dem Match fürs Leben suchen – aber was wir denn bereit sind dafür zu tun und wann etwas gut genug ist für den Single von heute, der alles und dann doch wieder nichts will, statt, wie früher: Alles *oder* nichts? Und dann würde er mich mit einer Floskel verabschieden, die eine pseudo-persönliche Note enthält, und den nächsten Zuhörer in die Leitung holen, der sich bei Nacht und Nebel namenlos nackt macht.

♥

Können Zeit und Geduld das Problem der Unschlüssigkeit lösen?

Wir verspüren das Bedürfnis, aus dem Dating Game auszusteigen, setzen uns aber selbst unter Druck, uns noch Zeit zu geben, weil

- er sich durchweg korrekt verhalten hat und unsere Abbruchgedanken uns dadurch irrational erscheinen.
- wir plötzlich Sorge haben, eine von den Frauen zu sein, die einen Rückzieher machen, sobald der andere mal „kein Arsch" ist und ernste Absichten hegt.
- unser Ziel, glücklich zu werden, sich unmerklich in das Ziel verwandelt, uns selbst und vielleicht auch anderen

zu beweisen, dass wir weder ein gestörtes Bindungsverhalten noch einen verkorksten Geschmack haben und sehr wohl dazu in der Lage sind, uns auf einen soliden Typen einzulassen.

In solchen Fällen ist es sinnvoll, einen Vergleich heranzuziehen: Wie lief das Kennenlernen mit einer Person, von der wir aufrichtig überzeugt oder zumindest angetan waren? Gab es da ähnliche „Probleme"? Vermutlich nicht.

Je größer die Diskrepanz ist zwischen unseren Gefühlen und unserem Handeln, desto ambivalenter werden die Signale, die wir senden. Diese erwecken den Eindruck, wir wären hoch kompliziert, dabei ist unsere Situation mit nur einem Satz erklärt: **He's not the one.**

♥

Kurz vor Mitternacht trudelt eine Sprachnachricht ein. Der grobe Wortlaut: „Hey, ich fand es mal wieder sehr cool mit dir. Sag mal, du magst doch klassische Musik ganz gern, oder? Ich lade mir die Tage ein paar Sachen dazu runter, finde das grundsätzlich auch ganz spannend und will ja verstehen, wer du bist und woher du kommst. Schlaf gut, bis morgen!"

Ich starte den Motor, fahre los und spiele an den Radioknöpfen herum. Nach ein paar Kilometern lande ich beim Klassikfunk, der mich erst mit Mozart und im Anschluss mit Grieg berieselt. Die jahrhundertealte Musik hat eine aufrichtige Tiefe, die mich auf der leer gefegten, spärlich beleuchteten Autobahn zu Tränen rührt. Ich fühle mich klein und unbeständig, wie ein Seelchen, das um nichts und wieder nichts einen Eiertanz veranstaltet, während die beiden Komponisten sogar aus dem Grab heraus noch mit ihren Tönen triumphieren – zwei, die in ihrer Liebe zur Musik aufgegangen und zergangen sind und sich ganz bestimmt nicht haben abhalten lassen von der Dynamik eines Dates oder der Angst vor dem Alleinsein.

Ich rattere über die mittlere Spur, ohne Drängler, die mir hinten dicht auffahren, ohne Trödler, die mich von vorne ausbremsen, und plötzlich spüre ich wieder die zuletzt verlorene Vorfreude auf die unzähligen Geheimnisse des Lebens, die es zwischen der *Kleinen Nachtmusik* und der *Morgenstimmung* zu lüften gibt. Ich muss lächeln, von ganzem Herzen – da leuchtet das grelle Handydisplay auf wie ein störendes Flugzeug, das am Himmel durch ein seltenes Sternenbild fliegt, welches man nach langer Sucherei mit dem Fernglas eingefangen hat. Eine weitere Sprachnachricht von Andy: „Weißt du, ich hab noch mal nachgedacht. Vielleicht ist das irgendwie Schicksal: Mein Hund stirbt, und wenige Monate später lerne ich dich kennen. Ich glaube ja nicht an Gott oder so, aber ans Universum, doch, das schon. Na ja, nur mal so ein paar Gedanken, bitte nicht zu ernst nehmen. Schlaf gut!"

Am nächsten Morgen ruft Andy mich bei meinem Sonntagswalk mit Smoothie und Croissant an und erzählt von einem Spieleabend am kommenden Freitag, sein Kumpel und dessen Freundin seien zu Besuch in der Heimat. Sie arbeite auch in einer Klinik für psychisch Kranke, als Psychotherapeutin – nein, halt, *Physio*therapeutin –, aber wir hätten sicher viel zu bequatschen.

„Ich dachte an Kochen, Trinken, ein paar Kartenspiele. Vielleicht noch ein cooler Film. Magst du dir einen aussuchen? Die beiden wissen auch, dass das zwischen uns noch unverbindlich ist.“

♥

Warum erhöht der andere plötzlich seine Meldefrequenz?

a) Dahinter könnte eine steigende **Verlustangst** stecken, auf welche die meisten logischer-, aber unklugerweise mit Klammerverhalten reagieren. Diese Verlustangst wird von beiden Seiten gern mit einer steigenden Verliebtheit des Klammernden verwechselt.

b) Er braucht aufgrund einer schwierigen privaten oder beruflichen Situation vermehrt **Aufmerksamkeit und Beistand** (Streit mit engen Familienmitgliedern/Freunden, drohende Kündigung, chronische Erkrankung).

c) Eine andere Dating-Option ist ihm abgesprungen, sodass sein **Fokus** stärker auf uns liegt.

♥

Ich sage, ich würde es mir überlegen, und als ich einen Tag später nach acht Patientengesprächen, zwei Dokumentationsstunden am PC, einer Fortbildung und einem lästigen Telefonat mit der Autoversicherung klitschnass aus meiner Duschkabine trete und in den Badezimmerspiegel schaue, in das gereifte Abbild einer traumtänzerischen Teenagerin, die dachte, sie würde Anfang dreißig mit ihrer zweiten Seelenhälfte in die zweite Lebenshälfte blicken, packe ich das Handy und tippe mit nassen Fingern eine Zusage.

Der Spieleabend. Ganz nett, das befreundete Paar. So nett, dass ich fast schon ein schlechtes Gewissen bekomme, da ich die Analysemaschine, die in der Klinik läuft, nicht so leicht abschalten kann wie das Arbeitshandy: *Sie* ist eine konservative Vorstadt-Schönheit mit blondem Long Bob, die, wenn man sich ihren Freund so ansieht, eine Schwäche für Lederjacken-Badboys mit Kippe im Mund hat, vielleicht als kompensatorischer Kontrast zur eigenen weißen Weste. *Er* ist ein alter Sandkastenfreund von Andy, nur dass die beiden jetzt nicht mehr mit Sand spielen, sondern mit Gras, ein Party-Hengst und Privatuni-Absolvent, dessen Eltern Andy in den Schulferien gerne mit auf die Finka nach Mallorca nahmen, damit er bei Scampi und Sauvignon mal die Luft der Leichtigkeit schnuppern konnte, während im Hintergrund die Sonne im Meer versank.

Ich versinke auch, in meinen Gedanken, und später, als Andy die beiden fragt, ob sie uns im Sommer mit zum Surfen nehmen würden, auch ein wenig im Boden.

„Keine gute Idee?“, fragt er mich vor versammelter Truppe. Wir sitzen zu viert um den Couchtisch und trinken einen Cidre, den das Pärchen mitgebracht hat.

„Ich war noch nie surfen“, sage ich, „aber das Angebot ist sehr freundlich, danke.“

Andy legt den Arm um meine Schulter: „Wir finden schon was für dich!“

Warum prescht der andere vor?

Er drückt immer kräftiger aufs Gaspedal, weil er glaubt, dadurch schneller an sein Ziel zu gelangen. Wie die meisten Raser blendet er dabei jedoch aus, dass mit dem Tempo auch die Unfallgefahr steigt: Je schneller er fährt, desto größer ist die Wahrscheinlichkeit für einen Totalschaden.

♥

Das Kartenspiel, eine Fantasy-Zauberer-Version von Mau-Mau, verwandelt sich für mich nach und nach in „bye-bye", da ich durch die Kombi aus relaxierender Musik und schwerer Schinkenpizza beinahe im Sitzen einschlafe. Als die beiden sich um kurz nach Mitternacht von uns verabschieden, die Tür hinter ihnen zufällt und Andy mich mit einem ratlosen Schulterzucken ansieht, fühle ich mich wie ein unerzogenes Kleinkind, das sich ordentlich danebenbenommen hat: Ich habe die *Brave* und den *Bad Boy* wie Zootiere beobachtet, habe die Spielregeln ein paarmal gebrochen (nicht aus Gewinnerehrgeiz, sondern aus Unachtsamkeit), habe halbherzig oder einsilbig auf Fragen geantwortet und übermäßig oft aufs Handy geschaut.

„Soll ich dich nach Hause bringen?", fragt Andy.

Ich schüttle den Kopf: „Alles gut."

„Du hattest keinen Spaß, oder?"

„Doch, deine Freunde sind sehr nett."

Wir setzen uns auf die Couch. Ich seufze schuldbewusst, er nimmt meine Hand in seine und küsst sie sanft: „Hör zu, es ist völlig in Ordnung, wenn du da gerade keinen Kopf für hast. Wir können auch zwei Gänge zurückschalten und das

Ganze noch mal langsamer angehen. Oder aber wir sind erst mal nur Freunde. Du bist mir wichtig, als Mensch."

Seine Worte berühren mein Herz.

„Meinst du das ernst?"

„Was glaubst du denn? Mir geht es doch nicht nur ums Körperliche. Klar: Du bist eine heiße Frau, aber ich hatte in meinem Leben schon eine Menge Sex. Ich will an einem Ort ankommen, der nicht nur aus einer Matratze und einem Lattenrost besteht. Ein Ort mit tollen, ehrlichen Leuten um mich herum." Er streichelt über mein Haar, seine feuchten Augen erröteten ein wenig: „Leuten wie dir. Ich will dich nicht verlieren."

„Ich dich auch nicht", sage ich, um mit der Dramatik, die er ins Spiel bringt, Schritt zu halten. Drama kann für das nötige Feuer sorgen, wenn die Asche im Grunde schon erkaltet ist. Ein Feuer, das vorübergehend auf der Haut der Seele brennt und am liebsten mit Körperflüssigkeiten gelöscht wird.

♥

Wozu dient der strategische Rückmarsch?

Der andere schlägt „einen Gang zurück" vor, zum Beispiel durch eine freundschaftliche Fortsetzung unserer Beziehung, obwohl er eben noch gefühlt drauf und dran war, die Hochzeit zu planen. Hierbei handelt es sich nicht um eine aufrichtige Begegnung unserer Bedürfnisse, auch wenn es zunächst danach aussieht. Sein Vorschlag dient in erster Linie dazu:

- die eigene Sicherheit zu erhöhen (das heißt, uns in seinem Leben zu behalten).

- vorangegangene fatale Fehler rasch wieder auszubügeln (verfrühtes Einführen in den Freundeskreis, übereiltes Vorschlagen gemeinsamer Trips).
- uns ein wenig zu irritieren, in der Hoffnung, dass wir uns durch seinen unerwarteten Schritt zurück zu einem Schritt nach vorn hinreißen lassen.

♥

Wir küssen uns.

Nicht zärtlich und zögerlich, sondern wild und wirr, ziehen ein paar Kleiderstücke aus, landen im Schlafzimmer auf seinem Boxspringbett, das mit dem lilafarbenen Seidenbezug und dem Kunstlederkopfteil etwas von einem Drei-Sterne-Hotel hat.

In mir schlummert die Hoffnung, der Sex könne wie ein Klebstoff wirken, der das Nötigste zusammenhält. Ich schließe die Augen, rede mir ein, dass ich den Dingen ihren Lauf lassen muss und warte darauf, dass wir wie durch ein Wunder eins werden.

Natürlich bleiben wir zwei. Eindeutig zwei. Ganz gleich, wie tief der eine im anderen steckt, ganz gleich, welche Glandula wie viel körpereigenes Gleitmittel produziert. Sex ohne Liebe ist wie eine Party ohne Anlass, bei der man nichts befeiert, sondern *ins Nichts* feiert. Klar, das kann Spaß machen, wenn man in der richtigen Stimmung ist. Aber es gibt keinen Toast, keine Geschenke, keine ergriffenen Gesichter und stolze Reden.

So ist es auch, wenn der Akt der Liebe zum Verkehr der Geschlechter wird: Das Schlafen miteinander ist dann kein *füreinander*.

Kurz bevor er einschlummert, schließt er mich in seine Arme, die sich in dieser Nacht wie glühend heiße Gitterstäbe aus Muskeln und Knochen anfühlen. Acht Stunden lang mache ich fast kein Auge zu und sitze meine Haftstrafe ab – für das Verbrechen, aus niedrigen Beweggründen meine Selbstachtung getötet zu haben.

Am nächsten Morgen versuche ich, mich klammheimlich aus dem Staub zu machen. Als ich im Schuhregal nach meinen Stiefeletten suche, steht er plötzlich in Boxershorts vor mir, verstrubbelt, verkatert, verloren: „Warte, ich wollte dir doch mein berühmtes Frühstück machen."

Berühmt bei wem? Linda, Anita und Carmen?

„Ich habe keinen Hunger, danke."

„Bist du sicher? Ich dachte da …" Sein Satz wird von einem breiten Gähnen unterbrochen. „Ich dachte da an Armer Ritter mit indischem Tee."

Ich habe genug von armen Rittern, und statt indischem Tee schwebt mir da eher ein polnischer Abgang vor.

♥

Warum haben wir Sex, ohne ihn richtig zu wollen?

a) Wir hoffen, dass die körperliche Nähe die emotionale verstärken oder gar ersetzen kann.

b) Vor allem nach längeren Phasen ohne Intimität sehnen wir uns nach dem Begehrtsein sowie der damit verknüpften Selbstaufwertung und lassen uns trotz fehlender Lust/Gefühle auf eine gemeinsame Nacht ein.

c) Wir reden uns eine Art Schuldenkonto ein und glauben, wir dürfen nach all den Bemühungen des anderen (Einladungen und Geschenke, Kochen, unterstützende Gespräche) nicht abblocken.

d) Wir haben Angst, durch ein Nein in der Gunst des anderen zu sinken oder ihn gar zu verlieren.

♥

Daheim ziehe ich die Rollos hoch, öffne die Fenster und werde trotz strahlendem Sonnenschein vom Blitz getroffen: Ich habe bei Andy meinen Kontaktlinsenbehälter vergessen, ein bedrucktes Blechetui, in dem ich auch meinen USB-Stick aufbewahre. Darin befinden sich nicht nur aktuelle Dokumente zur Doktorarbeit, sondern ebenso Fotos, Dateien und Kontakte, die ganz bestimmt nicht in die Hände eines verschmähten Ex-Dating-Partners gehören. Wie konnte ich nur mit meiner Privatsphäre spielen, als wäre sie ein Plastikjeton im Casino?

Mein Handy vibriert: Andy ruft an. Videocall.

Ich gehe sofort ran und verberge meine Sorgen hinter einer entspannten Miene. Er will wissen, ob alles gut sei zwischen uns, der schnelle Abschied habe ihn verunsichert. Ja, ja, alles easy, bla, bla, alles bestens, und dann komme ich zügig zum Punkt und frage, ob ich kurz noch mal zurückfahren könne, um meinen Stick abzuholen, der in dem Blechetui sei.

„Ich bin gleich zu Besuch bei meinem Bruder“, sagt er. „Wie wäre es denn mit Morgen? Ich könnte rumkommen.“

„Es eilt“, sage ich. „Ich muss an die Dateien ran.“

„An einem Samstagvormittag?“

„Ja.“

Ein langes Schweigen, ein irritiertes „Okay?“, gefolgt von der beleidigten Annahme, ich würde ihm wohl nicht vertrauen.

Es droht, kompliziert zu werden. Zum ersten Mal bin ich wütend auf Andy, lasse mir aber nichts anmerken: „Doch, klar vertraue ich dir. Aber ich bin so schnell weg vorhin, keine Ahnung, was mich da geritten hat – ich dachte, wir können den Morgen vielleicht nachholen, bei einem entspannten Frühstück oder so.“

„Na gut“, sagt er, „dann schiebe ich das mit meiner Bruder nach hinten, habe eh noch eine Kleinigkeit für dich.“

♥

Wieso meldet sich der andere plötzlich mit einem Videocall?

Sollte er ohne vorherige Ankündigung per Video anrufen – insbesondere, wenn wir zuvor nur über Chats und Sprachnachrichten kommuniziert haben –, gleicht das einem virtuellen Schrei nach Hilfe. Er ist in Not, denn er hat die Kontrolle verloren: über seine Gefühle, über den Dating-Verlauf, über uns. Der Videoanruf kommt einem persönlichen Treffen am nächsten und stillt für einen kurzen Moment sein drängendes Bedürfnis nach unserer Nähe.

♥

Er überreicht mir den Stick bei einem Brunch in der Innenstadt, zu dem ich ihn einlade. Die Stimmung ist etwas angespannt, peinliche Gesprächspausen häufen sich. Beim Abschied packt er sein Präsent aus: ein grünes Seidentuch, das er im Kindergarten angefertigt hat, dazu ein paar ätherische Öle aus seinem letzten Thailand-Urlaub. Er wisse nicht, ob die Sachen mir zusagen würden, zur Not könne ich sie ja weiterverschenken. Ich bedanke mich und erkläre ihm, dass ich mich in der nächsten Zeit nicht mehr mit ihm treffen könne. Da ich es nicht übers Herz bringe, ihm die Wahrheit zu sagen – dass es mit ihm nun einmal nicht passt, weder heute noch morgen noch gestern – schüttle ich ein paar Standardsätze aus dem Ärmel : „Für etwas Lockeres bin ich nicht der Typ und für etwas Ernstes einfach nicht bereit. Vielleicht lassen wir Gras drüber wachsen und gehen in ein paar Wochen einen Kaffee trinken."

Er versichert mir, dass er nicht böse sei und sich über jede Form von Kontakt freue. Man könne nichts erzwingen.

„Und wer weiß", sagt er zum Abschied. „Manchmal wird aus einer Freundschaft nach Jahren noch mal mehr."

♥

Warum ist es gefährlich, sich mit einer Ausrede aus der Affäre zu stehlen?

Wir verschweigen ihm, dass die Chemie für uns nicht stimmt oder wir der Meinung sind, einfach nicht zusammenzupassen. Aus Angst, ihn zu verletzen, schieben wir den Schlussstrich auf den falschen Zeitpunkt (Reisepläne, Selbstfindungsphase) oder auf behindernde Umstände (Arbeitsstress, emotionale Altlasten). Damit vermitteln wir den Eindruck, externe Faktoren wären für das Beenden des Datings verantwortlich und lassen ihm indirekt die Hoffnung auf ein „irgendwann vielleicht". Wir tun ihm damit keinen Gefallen, denn:

- Jede noch so kleine Aussicht auf eine Zukunft mit uns könnte ihn für andere Dating-Optionen und damit für mögliches Beziehungsglück blockieren.
- Wenn er nach Monaten feststellen muss, dass es kein Comeback geben wird und (über Social Media) erfährt, wie wir munter weiterleben, vielleicht sogar mit einem anderen an unserer Seite, fällt er umso tiefer. Im Moment des Erwachens wirkt die hoffnungsbesetzte Wartezeit, die er grundlos abgesessen hat, destabilisierend.
- Wir hindern ihn durch unser Herumgedruckse daran, uns zu entidealisieren oder gar abzuwerten, was jedoch völlig legitim wäre und ihm den Prozess des Loslassens erleichtern würde.

♥

Am Abend schickt Andy mir einen YouTube-Link zu einem klassischen Violinkonzert, das ich lediglich mit einem „Danke“ kommentiere.

Am nächsten Tag kommen zwei nachhakende Fragezeichen, am übernächsten ein erboster Text: „Hey, alles okay? Ich finde dich ehrlich gesagt ziemlich feige und hätte so ein Verhalten von dir nicht erwartet. Wenn du jemand anderen kennengelernt hast, hättest du mir das ruhig sagen können, statt mich ohne Erklärung links liegen zu lassen.“

Ich antworte wieder nicht und erhalte noch in derselben Nacht eine achtminütige Sprachnachricht, die er an mich weitergeleitet hat. Ich weiß nicht, was das zu bedeuten hat und warte, bis meine Schwester am Abend zum vereinbarten Kochen erscheint. Ich erzähle ihr, dass es trotz friedlichem Live-

Abschied nun doch noch Online-Vorwürfe hagelt.

„Eine weitergeleitete Nachricht?“ Sie setzt sich an den Küchentisch. „Wieso denn weitergeleitet?“

Ich zucke mit den Schultern, nehme mein Handy und klicke die Nachricht an: Sie richtet sich an seinen besten Freund vom Spieleabend. Andy erzählt ihm darin von unseren Dates, von seinem Vorhaben, endgültig mit dem Kiffen aufzuhören und sich als „Suchtverschiebung“ an die Gitarre zu hängen. Er sagt, dass er in den letzten Tagen weder schlafen noch essen konnte und fragt sich, ob mir das Gesamtpaket nicht genügt habe – sein Verdienst, der Bildungsgrad, der Sex. Er sei enttäuscht von mir und hätte nie und nimmer gedacht, dass ich ihn dermaßen vor den Kopf stoßen würde. Ich stoppe im letzten Drittel: „Ist das eine Anklageschrift oder ein Revisionsantrag?“

Meine Schwester versucht abzuwägen: „Beides?“

♥

Schützt ein guter Selbstwert vor einer schmerzhaften Verletzung des Egos?

Erstaunlicherweise können weder Menschen mit geringem noch mit hohem Selbstwertgefühl sonderlich gut damit umgehen, wenn ihr Interesse nicht erwidert wird. Ihre Wut über die Ablehnung entsteht oftmals unabhängig von der inneren Stabilität, fast schon, als wäre sie etwas Instinktives, und wird entweder in Form einer direkten Konfrontation gelebt (dezente Vorwürfe bis hin zu Beleidigungen), oder durch Gespräche mit Freunden und Geschwistern, in denen der Ex-Dating-Partner nach und nach in ein Monster verwandelt wird.

Ich lasse die Nachricht weiterlaufen, bis zum Schluss: „Am Tag nach dem ersten Date ist was mit Carmen gelaufen. Die wollte mich mit Haut und Haaren, so, wie ich bin, aber das habe ich ins Leere laufen lassen. *Ihr* zuliebe. Weil ich sie für etwas Besonderes hielt."

Carmen, mit der er angeblich schon vor Monaten die Fronten geklärt hat.

Ich lasse meinen Kopf mit der Stirn auf den Tisch fallen: „Na super", murmele ich ins Eichenholz, „gelogen hat er auch noch."

Meine Schwester schiebt das Kartoffelgratin in den Ofen und lehnt sich mit dem Rücken an die Fensterbank: „Du bist ehrlich gesagt selbst schuld."

„Wieso das denn?"

„Ich wusste sofort, dass der nichts für dich ist. Er hat dir von Anfang an genug Gründe gegeben, es sein zu lassen. Warum weckst du bei solchen Typen unnötig Hoffnung? Klar endet das Ganze in einer weitergeleiteten Absturz-Nachricht."

Ich rolle mit den Augen: „Man darf es ja wohl mal probieren."

„Hör nächstes Mal bitte auf dein Herz."

„Hab ich doch – jetzt zum Schluss."

„Bitte von Anfang an!"

„Ich mag aber nicht, wie es im Moment klingt."

„Wie klingt es denn?"

„Wie ein Herz, das für kein anderes schlägt."

Christian

DAS PHANTOM DER UNI

Es gibt Menschen, die einem weder auf den ersten noch auf den zweiten Blick auffallen. Wenn sie es auf den zehnten dann aber tun, ist es fast unmöglich, sie je wieder aus den Augen zu verlieren.

Christian ist ein Typ dieser besonderen Sorte: Er trat langsam, aber sicher in mein seelisches Sichtfeld und wurde zunehmend interessanter. Wie ein Komparse, der nach ein paar Jahren solider Backgroundarbeit das Angebot für eine Hauptrolle bekommt, ohne sich darum beworben zu haben. Ob er sie annimmt oder nicht – das ist wieder eine andere Frage.

Als ich ihn zum ersten Mal bemerkte, lief ich im letzten Studienjahr mit einer Gruppe Kommilitonen im Kittel durch die Uniklinik. Wir arbeiteten auf Station die Aufgaben im Blockpraktikum ab – Patientenanamnese, Diagnostikvorschläge, Therapieoptionen – und trafen uns nachmittags zur Besprechung der Ergebnisse. Christian stand plötzlich neben mir und stellte mir eine Frage, an die ich mich nicht mehr erinnere, etwas Belangloses, um ins Gespräch zu kommen. Er war groß und hatte das klassische Mediziner-Gesicht, hinter dem meine männlichen Kommilitonen reihenweise verschwanden: bartlos mit Brille, wachsamer Blick, Kurzhaarfrisur. Ich schaute auf sein Schild, um herauszufinden, ob unsere Wege sich im Studium schon mal gekreuzt hatten. Sein Name sagte mir nichts. *Er* sagte mir nichts.

In den nächsten Tagen sprachen wir hin und wieder miteinander und ich bemerkte, dass mir seine ernste Stimme gefiel und die Strenge, mit der er das Praktikum verfolgte. Während es für mich nur eine weitere Hürde war auf dem Weg in mein Wunschfach Psychiatrie, war Christian mit jeder Faser von allen Fächern der Medizin begeistert. Und das wiederum begeisterte mich – dann aber doch nicht genug, um in die übliche Kiste der Kennenlerntricks zu greifen: ein Stück Torte in der Klinikcafeteria, eine Zweiersession im Skills Lab, wo man Notfälle an Puppen übte, das gegenseitige Legen venöser Zugänge – für Mediziner gab es viele „weiße" Wege, die zum Rom der Romantik führten.

Der Abschlussball war das Ende vom Studium und der Beginn manch großer Karriere. Nach der Urkundenverleihung und ewigem Rumposieren für stolze Familien mit Foto-Zwang durften wir endlich die Bühne räumen. Christian, den ich den ganzen Abend über nicht bemerkt hatte, wartete allein an der Treppe, während unsere Kommilitonen an ihm vorbeiliefen. Er fing mich ab und fragte, wie mir der Ball so gefalle. Ich beschwerte mich über die pathetische Filmmusik, die im Hintergrund lief, als wären wir bei einer Oscarverleihung. Ja, sagte er, und wie unpassend, dass sie mittendrin das Air aus Bachs Orchestersuite Nr. 3 einspielten oder das Finale vom *Schwanensee* – wie willkürliche Abstecher von den Oscars in die Philharmonie.

Mir gefiel, dass er sich mit Musik auskannte. Und noch mehr, dass sein ernstes Gesicht sich zu einem Lächeln durchrang. Es war kein Produkt eines alltäglichen Automatismus, wie bei den meisten anderen, keine mimische Floskel. Er hob seine Mundwinkel mit Sorgfalt und einem Ziel, das machte es besonders. Sein gewähltes Lächeln galt mir, und das machte mich besonders.

Wir schritten langsam durch den Saal, in Kleid und Anzug. Ich mochte, wie lärmfrei er auf sich aufmerksam machen konnte. Er hatte was. Irgendwas. Es war unspektakulär, aber unleugbar.

Ein kleiner Funke sprang über.

Daheim musste ich feststellen, dass ich weder eine Handynummer noch einen Social-Media-Kontakt von ihm hatte, nirgendwo tauchte er mit Foto oder Name auf. Ein Einzelgänger, der keine Spuren im Sozialleben der Fakultät hinterlassen hatte. Der Funke war ohne Informationen übergesprungen und der fragile Flirt damit auf Eis gelegt.

Drei Jahre später. Die Assistenzarztzeit in der Psychiatrie war spannend, geizte aber auch mit Glücksgefühlen, die im Studium durch den exzessiven Wechsel zwischen Prüfungsstress und Partys regelmäßig geweckt wurden.

Als ich an einem freien Mittag unter der Woche einen

Spaziergang in meinem Viertel machte, lief mir ein Typ Ende zwanzig entgegen, Brillenträger, mit strenger Miene, von schlanker Statur: Ja, doch, das war er, der Kommilitone, den ich zwischen Tür und Angel, OP- und Ballsaal, Kleid und Kittel kennengelernt hatte.

„Hey“, sagte er mit einem überraschten Strahlen.

„Hey, na? Wie geht's? Lange nicht gesehen.“

„Gut, und dir? Hast du heute frei?“

„Ja“, antwortete ich, ohne zu verraten, dass mein wöchentlicher *day off* dem Deal mit einer dauerunterbesetzten Dorfklinik geschuldet war. „Was führt dich in die Uni-Gegend?“

„Meine Doktorarbeit. Die habe ich eigentlich im letzten Monat eingereicht, aber das Projekt geht noch weiter, weil mein Prof die Ergebnisse publizieren will.“

„Cool! Welches Thema?“

„Ach, es geht im Groben um die Signalvorgänge in den Nervenzellen des Schmerzsystems. Und du? Was treibst du hier?“

„Ich wohne noch in meiner alten Studentenwohnung, da drüben.“

„Ah, wie praktisch, dann konntest du in der Uni-Zeit ja direkt aus dem Bett in die Vorlesung springen“, sagte er und verriet, dass er in die Nachbarstadt gezogen war, um an der Uniklinik dort eine Stelle als Anästhesist anzutreten.

„Und wie läuft es mit deiner Doktorarbeit?“, fragte er weiter. „Ein Ende in Sicht?“

„Nächstes Jahr, denke ich.“

„Cool. Das freut mich für dich!“

„Danke!“

Wir fuhren fort, uns gegenseitig Bälle zuzuspielen, die mit

warmen Worten befüllt waren, in dem Wissen, dass das Match bald enden würde, wenn wir nicht das Feld wechselten.

♥

Woran erkennen wir, dass wir in der Small-Talk-Falle sitzen? Und wie schaffen wir den Übergang zum Real Talk?
Small Talk hat seine ungeschriebenen Gesetze. Sobald die üblichen Themen an der Oberfläche abgefrühstückt sind, folgen unverbindliche Abschiedsfloskeln, welche die Hürde für eine Vertiefung des Kontakts (Planung eines Treffens, spontaner Übergang zum Kaffee/Spaziergang) erhöhen. Beispiele hierfür sind:

- „Wir können uns da gern mal austauschen"; „Erzähl ruhig mal, wie's gelaufen ist"; „Gib gern mal Bescheid, wenn du in der Gegend bist". Das unscheinbare Drei-Buchstaben-Wörtchen „mal" wiegt hier schwerer, als es ausschaut, und bedeutet in der unzensierten Langfassung: **irgendwann mal in ferner Zukunft vielleicht – oder auch nicht.**
- Manchmal fällt auch der Satz: „Liebe Grüße an die anderen" (an gemeinsame Ex-Kommilitonen/Bekannte). Für die Überbringung solcher Grüße gibt es keinerlei Garantie, beide Small-Talk-Parteien sind sich darüber im Klaren, dass sie unter Umständen niemals beim Adressaten ankommen werden.

Um nun vom Small Talk zum Real Talk zu switchen, muss einer von beiden sich einen Ruck geben und verraten, was ihn/sie tatsächlich aktuell negativ oder positiv beschäftigt,

wie zum Beispiel: Homeoffice-Blues, Gesundheit der Eltern, Sorgen in Bezug auf anstehende Veränderungen (Jobwechsel, Wohnsituation). Erfreuliche Karrierenews, neue Ziele aus dem Freizeit- und Hobbybereich (Musik/Sport/Reisen), geplante Feierlichkeiten.
Falls der andere Interesse daran hat, im Gespräch weiter mit uns abzutauchen, wird er durch aufmerksame Kommentare, interessierte Rückfragen und unaufdringliche Bezüge zu sich selbst den nötigen Sauerstoff liefern, der für das Eindringen in tiefere Sphären notwendig ist.

♥

„Gut“, sagte ich, um den Faden der Freundlichkeiten nicht künstlich in die Länge zu ziehen, „dann wünsche ich dir erst mal viel Erfolg mit dem Job in der Anästhesie!“

„Danke dir!“

Wir schauten uns an, mit einem Blick, der tiefer ging als unser Gespräch, und schwiegen für einen Moment, einen zweiten und dritten, schwiegen über das Ziel hinaus. Frag mich nach meiner Nummer, dachte ich, nach einem Walk, einem Kaffee. Frag mich irgendwas, das uns den Weg in ein Morgen ebnet und unserem Gestern eine Bedeutung gibt.

Oder halt nicht!

Er bekam es nicht hin, und ich sah es nicht ein. Wir nahmen Abschied mit munteren Worten, denen es an Mut fehlte. Reichten das Zepter zurück an den Zufall, auf dessen Gunst wir nun wieder angewiesen waren.

Warum sprechen wir beim Dating mal von Zufall, mal von Schicksal?

Der Stempel „Schicksal" kann im Liebesleben dazu dienen, bestimmten Ereignissen eine besondere Bedeutung beizumessen. In Zeiten, in denen der Wunsch nach Seelenverwandtschaft, Monogamie oder Glücklich-bis-an-ihr-Lebensende-Szenarien ebenso wie der Glaube an Gott und Religionen zunehmend an Bedeutung verliert, möchte man seinen digitalisierten und faktenreichen Alltag hin und wieder romantisieren und ihm damit einen tieferen Sinn verleihen. In aller Dankbarkeit über unsere fortschrittlichen Möglichkeiten trauen wir uns kaum noch zuzugeben, dass uns manchmal der Zauber des Unerklärlichen fehlt.

Der Stempel „Zufall" wiederum hat eine herunterspielende Funktion. Er erinnert daran, nicht hinter jeder (substanzlosen) Story das potenzielle Liebesglück zu vermuten. Gerade in einsamen Phasen neigen wir dazu, Zufälle als „Zeichen" zu werten, und laufen Gefahr, uns durch Miss- und Überinterpretationen in einem Film zu verrennen, der unserem Kopfkino entstammt.

♥

Ein weiteres Jahr später.

Inzwischen ist einiges passiert: Ich habe Andy gedatet, ihn wieder ent-datet und Tinder vorerst gelöscht. Vor ein paar Monaten fiel dann ein furchtbares Virus vom Himmel, das den Begriff Lockdown in die Top 3 meines Vokabulars katapultierte. Klopapier wurde zum Kassenknüller, Desinfektionsgel zum Dauerbrenner. Die beste Freundin war jetzt plötzlich ein „Haushalt“ und der Song *Lemon Tree* feierte ein unverhofftes Comeback: „Isolation is not good for me.“

Zu allem Überfluss wurde ich auch noch 31 Jahre alt, was man nicht einmal zelebrieren konnte wie die pompöse Partyzahl 30. *Einunddreißig.* Das klingt, als wäre ich dem Leben so langsam Rechenschaft schuldig. Dabei bin ich weiterhin ganz scharf drauf, meine Wohnung an der Uni zu behalten, nach Feierabend in Cafés abzuhängen und sogar Semestergebühren zu zahlen, damit mein Studentenausweis nicht abläuft – als würde er mir bescheinigen, noch mit einem Bein im Lotterleben zu stehen.

Vielleicht stecke ich in einer Quarterlife Crisis und mache die Nostalgie zum Motor meiner Entscheidungen. Ich vermisse sogar die Medizinische Fakultät, suche vermehrt Kontakt zu einstigen Mitstudenten und frage mich, was aus Christian geworden ist. Wir haben Sommer. Die Temperaturen sind gestiegen, die Fallzahlen gesunken, die Regeln gelockert. Bei einer Geburtstagsfeier im Unikreis besorge ich mir Christians Nummer von einem Kommilitonen aus seiner Forschungsgruppe und schicke ihm ein lockeres „Hey, wie geht's?“ – mit der Frage, ob er Lust habe, sich mit mir über die Arbeit zu unterhalten. Ich sei mir nicht ganz sicher mit meiner aktuellen Stelle und fände es cool, mich da mal auszutauschen.

Schon nach wenigen Minuten fühle ich mich jedoch, als hätte ich einen Einbruch begangen. Als wäre ich einfach in sein Handy geplatzt, ohne Schlüssel oder Einladung, um seine Aufmerksamkeit zu rauben.

Ist es daneben, jemanden auf einer recherchierten Telefonnummer anzuschreiben?
Daneben: nein, aber mutig, und das nicht auf die ritterliche Art à la Dark Knight, sondern eher mit einem Hauch von Joker. Mut, der aus einem kleinen Wahn hervorgeht („Ich muss das jetzt tun, ich geh aufs Ganze, nach mir die Sintflut!"), birgt das Risiko einer steinharten Abfuhr. Sollte der kleine „Übergriff" den anderen jedoch verzücken statt zu verschrecken, hat der Narr das Spiel gemacht.

♥

Er reagiert rasch und bietet einen Spaziergang an – gleich morgen, wenn ich Zeit hätte, der Sonntag sei sein einziger freier Tag, bevor der Schichtdienst am Montag starte. Ob mir das so kurzfristig passen würde?

Morgen, klar, das klinge doch gut!

Ich bin gespannt, ihn wiederzusehen, ohne Kittel, Anzug oder Eile, und herauszufinden, ob er nur ein ersetzbarer Komparse ist im verblassenden Film der Uni-Zeit, oder ob wir auch ohne den Zauber der Zwanziger ein paar magische Momente erschaffen konnten.

Wir umarmen uns zur Begrüßung und spazieren an einem Kanal entlang, der sich durch einen Waldpark zieht. Ich habe ein Kleid an, dazu Sandalen mit Absatz, er trägt eine kürzere Hose mit T-Shirt. Es wundert mich, dass er mit keinem Wort wissen möchte, woher ich seine Nummer habe und warum ich ausgerechnet mit ihm sprechen will, wo er doch weder mein Freund ist noch mein Life Coach.

Warum scheint es dem anderen so leichtzufallen, seine Neugierde bei persönlichen Sachen in Schach zu halten?

a) Er nimmt die Dinge, wie sie vor ihm liegen, ohne sich groß darüber Gedanken zu machen, wie sie dorthin gelangt sind. Das kann einem grundsätzlichen Desinteresse an der gefühlsbetonten und damit „irrationalen" Seite des Lebens geschuldet sein, aber auch an einer eher mäßigen emotionalen Intelligenz liegen, welche dazu führt, dass zwischenmenschliche Informationen (selbst jene, die von Interesse oder Relevanz sind) leichter durchrutschen oder untergehen.

b) Es fällt ihm nicht leicht. Er hat jedoch Sorge, durch neugierige Fragen sein Interesse an einer Person zu outen und sich damit verwundbar zu machen. Insbesondere selbstunsichere Menschen, die im zwischenmenschlichen Kontakt ein hohes Maß an Bestätigung benötigen, haben einen Hang dazu, ihre Zuneigung als Schwäche zu empfinden, insbesondere, wenn sie sich über die Gefühle und Absichten des anderen nicht zu einhundert Prozent im Klaren sind.

c) Er nimmt Rücksicht und möchte verhindern, uns durch Nachfragen (etwa zu den Absichten unserer Kontaktaufnahme) in Verlegenheit zu bringen.

Aus irgendeinem Grund landen wir schnell beim Thema Tod, der uns auf der Arbeit aus zweierlei Richtungen überfällt: In seiner Klinik kämpfen die Notfallpatienten ums Überleben. Unsere Notfallpatienten hingegen müssen durch Medikamente, Gespräche und manchmal auch Fixierungsgurte davon überzeugt werden, nicht mehr sterben zu wollen.

Dann erzählt er von einem Zoom-Vortrag, den er für einen Kongress vorbereite, es geht um ein Paper, das er zusammen mit seinem Prof geschrieben habe. Viel wichtiger sei ihm jedoch die Arbeit in der Klinik, das Praktische, nicht der Papierkram.

Seine Begeisterung hat nichts Pathetisches. Er brennt für seinen Beruf, aber das Feuer würde ihn nie und nimmer den kühlen Kopf kosten. Und das macht ihn wiederum so attraktiv, dass ich mich für einen Moment wie die Protagonistin einer kitschigen Telenovela fühle, die unter der Obhut des Waldklinik-Doktors gern erkranken und genesen will. Nur handelt es sich bei Christian nicht im Ansatz um den Frauenheld, der für jeden ein Lächeln und für manche auch eine Liebelei übrig hat und ich bin nicht die Krankenschwester alter Tage, die den Halbgott in Weiß anhimmelt.

♥

Wollen Männer überhaupt noch angehimmelt werden?

Ja, schon, jedoch sind sie nicht bereit, die nötigen Opfer dafür zu bringen. Das Posieren auf dem Podest hat seinen Preis: Wer sich Bewunderung von der (Dating-)Partnerin wünscht, muss ihr auch einen ordentlichen Grund dafür geben. Das könnte emotionaler Halt sein, vorübergehende materielle Unterstützung oder die Bereitschaft, gemeinsam sesshaft zu werden. Der Mann von heute verlangt das Angehimmeltwerden (insgeheim) jedoch von einer Frau, der es selbst an nichts fehlt. Eine emanzipierte Anhimmlerin, die zu ihm aufblickt, ohne dabei seine Freiheit, seine Zukunft oder sein Portemonnaie im Visier zu haben. Eine Rechnung, die nicht aufgeht. Eine, bei welcher er zwanghaft durch null zu teilen versucht: Er möchte sie in die Rolle des schwachen Geschlechts drängen und erwartet dabei, dass sie stark bleibt.

♥

Nach gut anderthalb Stunden fragt er, ob ich in den Schuhen eine Gehpause einlegen wolle und sucht uns eine Holzbank unter einer mächtigen Eiche. Wir setzen uns, atmen den grasig-drückenden Geruch von Nachmittagssommer ein, lauschen Raschelgeräuschen, von denen keiner weiß, wo sie herkommen. Er dreht den Kopf und schaut mich an, neugierig und unbeholfen, ein Schauen, das etwas von einem Starren hat. Ein bohrender Blick mit Überlänge, den ich bis zur letzten Sekunde erwidere – nicht, weil ich die Taffe bin, die ihn *aushält*, die Coole, die ihm *standhält*. Ich bin die, deren Augen seinen zum Opfer gefallen sind.

„Du warst selten auf Uni-Partys“, sage ich. „Oder habe ich dich bloß nicht bemerkt?“

Er schüttelt den Kopf mit einem abwehrenden Lächeln: „Ich bin nicht so der Party-Typ. Und mit den Leuten im Semester hatte ich generell wenig am Hut.“

„Also keine Electro-Beats zwischen den Prüfungen?“

„Dann doch lieber Klassik. Das höre ich gern.“

„O, Klassik finde ich auch toll. Hast du einen Lieblingskomponisten?“

„Ja, Chopin. Vor allem die Ballade Nr. 1, die höre ich oft. Kennst du die?“

„Ja, klar.“

Ja. *Sternenklar.*

Der Himmel würde nie zu verschmutzt oder bedeckt sein, um gemeinsam ein Leuchten zu entdecken, wenn man demselben Komponisten verfallen ist und sein über 180 Jahre altes Stück zelebriert wie andere einen Cardi B-Hit.

♥

Warum kann es nicht nur schön, sondern gefährlich sein, wenn der andere dieselben Lieblingsfilme oder -lieder hat?

Die Begeisterung über einen solchen „Treffer" kann dazu führen, dass er/sie ein unverdientes Upgrade erfährt und plötzlich als Partner mit **Soulmate**-Potenzial gehandelt wird. Wer den gleichen Film- oder Musikgeschmack teilt, wäre natürlich ein guter Begleiter für Kino und Konzerte – was aber sagt das über seine/ihre Fähigkeit aus, durch beziehungsfördernde Faktoren (Ehrlichkeit, Offenheit, Interesse, Vertrauens- und Konfliktfähigkeit, Kontinuität) eine solide Bindung aufzubauen?

♥

„Du kennst dich da aus, oder?", fragt er.

„Ach, ja, ich hatte lange Klavierunterricht."

„Das ist mega! Ich habe mir neulich ein E-Piano gekauft. Ich bin nur weit davon entfernt, das auf die Reihe zu kriegen. Ist schwer neben der Arbeit."

„Hast du einen Lehrer?"

„Ja", sagt er. „Er heißt YouTube."

„Oh. Dann dauert das noch mit Chopin."

„Kannst du was von ihm spielen?"

„Wenn ich ordentlich übe, dann ja. Aber ich bin kein Profi, das ist noch mal eine ganz andere Kiste."

„Gibt's da auch was Langsames? Alle Stücke, die ich von ihm kenne, sind entweder von Beginn an schnell oder werden es im Verlauf."

„Klar, gibt viele langsame Sachen. Ich kann dir gerne mal was aufnehmen und schicken, wenn du magst."

„Das wäre toll."

Toll und etwas tollkühn. Ich habe nicht die leiseste Ahnung, wie eine Klavier-Audio, aufgenommen mit meinem jämmerlichen iPhone 5, klingt. Zudem habe ich seit zwei, drei Monaten nicht ordentlich geübt. Wer ein Konzert anbietet, bevor die Finger warmgelaufen sind, begibt sich auf dünnes Eis.

„Ist jedenfalls ein schönes Hobby, das du da verfolgst", sagt er angetan.

Ich spüre, wie seine Schutzschicht schmilzt, langsam aber sicher. Wie er sich dazu verleiten lässt, locker zu werden – was die ganze Sache plötzlich ein wenig ernster macht.

♥

Warum verdient es besondere Wertschätzung, wenn reservierte Menschen sich öffnen?

Wer vom Typ her auffallend zurückhaltend und verschlossen ist (Gründe hierfür können eine introvertierte, eine schüchterne oder gar selbstunsichere beziehungsweise ängstlich-vermeidende Charakterstruktur sein), muss deutlich schwerere Hebel in Bewegung setzen, damit er seine Hemmungen im Kennenlernprozess verliert. Das Resultat zeigt sich zum Beispiel:

- **im Gespräch** (von Small Talk zu Deep Talk, vom Plausch zum Persönlichen)
- **in der Gestik** (zugewandte Haltung, geringerer Körperabstand, eventuell kurze Berührungen)
- **in der Mimik** (längere Blicke, warmes Lächeln)

Oftmals wissen wir diese kleinschrittigen Erfolge nicht ausreichend zu würdigen. Mögliche Gründe hierfür sind:

a) Wir betrachten die Fähigkeit des lockeren und zwanglosen Umgangs als selbstverständlich und können uns kaum vorstellen, dass es Menschen gibt, die sich in Zeitlupe fallen lassen, um im Falle eines drohenden harten Aufpralls rechtzeitig reagieren zu können.

b) Wir lassen uns davon blenden, dass der andere durchaus in der Lage ist, den gängigen Small Talk zu führen, seine Arbeit zu verrichten, vielleicht sogar Hobbys nachzugehen und sich bei offiziellen Anlässen angemessen zu präsentieren. Die Spitze des Eisbergs verrät hierbei jedoch nicht, welcher Brocken an Bedürfnissen sich in der Tiefe verbirgt: Nach derartigen get togethers kommt es häufig vor, dass verschlossene Menschen sich emotional und/oder körperlich erschöpft fühlen und längere Alleinzeit benötigen, um ihre Akkus wieder aufzuladen. Zudem kann es sein, dass sie, je nachdem worin die Gründe für ihre vorsichtige Zurückhaltung liegen und welche Charakterstruktur sie haben, unter dem Zwang leiden, die sozialen Situationen im Rückblick zu analysieren und zu überprüfen, ob sie sich korrekt verhalten haben oder ob es Anlass zur Scham und zu Selbstvorwürfen gibt.

c) Wir würdigen diese kleinen Schritte womöglich auch nicht, weil wir auf uns selbst fokussiert sind und die holprige Annäherung als Angriff empfinden. Wir fragen uns irritiert bis entnervt, wo das Problem liegt, und lassen uns unter (schlechten) Umständen dazu hinreißen, den anderen unter Druck zu setzen oder abzustrafen. Je höher die eigene Kränkbarkeit, desto eher birgt die Zurückhaltung des Dating-Partners Konfliktpotenzial.

Christian blickt auf die Uhr: „Drei Stunden schon, krass. Das ging schnell rum. Ich muss meinem Prof noch ein paar Korrekturen schicken."

„Klar", sage ich. „Cool, dass du dir Zeit genommen hast."

Wir stehen auf, machen uns auf den Rückweg.

„Ja, gerne! Wir haben nur viel zu wenig über dein Thema gesprochen."

„Welches Thema?", frage ich.

„Deine aktuelle Arbeitsstelle. Du hattest ja geschrieben, dass du dir nicht ganz sicher bist, wie es weitergehen soll. Wollen wir da noch rasch ein paar Punkte zusammenfassen? Was ist jetzt der Plan?"

Was für ein Plan? Ich habe keinen Plan. Wie eine planlose Schülerin fühle ich mich, die vom Mathelehrer beim Träumen erwischt wurde.

Ich sage ihm, dass ich das Jahr im Akutbereich noch durchziehe und danach vermutlich in eine Reha-Klinik wechsle.

„Dann erzähl doch mal, wie sich das so entwickelt", sagt er. „Würde mich interessieren."

„Gern, mache ich!“

„Das war echt eine super Idee, sich wiederzusehen. Ich habe mich lange nicht mehr so gut mit jemandem unterhalten.“

Ich verinnerliche sein gewichtiges Kompliment, das ich mit Leichtigkeit tragen werde.

Als wir am klassischen Scheideweg stehen – er muss nach rechts, ich nach links –, habe ich das Bedürfnis, ihm einen hieb- und stichfesten Sympathiebeweise zu liefern: „Wenn du Lust hast, können wir gerne mal was unternehmen“, sage ich und frage mich bereits beim Aussprechen der Worte, ob sie nicht einen Touch *too much* sind. Er bewegt die Lippen, nuschelt etwas daher, das sicherlich positiv ist, mit einem Lächeln dazu, einem Nicken – was genau, das höre ich nicht, da meine Ohren den Zweifeln in meinem Kopf lauschen.

♥

Warum zerbrechen wir uns nach anfänglicher Lockerheit plötzlich den Kopf, wenn wir einen Schritt nach vorn wagen?

Je besser wir den anderen kennen und je interessanter wir ihn finden, desto mehr haben wir zu verlieren. Niemand möchte ein Nein von einer Person riskieren, die er wertschätzt und ernst nimmt. Dabei hat die Anfangslockerheit sich positiv auf unser Denken und Handeln ausgewirkt und uns zudem in ein attraktiveres Licht gerückt. Man konnte quasi zwei Fliegen mit der Klappe der Coolness schlagen, die der zittrigen Hand im Laufe des Datings aber oftmals entgleitet.

1. Wir sollten uns bewusst machen, dass es ganz normal

ist, den anderen im Zuge der Annäherung und wachsenden Sympathie ein Stück weit zu idealisieren und **Angst vor seiner Ablehnung** zu entwickeln. Unsere Sinne sind einerseits getrübt (wir übersehen Red Flags), andererseits geschärft (wir sind wachsamer in Bezug auf unser eigenes Fehlverhalten). Ob man abserviert wird oder nicht, können einem weder Doktor Freud noch das Orakel von Delphi beantworten. Aber im Falle eines positiven Bauchgefühls sollten wir uns ruhig auch mal rücklings in den Dating-Fluss legen und treiben lassen.

2. Sobald die Kennenlernphase zum Kraftakt wird, müssen wir uns fragen, was konkret an unseren Kräften zehrt: Ist es die Unschlüssigkeit des anderen oder sind es unsere eigenen Unsicherheiten, die häufig durch **negative Vorerfahrungen** reaktiviert werden?

3. Zudem gibt es die Wahrscheinlichkeit, dass der andere ebenfalls unter Grübeleien leidet, die linear zu seinem Interesse an uns wachsen – und wir damit möglicherweise im selben Boot sitzen. Eins, das jedoch sinken könnte, wenn die **sorgenvollen Gedanken** allzu schwer wiegen.

Man kann es auch banal sagen: Der andere kocht auch nur mit Wasser. Wir malen uns Schreckensszenarien aus, wie wir gekorbt werden, weil wir nicht ausreichend punkten konnten. Dabei vergessen wir, dass er vor demselben Problem steht wie wir, einem Problem Namens „postmoderne Partnersuche" mit all ihren Eigenheiten wie Bindungsangst, Generation

Maybe-Theater, dem Trend von offenen Beziehungen, Social-Media-Terror (Folgen und Entfolgen, Liken und Kommentieren, Stalking und Eifersüchteleien, Show-off und Provokationen) sowie Kommunikationsperlen à la

- **Ghosting:** Der andere taucht ab und verschwindet in der Versenkung, als hätte es ihn nie gegeben, uns nie gegeben, das potenzielle oder bereits bestehende Wir nie gegeben.
- **Benching:** Wir werden auf unverbindliche Art auf der „Ersatzbank" warmgehalten, mit gelegentlichen Nachrichten und der Aussicht auf Treffen, die entweder überhaupt nicht oder äußerst selten stattfinden. Die Kennenlernphase zieht sich, die Entwicklung bleibt aus, das Bauchgefühl ist miserabel.
- **Breadcrumbing:** Der andere füttert uns mit „Krümeln" (zusammenhanglose Einzeiler zwischendrin „Wünsche dir einen sonnigen Tag", Likes oder Kommentare auf Social Media, vielleicht sogar mal ein Anruf oder die Aussicht auf ein Treffen, zu dem es dann doch nicht kommt, da der Breadcrumber ohne Vorwarnung auf- und abtaucht). Hierbei handelt es sich ebenfalls um eine Hinhalte-Strategie.
- **Orbiting:** Dieser Trend schießt den Vogel der Absurdität ab. Nach einer mehr oder weniger unauffälligen Kennenlernphase (WhatsApp-Kontakt, Treffen, eventuell Sex) verschwindet der andere ohne Erklärung – nur, dass er, anders als beim Ghosting, via Social Media weiterhin unsere Aktivitäten verfolgt, Fotos likt, Storys anschaut und damit in unserer Umlaufbahn („Orbit")

bleibt. Der andere umkreist uns, ohne den Schritt ins Zentrum unserer Aufmerksamkeit zu wagen. Vielleicht ist er insgeheim vergeben, hat Nähe-Distanz-Probleme oder schlichtweg keine Lust auf die nächste Ebene, ist aber zu feige, um dies zu kommunizieren, und zu neugierig, um die Finger von unserem Account zu lassen. In jedem Falle hat Orbiting, analog zum passiv-aggressiven Verhalten, etwas passiv Dreistes an sich.

♥

Daheim setze ich mich an mein Klavier, das die letzten Wochen einsam in der Zimmerecke stand und beleidigt darauf gewartet hat, endlich wieder berührt zu werden. Erst nach ein paar Tagen Übung kann sich die cis-Moll-Nocturne, die ich für Christian herausgekramt habe, wieder hören lassen.

Ich nehme ein vierminütiges Musikaudio auf und schicke es mit ein paar netten Zeilen ab: „Hey, hoffe, die Dienste liefen nicht allzu stressig bisher. Hier ist, wie versprochen, das Klavierstück. Vielleicht kennst du es ja aus dem Film *Der Pianist*. Liebe Grüße."

Die Haken werden binnen einer Stunde blau. Vier Tage später sind sie so tiefblau, dass sie irgendwie wieder grau wirken. Dieses Blau, das im Grunde eine Bestätigung sein soll über das sichere Ankommen der Botschaft, birgt nun selber eine: „Du wurdest angeklickt und abserviert. Wurdest gelesen, gehört – und geschnitten." Nach einer Woche fühle ich mich beim Anblick meiner unbeantworteten Nachricht wie eine Chat-Leiche, die nicht einmal entsorgt wurde. Hinzu kommt, dass meine kleine Schwester ganz selbstverständlich von einem Ghosting-Fall spricht. Ich wehre mich. Das müsse nicht sein. Immerhin hätte ich keine konkrete Frage gestellt.

„Doch, Sis", sagt sie. „Das ist trotzdem Ghosting. Glaub mir mal."

Ich überlege mir Thesen für sein Totschweigen.

These 1: Er hat kein Interesse an mir als Frau oder Person und traut sich nicht, den Kontakt mit messerscharfer Ehrlichkeit zu cutten.

Antithese 1: Ein Funke, der flunkert? Ein Lächeln, das lügt? Ein Blick, der blufft? Hinzu kommt das Kompliment zum Schluss, das geknallt hat wie ein Feuerwerkskörper, der am Neujahrsmorgen hochgeht, wenn der Spaß schon vorbei ist und die Ohren ertaubt, wie ein Beethoven der Böller.

These 2: Er ist überfordert.

Antithese 2: Seine Arbeit dreht sich um die Behandlung akuter Schmerzzustände, um notfallmäßige Intubationen, Narkosen bei Nacht und ein Tagesgeschäft namens Tod. Kann jemand, der unter so hohem Druck steht, tatsächlich überfordert sein mit einem Walk und einem Talk, mit einer Nachricht samt Nocturne?

These 3: Er findet meine Tonaufnahme irgendwie daneben.

Antithese 3: Es gibt keine Antithese. Nur Antipathie. Meine mir selbst gegenüber.

Was habe ich mir nur dabei gedacht, ihm ein vierminütiges Audio aufzuhalsen? Bin ich etwa Starpianistin und er Juror beim Chopin-Wettbewerb?

Ich stelle mir vor, wie er konzentriert am Schreibtisch sitzt, über dem Forschungs-Paper, und die frisch eingetrudelte Nachricht an sein Ohr hält. Wie er sich fragt, was ich mit diesem pathetischen Piano-Aufwand wohl bezwecken will. Eine Frage, der er aber nicht lange auf den Grund geht – denn viel wichtiger als meine Musik sind die medizinischen Mauern, die er einreißen will. Er hört das Stück zu Ende, anstandshalber, schließt den Chat, nimmt sich vor, zu antworten, irgendwann, wenn es passt, zwischen Schichtdienst und Recherchearbeit.

Ich will sterben. Will mein Handy mit ins Grab nehmen. Ich will, dass auf meiner Beerdigung die cis-Moll-Nocturne läuft. Niemand würde Christian einladen, da niemand ihn kennt. Er ist ein *Phantom* und ich die *Oper*: Kitsch mit Niveau.

♥

Wie kann es sein, dass jemand souverän sein Berufsleben meistert und sich im Privaten schon bei kleinen Herausforderungen (etwa im Bereich Kommunikation) als „unbegabt" entpuppt?

Zwischen der akademischen Intelligenz („der verrückte Professor"), der praktischen Intelligenz („der gewiefte Geschäftsmann") und der emotionalen Intelligenz („der Gedankenleser") gibt es große Unterschiede. Es ist selten, dass ein Mensch alle Intelligenzformen in gleicher Stärke besitzt. So kann der akademisch Intelligente auf persönlicher Ebene deutlich unbeholfener sein und sich unter Umständen gänzlich entziehen, wenn eine emotional geladene Situation ihn überfordert. Dies tut er nicht aus Böswilligkeit oder Desinteresse, vielmehr kann er die Lage schlecht einschätzen und hat Angst vor falschen Worten oder Taten mit der Konsequenz beidseitiger Verletzungen.

> Jedoch gibt es durchaus den Fall, dass er – Dank seiner Gabe, Zusammenhänge rational zu erschließen – auch bei „Rätseln" aus dem Gefühlsbereich auf die korrekte „Antwort" stößt, ohne diese, wie der emotional Intelligentere, von innen zu erspüren. Diese oftmals rettende Bastellösung fliegt in zwischenmenschlichen Extremsituationen (Zuspitzungen beim Dating, Streit mit Familie und Freunden, Krise im Kollegium) leider schnell auf.

♥

Drei Monate später. Wir haben Mitte November. Christian ist Schnee vom gestrigen Sommer. Die Kälte ist als *Partner in Crime* mit dem erneuten Lockdown eingebrochen. Die Stimmung ist bei den meisten am Tiefpunkt, während die Heizungen daheim, dem neuen *Place to be*, auf Hochtouren laufen.

In zwei Wochen ist die Verteidigung meiner Dissertation. Der Vortrag, der aus zwanzig Karteikarten und einer PowerPoint-Präsentation besteht, ist zum Objekt meiner Begierde geworden: Mal ändere ich die Folienabfolge und baue neue Effekte ein, mal packe ich die frischen Textmarker aus und falle über die beschrifteten Kärtchen her.

Das Handy vibriert. Vielleicht eine SMS meiner Doktormutter, die mir sagen möchte, dass ihr Lehrstuhl sich nun auch für Zoom-Verteidigungen entschieden hat und meine lang ersehnte Retro-Reise mit ICE, Hotel und Aktentasche damit ausfällt. Ein akademischer Ausflug, an dem ich mich seit Wochen festhalte, als würde er mich vor einer Bruchlandung schützen, die so hart sein könnte wie die nächste Stufe des Weihnachts-Lockdowns.

Ich entsperre das Handy, öffne die Nachricht und versperre rasch mein Herz mit einem Notfall-Riegel.

Hey, wie geht es dir? Mir ist aufgefallen, dass ich gar nicht mehr geantwortet habe, das tut mir leid. Ich bin von deiner Klavieraufnahme ehrlich gesagt sehr beeindruckt. Du spielst fantastisch, aber das weißt du bestimmt. Gibst du eigentlich auch Konzerte? Liebe Grüße, Christian.

Mir geht es toll, danke, ich kuschel mit den Karteikarten.

Das ist dir früh aufgefallen – aber kein Problem, die Medizin ist deine Mission, der Kittel dein Komfort.

Schön, dass du beeindruckt bist, ich war eher *be*drückt. Vielleicht, weil du nie auf „Senden“ *ge*drückt hast.

Konzerte? Im Lockdown? Täglich. Als Berufsmusikerin muss ich halt, *Corona kills*, Armut aber auch.

Ganz liebe Grüße zurück!

♥

Der andere meldet sich ein paar Monate nach seinem Ghosting-Schweigen und knüpft an, wo aufgehört wurde. Wie ist das einzuordnen?

Variante A: Auf der Flucht

Alle drei Punkte treffen zu:

- Er hat keine Freundin.
- Er steckt nicht in einer Lebenskrise (erkrankte Angehörige, Depressionen, finanzielle Not etc.)
- Beidseitige Sympathie sowie körperliche Anziehung sind vorhanden.

Er scheint einen inneren Kampf ausgetragen zu haben, mit dem Ziel, über seine eigenen Gefühle zu siegen und die Erinnerung an unsere Person auf dem Friedhof der Verdrängung zu begraben. Bewaffnet hat er sich in diesem Kampf mit fadenscheinigen Gründen, denen er beim Einmarsch in sein eigenes Herz selber Glauben schenken musste (Zeitmangel, Inkompatibilität). Die wahren Gründe, eine Anbahnung trotz aufrichtigem beidseitigem Interesse schlechtzureden, liegen meist jedoch tiefer und können Bindungsangst, starke Selbstunsicherheit bis hin zu Panik beim emotionalen Kontrollverlust umfassen. In schwächerer Ausprägung treten negative Gefühle dieser Art im Laufe des Datings bei vielen Frauen und Männern auf. Für Typ A werden diese jedoch so unaushaltbar, dass sie zu plötzlichem Rückzugs- und Abbruchverhalten führen. Er entscheidet sich für seine Komfortzone, was im ersten Moment durchaus Erleichterung bringt. Die Probleme, die auf lange Sicht innerhalb dieser Zone entstehen, sind jedoch alles andere als komfortabel: unerfüllte zwischenmenschliche Beziehungen, Gefühle innerer Leere und Einsamkeit, Probleme bei der Empfindung tiefer (insbesondere positiver) Emotionen sowie der Eindruck, das Leben würde an einem „vorbeiziehen". Zudem kann Typ A im Rückblick lange unter den verpassten und ausgeschlagenen Chancen auf eine aufrichtige Bindung leiden und sich aufgrund dieses (sich wiederholenden) Versagens selbst abwerten. Wenn er sich wieder meldet, ohne an sich gearbeitet und seine Bedürfnisse und Probleme reflektiert zu haben, ist die Gefahr groß, lediglich eine Ehrenrunde zu drehen und ihn vor den Gittern seines persönlichen Komfort-Knasts erneut verabschieden zu müssen.

Variante B: Missing information

Es herrscht Unklarheit über

- seinen Beziehungsstatus oder
- seine sexuelle Orientierung oder
- die gegenseitige Anziehung.

Der Dating-Partner könnte noch mit einem Bein in einer toten Beziehung hängen und muss diese erst beenden und aus seinem Kopf kriegen, bevor er neues, fruchtbares Land erkundet. Womöglich hatte er den Flirt mit einem lockeren „Schauen wir mal" begonnen, kann jetzt aber nicht mehr wegschauen, da die Dinge sich schneller entwickeln als gedacht. Er zieht die Notbremse, um nicht mit dem zweiten Bein in eine zweite Beziehung zu treten und sich in einem Spagat zu verfangen, der ihn ziemlich albern aussehen lässt und zudem ordentlich zieht. Das Ghosting erspart ihm, uns über die nicht entsorgte Beziehungsleiche in seinem Keller aufzuklären. Das Ghosting-Ende könnte hier einen Neustart einläuten.

Falls er noch nie eine Beziehung hatte, er durch ein sehr reges oder aber fehlendes Sexleben auffällt und unsere Antennen im Zuge der körperlichen Annäherung Störsignale wahrnehmen, ist es nicht verkehrt, die sexuelle Orientierung des anderen zu hinterfragen. Manche Männer wollen nicht wahrhaben, dass sie sich von Frauen wenig bis gar nicht angezogen fühlen und begeben sich auf die Suche nach der „Einen", die sie von ihrer quälenden Sorge vor dem Andersseins befreien könnte. Wenn dies erneut nicht der Fall ist, ist er unter Umständen zu frustriert, um den Kontakt zu halten, und zu beschämt, um mit einer ehrlichen Begründung herauszurücken.

Er könnte wieder auftauchen, wenn er emotionalen Halt oder eine gute Gesprächspartnerin sucht oder zu der Erkenntnis kam, dass er bei uns zumindest mehr empfinden konnte als mit den anderen „Versuchsobjekten".
Möglich ist auch, dass er abgetaucht ist, da er sich nicht ausreichend angezogen fühlte. Die Post-Ghosting-Nachricht kann in diesem Fall ein Versuch sein, unkomplizierten Sex abzustauben. Vielleicht fand er den Kontakt auf zwischenmenschlicher Ebene aber auch so überzeugend, dass er uns trotz fehlender „Funken" eine Chance geben möchte, in der Hoffnung, dass die Formel auch ohne die nötige Chemie aufgeht.

Variante C: Sex sells

- Es gab einen Turbostart mit intensivem Kontakt und frühem Sex und
- er ist frisch getrennt oder Langzeitsingle oder in einer offenen Beziehung.

Der andere meldet sich nicht mehr, da er bereits bekommen hat, was er wollte und brauchte (sexuelles Abenteuer, Ego-Boost, Trost nach langer Beziehung, Übergangsstory für den Herbst und Winter). Die Signale hier sind meist sehr eindeutig und geben einem das Gefühl, in einer schlechten Low-Budget-Produktion mit berechenbarem Plot gelandet zu sein:

Es kommt beim bettorientierten Dating-Partner zur spürbaren Wesensveränderung nach dem Abflauen des ersten sexuellen Rauschs (dies kann nach zwei Nächten, zwei Wochen oder zwei Monaten passieren). Beispiele hierfür: emotionale Distanzierung, nachlassende Initiative in Bezug auf Schreib- und

Live-Kontakt, Stopp der Bemühungen (Komplimente, Bekochen, Abholen) sowie das grundsätzliche Gefühl, eine unsichtbare Hand (mit den drei Fingern S, E und X) habe irgendwo einen Hebel umgelegt, der eine Abwärtsspirale in Gang gesetzt hat.

Bei den Themen Exklusivität und Labeling herrscht Totenstille, alternativ wechselt der andere das Thema oder macht schwammige und inhaltsleere Aussagen.

Wenn Typ C sich wieder meldet, ist die Wahrscheinlichkeit sehr gering, dass er bereit ist, einen anständigen Preis zu zahlen für etwas, das er vor dem Ghosting bereits for free bekommen hat. In diesem Fall lassen wir den Geist am besten rasch wieder in der Flasche verschwinden und werfen diese in den nächstgelegenen Fluss (oder Mülleimer).

Variante D: Die rote Flagge

Wir haben in seinen Augen die Red Flag gehisst, indem wir

- in der fragilen Kennenlernphase zu intime Details preisgegeben haben (Ex-Beziehungen, psychische Probleme, Familienkonflikte)
- zu früh zu viel wollten (schnelles Labeling, Pärchen-Allüren wie Händchenhalten, Fotos auf Social Media, Eifersucht wegen weiblicher Freunde)
- in einer unpassenden Situation (intensivierte körperliche und/oder emotionale Nähe) auf unser Recht pochten, noch andere zu daten und damit einen ambivalenten Eindruck erweckt haben.

Der andere hat sich womöglich aus Überforderung und/oder Enttäuschung zurückgezogen und erst einmal Reflexionszeit benötigt, um sein Distanzbedürfnis selber besser zu verstehen. Sollte er sich nach dem Ghosting zurückmelden und die oben genannten Gründe andeuten, können wir ihm durchaus verzeihen.

Am nächsten Tag muss ich mir eingestehen, dass ich mich über Christians abstruse Antwort freue. Das Phantom hat wieder Fleisch und Blut, ein Handy und eine Hand, mit der er senden und empfangen kann. Also schreibe ich zurück: ein paar Worte hier, ein, zwei Smileys da – auf seine Frage nach Konzerten antworte ich halb scherzhaft, dass ich ja kein Profi sei und es Vorspiele nur in meiner Wohnung gäbe, für ausgewähltes Publikum.

Er meldet sich zügig zurück, geht brav auf alles ein, berichtet von Pandemie-Problemen in der Klinik und fragt, wann ein solches Konzert bei mir stattfinden würde.

Ich würde ihm gern anbieten, einfach vorbeizuschauen, nachmittags, auf einen Kaffee, ein Klavierstück, eine Konversation. Aber reichen seine warmen Zeilen, um drei Monate eisernes Schweigen zu brechen? Soll ich ihm als Dank dafür, dass er unsere „Freundschaft" mit Füßen getreten hat, auch noch beide Hände reichen?

Er muss das hinkriegen. Hinbiegen. Muss uns hinführen – zum nächsten Treffen. Muss sich aufführen – wie ein Mann. Muss eine Unterhaltung führen, die zum Ende kommt. Das Ende ist die Bitte um den Neuanfang. Die Frage nach dem Wiedersehen. *Tu nicht, als wäre es die Eine-Millionen-Euro-Frage. Sie kostet dich nichts, nicht mal 500. Wenn du dich nur daran erinnerst, wie dein Starren auf der Parkbank mich erstarren ließ, kostet sie dich nicht einmal Mut.*

Es kommt, wie es kommen muss: Die Unterhaltung schläft ein. Und ich habe keinen Nerv, sie wieder aufzuwecken. Soll sie einschlafen, soll sie *träumen* von einem Wiedersehen zwischen Christian und mir. Soll sie doch *sterben*.

Wir haben Anfang Dezember. Die Nacht vor der Verteidigung der Doktorarbeit verbringe ich in einem Hotel nahe der prüfenden Uniklinik und halte am nächsten Morgen meinen Vortrag in der psychiatrischen Abteilung. Nach der Ergebnismitteilung laufe ich im Regen zum Hauptbahnhof, mit einer Freundin am Ohr, die mir den fehlenden Partner plus Blumenstrauß ersetzt.

Als die Dunkelheit auf der Rückfahrt sich wie ein schwarzer Vorhang vor die ICE-Fenster zieht, nehme ich mein Handy zur Hand und frage Christian, ob wir die Tage noch mal spazieren gehen wollen.

Das sei eine super Idee, antwortet er und listet mir seine freien Daten für die zweite Dezemberhälfte auf – mit der Frage, wie es mir am besten passe. Ich entscheide mich für den Termin zwischen den Feiertagen. Kurz nach Weihnachten, kurz vor Neujahr.

Ein Treffen am Wendepunkt des Jahres.

♥

> **Wann sind wir am anfälligsten dafür, Personen zu schreiben, denen wir eigentlich nicht (mehr) schreiben wollten?**
> **Feiertage:** Im Dezember lassen wir uns durch besinnliche Lichter und Lieder in Kombination mit den sinkenden Tem-

peraturen und steigenden Dunkelstunden eher dazu hinreißen, uns noch mal zu melden, als beim spätsommerlichen Feierabendbier mit Freunden am Weiher.

Mögliches Problem: Glühwein-Gruppen auf WhatsApp, diverse Weihnachtsfeiern, Shopping-Stress und Silvesterplanung, Jahresabschluss auf der Arbeit – in Zeiten wie diesen ist der andere ohnehin überladen und die Wahrscheinlichkeit, dass die Nachricht untergeht, erhöht. Sollte dem Absender ihm/ihr aber etwas bedeuten, wird er den Kontakt nicht als zusätzlichen Stressor empfinden, sondern als vorzeitiges Präsent.

Positive/negative Erlebnisse: Erfolge wie eine bestandene Prüfung möchten wir ebenso gern teilen wie belastende Ereignisse. Natürlich können wir das mit Freunden und Familie tun – sollte es da aber eine bestimmte Person geben, deren Anerkennung beziehungsweise Trost uns besonders freuen würde, treibt es uns gerade in besonders guten oder schlechten Zeiten in ihre (digitalen) Arme.
Mögliches Problem: Sollte die Person nicht so reagieren, wie wir uns das erhofft haben, könnte die negative Stimmung sich weiter verschlechtern und die positive getrübt werden. Die Gefahr einer Lose-lose-Situation ist also erhöht, wenn wir uns in emotionalen Situationen mit einer bestimmten Erwartungshaltung bei ihm/ihr melden.

Hochzeiten und Alkohol: Es ist einundzwanzig Uhr, die Hochzeit ist seit gefühlt hundert Stunden in Gang, der Alkoholpegel steigt proportional zu unserer Bereitschaft, etwas Impulsives zu tun – zudem sind wir ein wenig erledigt von den verschiedenen Gefühlen, die wir unter einen Hut bringen müssen: Wir zelebrieren die Liebe anderer (Mitfreude), merken einmal mehr, dass wir noch weit entfernt sind von diesem Punkt (Bedauern) und versuchen, dem Anwärter des Abends eine Chance zu geben: ein Cousin zweiten Grades der Braut, der bereits im Vorfeld darüber informiert wurde, dass wir Single sind (Hoffnung). Der Typ ist aber – wie so oft – nicht unser Fall, glaubt jedoch, man hätte eine Art Verkupplungsdate und wäre sich daher etwas schuldig (Genervtheit). Wir hängen ihn ab, verschwinden aufs Klo, öffnen den Chat und schicken eine Nachricht an die Numero non grata.

Mögliche Probleme: Im ersten Moment mag sich diese Reaktion befreiend anfühlen – als wären wir ausgebrochen: aus der Hochzeit, dem Verkupplungsdate, dem eigenen Gefühlswirrwarr. Der Adressat ist aber nicht auf den Kopf gefallen und könnte die Umstände der Nachricht irritierend oder gar verdächtig finden (Zeitpunkt: spätabends oder nachts am Wochenende; Form: aufgrund des Alkoholpegels unter Umständen mit Rechtschreibfehlern; Inhalt: aufgrund des Alkoholpegels und der Gesamtsituation womöglich unangemessen emotional und zutraulich). Zudem könnten wir die Welt nach einem erholsamen Schlaf und einem herzhaften Katerfrühstück schon wieder positiver sehen und mit Reue auf die abgeschickte Nachricht zurückblicken.

Träume: Ein Traum kann sich so real anfühlen, dass wir uns der Person darin mit einem Schlag näher fühlen. So nah, dass wir unter Umständen dem Impuls nachgehen, sie aus dem

Nichts zu kontaktieren – insbesondere, wenn die intensive Atmosphäre uns noch Stunden nach dem Aufstehen nachhängt, wie ein Hangover of hopeful dreams, der uns weismacht, die nächtlichen Prozesse in unserem Kopf könnten tatsächlich Hand und Fuß haben.

Mögliches Problem: Es war unser Traum, nicht seiner. Er hat in dem Film, den unser Kopf gedreht hat, nicht mitgespielt und kann daher nicht dort anknüpfen, wo wir im Traum aufgehört haben.

Christian

VOM VERSPÄTETEN HÖHEPUNKT

Wir treffen uns im selben Park wie dreieinhalb Monate zuvor. Ich sitze um kurz vor zwei auf einer Holzbank und warte in der Wintersonne, wie bestellt und im sicheren Wissen, auch abgeholt zu werden.

Er steht vor mir, mit einer Mütze auf dem Kopf und einem Gesicht, das deutlich blasser wirkt als im August. Er hat sicher viel gearbeitet, denke ich, Corona laugt aus. Long Covid auf Behandlerseite.

„Hi!“, sagt er nüchtern und doch etwas nervös.

„Hey, na.“

„Lange nicht gesehen.“

„Stimmt.“

„August war das, richtig?“

Ja, richtig. Aber dann lief alles falsch.

„Genau“, antworte ich. „Da hat die Sonne auch so schön geschienen wie heute.“

„Yes." Er lächelt. Sein Lächeln ist breit und herzlich und irgendwie auch bedacht. Als wolle er damit sagen, dass er in guter Absicht kommt und bestimmt nicht vorhat, wieder mittendrin das Feld zu räumen, während Waffen noch feuern und Töne noch klingen. Die in cis-Moll, die er erst geringschätzte und später dann hochlobte, als ich die kleinen, feinen Funken zwischen uns – die Vorreiter an vorderster Front – bereits für tot erklärt hatte.

♥

Warum sprechen wir den anderen nicht auf sein „schlechtes" Meldeverhalten an?

a) Wir glauben nicht daran, eine ehrliche Antwort zu erhalten. Außerdem haben wir kein Interesse an nervigen Standardausreden (Arbeitsstress, Vergesslichkeit, private Probleme), da sie unser Gegenüber in Verlegenheit bringen und uns womöglich auf die Palme. Eine besonders dreiste Phrase, die sich zunehmender Popularität erfreut: „Ich dachte, ich hätte dir geantwortet und musste dann relativ spät feststellen, dass ich die Nachricht gar nicht abgeschickt habe."

b) Wir wollen den Wankelmütigen nicht mit dem Rücken an die Wand stellen. Die Gefahr, dass ihm in dieser Lage schlagartig Flügel zur Flucht wachsen, scheint so groß, dass wir lieber in Kauf nehmen, selbst ein Stückchen tiefer zu sinken, als ihn (auf Nimmerwiedersehen) abheben zu lassen.

c) Wir wollen nicht hören, was er zu sagen hat. Warum auch? Die Kugel des Kennenlernens konnte wieder ins Roulette geworfen werden, und solange sie nicht auf Zero fällt, gibt es auch null Grund zur Sorge.

Beim Spazierengehen erzählt er von der Entwicklung seines Forschungsprojekts und der Rotation auf einer Intensivstation mit vielen Coronafällen. Ich befrage ihn zu den Patientenverläufen, zur Stimmung im Team und der persönlichen Belastung. Er gibt lange Antworten, auf der Basis von Vertrauen, mit Hang zum Detail.

„Das muss aufhören", sagt er plötzlich mitten im Satz.

„Was?"

„Ich möchte nicht, dass du jedes Mal aus so einem Treffen rausgehst und lauter negative Dinge von mir gehört hast."

Jedes Mal? Wie viele Male gab es denn?

„Das ist aufmerksam von dir." Ich berühre ihn am Oberarm. „Aber ich interessiere mich für das, was du erzählst."

„Ja?"

„Ja."

Er nickt: „Okay, dann ist gut. Schau mal: Da ist ein Getränkewagen. Möchtest du etwas trinken? Das sieht nach Kaffee und Glühwein aus."

„Gern."

„Oder hast du eher auf etwas anderes Lust? Dann überlege ich mal."

„Glühwein passt."

Wir stellen uns in eine Schlange, die sich kaum vorwärtsbewegt, da in der ersten Reihe eine Großbestellung in Gang ist. Christian scheint das nicht weiter zu stören, denn er hat kurzerhand sein Herz an einen Hund verloren, dem er liebevoll zuredet, mit seinen blauen Augen in denen des Köters versunken: „Na du, Kleiner“, sagt er in einem väterlichen Ton, der mich aus seinem Mund ein wenig verstört. „Na, du?“

Ah ja. Mir hast du auf meine ausgefeilte Nachricht drei Monate lang nicht geantwortet, aber dieser unengagierte Hund bekommt binnen drei Sekunden alles auf dem Silbertablett serviert.

„Das geht hier ja kaum vorwärts“, sage ich ein wenig entnervt und schlage vor, den Park zu verlassen und das Uni-Viertel anzusteuern.

„Sicher?“, fragt Christian. „Willst du nichts trinken? Wir können gerne noch warten.“

„Ich habe auch Glühwein.“

„Wo?“

„Bei mir.“

„Bei dir daheim meinst du?“

„Ja, bei mir in der Wohnung.“

„Ach so“, sagt er. „Gut, dann machen wir das so.“

„Oder hast du Zeitdruck?“

„Nein, überhaupt nicht.“

„Nur wenn du Lust hast“, schiebe ich nach.

„Doch, klar!“

Als ich die Haustür aufschließe, rasen mir plötzlich bekannte Sprüche durch den Kopf, die einen Anfang mit ungewissem Ausgang einläuten:

Come in and find out.

Lasset die Spiele beginnen.

Rien ne va plus.

Und dann noch ein unbekannter, der motiviert hinterherhopst: *Was lange währt, braucht endlich Mut.*

Wir gehen in die Küche, wo ich eine Flasche Glühwein über einem Topf entleere: „Hattest du in diesem Jahr schon einen?"

„Nein, ich habe lange nichts mehr getrunken", sagt er und blickt sich dabei so auffällig um, als versuche er zu verstehen, wie er noch mal hier gelandet ist.

„Arbeitest du über die Feiertage?", frage ich.

Er lehnt am Türrahmen, verschränkt die Arme, lässt sich ein auf das neue Terrain: „Nein, du etwa?"

„Ja, an Silvester."

„Ernsthaft jetzt?"

„Ja."

„Mist, das tut mir sehr leid", sagt er in weicherem Ton. „Wie blöd!"

Ich drehe ihm den Kopf zu und erhasche einen warmen Blick.

„Ja, schon blöd, so ganz allein auf Station", lege ich nach und merke, wie ich es fast schon mit dem Hund im Park aufnehmen kann. „Aber die Arbeit in der Psychiatrie macht mir Spaß, also, was soll's."

„Das ist das Wichtigste. Ist bei mir auf Intensiv nicht anders."

„Hast du dich denn eingelebt in der neuen Stadt? Gefällt dir die Uniklinik dort?"

„Ja, doch. Auch wenn es dort etwas chaotisch ist. Von der Stadt selbst bekomme ich im Moment nicht viel mit."

„Die Arbeit auf Intensiv muss ziemlich erschöpfend sein."

„Schon, wenn ich ehrlich bin. Corona kann total frustrieren."

„Sehr bewundernswert", sage ich. „Dein Alltag wäre nichts für mich. Die Pathologie der Psyche: gut und gerne. Aber intensivpflichtige Patienten würden mir keine Ruhe lassen, weder im Dienst noch daheim."

„Danke, das ist sehr nett."

Ich fülle den erhitzten Wein mit einer Suppenkelle in zwei Becher um. Wir gehen ins Wohnzimmer, setzen uns auf die Couch, wärmen uns an den Getränken, der Gesellschaft, reden über Uni-Zeiten, die lang nicht vergessen, Klinikhierarchien, die noch längst nicht verflacht sind, über das erste Semester und die letzte Feier, die Abschlussfeier, auf der die Zukunft noch am Anfang schien. Wir reden, bis der Abend den Tag ablöst. Meine Augen fallen seinen nicht mehr zum Opfer, wie beim letzten Mal, sondern folgen ihrer liebevollen Bitte in Blau: der Bitte, ihn auch dann noch zu mögen, wenn er einen Fehler begeht, denn er begehe ihn nicht aus Unachtsamkeit, achtsam sei er, mit jeder Minute, und unerfahren, das sollte ich wissen. Und ich versichere ihm durch jede Facette meiner Mimik, dass ich ihn nicht nur trotz, sondern für seine Fehler mag, jetzt und auch morgen, da mir gefällt, was er ist und wer.

Der Funke, der einst zwischen uns übersprang, überspringt nun auch die Hindernisse, die wir ihm zuvor in den Weg gelegt hatten: ein kleines Zeitfenster, ein großer Stolz. Kurze Andeutungen und lange Leerläufe.

„Dort steht ein Klavier", sagt er. „Das ist unglaublich toll."

„Ja, du hattest ja nach Konzerten gefragt. Ehrlicherweise spiele ich nur noch für mich."

Er steht auf: „Darf ich das mal anfassen?“

„Klar!“

Wir steuern gemeinsam die Musik-Ecke an. Ich lasse mich auf dem gepolsterten Hocker fallen, er setzt sich direkt daneben auf einen weißen Klappstuhl, den ich ihm herangezogen habe.

„Ich blättere da mal durch, wenn es in Ordnung ist.“ Er deutet auf den Henle-Band mit den Chopin-Nocturnes.

„Mach nur.“

„Klingt bestimmt schön. Kannst du die alle spielen?“

„Vier, fünf, glaube ich, und das auch nur, wenn ich geübt habe. Willst du eine hören? Dann kennst du noch eine zweite.“

Er starrt mich an, als wäre ich eine Kinoleinwand, deren Ereignissen er mit Spannung folgt: „Total gern!“

Ich nehme ihm das Buch ab, schlage die f-Moll-Nocturne auf und sage: „Meine Lehrerin behauptet, das sei eine Liebesgeschichte zwischen zwei Menschen, die miteinander sprechen, streiten und tanzen. Für mich klingt das aber eher wie die Erzählung eines vereinsamten Mannes. Du musst mir gleich sagen, wie du das siehst. Oder besser gesagt, hörst.“

Er schweigt mit einer Ehrfurcht, die mein schwach belichtetes Wohnzimmer mit der Präsenz eines ganzen Publikums ausfüllt.

Durch den Glühwein bleibt mir das Gezitter der Aufregung erspart, und Dank der Übung der letzten Tage überlebe ich sogar den Tempowechsel in der Mitte. Ich komme zum Ende, mit Ach, aber ohne Krach, und drehe ihm den Kopf zu, während die kalte Stille durch das gekippte Fenster dringt: ein Halblächeln auf seinen Lippen, die geschlossen bleiben. Er hebt die Hände und applaudiert so vorsichtig, fast schon sanft, als wolle er nichts kaputt machen.

„Und?“, frage ich. „War das *Lovestory* oder *A Single Man*?“

„Muss man das denn immer festlegen?“

Nein, muss man nicht. Du *Serious Man*.

„Und du hast auch ein E-Klavier?“, frage ich.

„Ich glaube, das nennt man Keyboard, was ich habe.“

„Komm, setz dich mal hier ran.“

„Puh.“

Wir tauschen Plätze. Er orientiert sich an der Tastatur, vermutlich sucht er das C. Ich nehme seine rechte Hand und platziere sie in „Für Elise“-Position. Kurz blicke ich in das Gesicht von Andy Warhols Beethovens-Bild, das direkt über dem Klavier hängt, und entschuldige mich beim Meister, dass ich seine kostbare Weltmelodie für diesen billigen Date-Move missbrauche.

Christian lässt sich von mir sagen, welche Finger er zu drücken hat: „Fünf, vier, fünf, vier, fünf, zwei, vier, drei, eins. Erkennst du es?“

„Klar, ich probiere es noch mal.“

Er versucht es noch vier-, fünf-, sechsmal.

„Ich bin echt neidisch“, bemerkt er schließlich. „In meinem Alter ist es irgendwie zu spät für das Ganze.“

Ich packe seine Hände und halte sie hoch, merke an, wie groß sie sind – bestens geeignet für Oktaven und Sprünge. Ich lockere meinen Griff wieder, doch seine Finger bleiben auf meinen liegen.

„Die großen Hände habe ich dafür im Ballsport genutzt“,

schiebt er nach. „Das war bei uns irgendwie üblicher. Wie gesagt. Ich bin schon neidisch.“

Beim zweiten Mal horche ich auf: „Neidisch? Wie meinst du das? Wieso?“

„Ich hätte auch gern ein Instrument gelernt. Jetzt tu nicht so, als wäre das nichts Besonderes.“

♥

Neid beim Datingpartner: Ehrlich oder ein No-Go?

Leistungsfixierte Menschen mit hohem Selbstanspruch können die Rolle des Zuschauers oder Zuhörers nur bedingt genießen, da sie dazu neigen, recht schnell Vergleiche zu sich selbst zu ziehen. Das könnte auf Dauer anstrengend sein und in einer Beziehung zu Spannungen führen.

Dennoch: Wer offen mit Neid umgeht, punktet durch seine uneitle Ehrlichkeit.

♥

Wir bleiben am Klavier sitzen. Erzählen, was wir früher sonst noch getrieben haben neben dem Sport, der Musik, wo unsere Eltern sich kennen und lieben lernten, wie die Mütter den Haushalt schmissen und die Väter die Kohle scheffelten.

„Du triffst sicher auf viele Karrierefrauen“, sage ich, „in der Klinik, in der Forschung.“

Er nickt mit einem gequälten Lächeln.

„Stehst du auf so was?“

„Wie, worauf stehen? Auf solche Frauen?“

„Ja. Stehst du auf die Starken von heute oder die Stützen von damals?“

„Man darf das nicht mehr laut sagen, aber ich suche schon eine Frau, die mir den Rücken stärkt."

Ah. Eine, die den Laden daheim im Griff hat und in einem überschaubaren Teilzeit-Ausbildungsberuf ein paar Euro zur Haushaltskasse beiträgt.

„Verstehe."

Er sagt, er müsse kurz auf Toilette. Wir stehen auf, ich zeige ihm, wo das Bad ist.

Es dauert. Lange. Als habe er dort ein Zelt aufgeschlagen. Ein Feuer gelegt. Als würde er im Pfadfinder-Handbuch nachlesen, welchen Rucksack er mit welcher Taschenlampe beladen muss, um es im Dunkeln mit einem Wolf namens Weib aufzunehmen.

Ich öffne eine Flasche Wasser, mache ein Kontroll-Selfie, klappe den Klavierdeckel zu. Als er zurückkehrt, setzen wir uns wieder auf die Couch.

„Eine Frage hätte ich da aber doch noch", sagt er in die Stille hinein.

Gab es auf Klo doch nicht alle Antworten?

„Ja?"

„Ist das hier eigentlich ein Date?"

„Was?"

„Erst war es nur ein Spaziergang", sagt er. „Dann deine Wohnung, der Glühwein, das Klavier. Ist das ein Date?"

Ist das eine Anschuldigung?

Ich lege mich spontan auf den Rücken, mit dem Kopf auf seine Oberschenkel, und werfe die Beine über die Couchlehne: „Jetzt ist es wohl ein Date."

Er legt unverzüglich die Hand auf meinen Kopf und

beginnt, meine Haare zu streicheln, dann mein Gesicht. Er holt tief Luft und atmet aus. Als würde er ausatmen, was er nicht aussprechen kann, und wieder einatmen, womit er nicht gerechnet hat. Sein Atem klingt traurig. Ich möchte ihn trösten, ohne zu wissen, wofür. Als seine Hand sich meinem Mund nähert, berühre ich seinen Zeigefinger mit meinen Lippen.

„Danke für den schönen Abend", sagt er, ohne sich von der Stelle zu rühren. „Aber ich denke, ich werde jetzt gehen."

„Jetzt?"

„Ja."

„Ist das dein Ernst?"

„Ja."

„Dann geh."

Er streichelt weiter über meinen Kopf und schaut auf mich runter. Ich nehme seine Hand, drücke sie sanft.

„Ich möchte keine Beziehung", sagt er.

♥

Er sagt, er wolle keine Beziehung und erzeugt damit ...

... ein Machtgefälle, indem er dem anderen indirekt unterstellt, schon eine zu wollen, wenn nicht sogar richtig heiß darauf zu sein. Gerade Männer neigen dazu, den Satz der Sätze („Ich will keine Beziehung") recht früh fallen zu lassen und der Dating-Partnerin damit jegliche Kontrolle zu entziehen. Einerseits sichern sie sich damit ab, um sich später nichts zuschulden kommen zu lassen („Ich habe es dir von Anfang an gesagt!"), andererseits kompensieren sie damit eigene Unsicherheiten und ergaunern sich durch diesen Hinterhalt die überlegene Position.

„Also, du bist hier der Erste und Einzige, der das Wort Beziehung in den Mund nimmt“, entgegne ich.

Schweigen.

Ich setze mich auf und schaue ihn an. Sein Blick ist aufrichtig und tief und treffsicher. Er trifft auf meinen und zersprengt ihn. Zwischen uns fliegen Splitter. Zwischen uns liegen Welten. Ich weiß das, aber es ist mir egal. Ich bin dumm genug, das zu tun, was Gott und die Welt raten, ohne auf die Risiken und Nebenwirkungen zu verweisen: *Ich will versuchen, den Moment zu leben.* Mit meinem Studienfreund, der im nostalgischen Glitter der Vergangenheit funkelt und zugleich das ungelüftete Geheimnis der Zukunft birgt.

Er berührt mein Gesicht. Ich küsse ihn auf die Wange, einmal, zweimal, und er dreht den Kopf, mit dem Mund zu meinem, da er nicht anders kann, und ich küsse ihn sanft, da ich nichts anderes will. Er gibt mir seine Zunge, ungebeten, wie ein seltenes Geschenk, und ich nehme sie an, wohlwissend, dass ich sie bald wieder rausrücken muss.

Er beendet den Kuss: „Ich werde jetzt gehen.“

„Du wiederholst dich“, sage ich. „Wenn du gehen willst, dann geh einfach.“

„Du bist gemein. Das ist echt alles gemein.“

Weil ich ihn in eine Date-Falle gelockt habe? Ihm eine Beziehung andrehen will? Nicht dass ich durch seine Zunge noch schwanger werde und seine Karriere in der Schmerzforschung ruiniere.

„Wieso bin ich gemein?“

„Weil du mich so ansiehst. Warum siehst du mich so an?“

Er schließt die Augen und verzieht das Gesicht. Ich streiche über seinen gequälten Ausdruck, schenke ihm Trost. Noch immer weiß ich nicht, wofür. Wir küssen uns erneut. Er zieht den Kopf zurück, als wolle er den zweiten vermeiden. Den zweiten was – den Kuss? Den Fehler? Er begeht den Fehler. Ein kurzer Fehler, so groß wie der erste.

Es geht ihm tatsächlich nicht gut.

Und ich bin daran schuld.

♥

Der andere hat nach einer intimen Annäherung das Bedürfnis, sich zu distanzieren. Wieso?

a) Bindungsangst: Mittlerweile weiß man, dass Bindungsangst nicht nur eine faule Ausrede für Herzensbrecher ist, die nach einem Fluchtfenster suchen oder sich alle Türen offen halten wollen. Die Angst vor emotionaler Nähe und dem Aufbau einer tieferen Bindung geht oftmals einher mit der Angst vor

- dem Verlassen- und Betrogenwerden oder anderen unaushaltbaren Verletzungen
- ein- oder beidseitiger Abhängigkeit
- dem Kontroll- und Identitätsverlust im Zuge der Wir-Bildung
- dem Verlust von Freiheit und Optionen.

Tiefsitzende Ängste dieser Art beruhen oft auf unzureichende oder negative Beziehungs- und Bindungserfahrungen mit Bezugspersonen der Kindheit. Auch eine traumatische Liebesbeziehung (Toxizität, Co-Abhängigkeit, körperlicher oder emotionaler Missbrauch, häufige Ablehnungen oder Vertrauensbrüche) können Bindungsängste verstärken. Sie können zu Fluchtreaktionen in intimen Situationen sowie zu Abbrüchen von Beziehungen führen, ebenso zum Aussenden von ambivalenten Signalen. Bei manchen Betroffenen löst die Bindungsangst sogar körperliche Reaktionen wie Übelkeit, Erbrechen, Herzrasen, Atemnot oder Hitzewallungen aus. Die möglichen Folgen der Annäherung werden katastrophisiert, dabei wünschen sich auch Menschen mit Bindungsangst Intimität und bräuchten neben einer (professionellen) Bearbeitung ihres Verhaltens vor allem positive Beziehungserfahrungen, die ihre Ängste widerlegen. Der Hauptgegenstand des Problems – Bindung – ist quasi auch die Antwort auf das Problem.

Was können wir tun? Wenn wir springen, sobald er angstfrei ist, und uns totstellen, wenn er wieder den Rückzug braucht, schadet das auf Dauer unserem Selbstwertgefühl. Dass wir die Gründe für sein Verhalten kennen, schützt uns nicht vor schwachen Momenten voller Selbstzweifel: Ist er nicht ausreichend überzeugt von mir? Hatte ich den falschen Umgang mit seinen Ängsten? Gab es vor mir eine Frau, die ihn geknackt hat? Zudem verbrauchen wir im Turbotempo all unsere emotionalen Kapazitäten, die wir alleine wiederaufbauen müssen, da der andere bis zum Hals in seiner eigenen Kampfrüstung feststeckt. Sollte das Kennenlernen von wiederkehrenden und unvermittelten Distanzphasen unterbrochen werden, hilft nur, die belastende Dynamik offenzulegen und sich dem Thema entweder einzeln oder gemeinsam anzunähern (Recherche, Beratung, Therapie). Ohne Problemeinsicht gibt es keine Chance auf die Entwicklung einer gesunden Beziehungsbasis.

b) Sexuelle Versagensangst: Schon kleinere körperliche Annäherungen können einen Dating-Partner mit sexueller Versagensangst in Panik versetzen, da er im Kopf direkt vom Anfang zum Ende springt und sich ausmalt, wie wir im Bett landen, ohne dass er mit uns abheben kann. Lieber schockt er uns mit einer feigen Flucht als mit einem hängenden Elend. Der Penis ist und bleibt wohl die Achillesferse des Mannes.

Was können wir tun? Den Druck rausnehmen. Klarmachen, dass der Sex warten kann. Zwischendurch einstreuen, dass die Messlatte weder hoch noch tief ist. Dass es im Grunde gar keine Messlatte gibt. Er ist der Grund, warum wir uns darauf freuen, nicht die Idee von irgendeiner Hammer-Performance, die er sich in den Kopf gesetzt hat.

c) Psychische Ursachen: Für ADHS-Betroffene zum Beispiel können zärtliche Berührungen unangenehm bis unaushaltbar sein, wenn sie ohne Vorankündigung durch den anderen initiiert werden. Auch beim Asperger-Syndrom, einer Form von Autismus, die in ihrer Ausprägung von Fall zu Fall variieren kann, kommt es vor, dass Betroffene abweisend und ängstlich in sozialen Interaktionen und auf zwischenmenschliche Annäherungen reagieren.

Bei der selbstunsicheren Persönlichkeit (auch ängstlich-vermeidende Persönlichkeit genannt) können anhaltende Gefühle von Minderwertigkeit und Unsicherheit zum Rückzugsverhalten in der Kennenlernphase führen. Selbstunsichere Menschen haben den Blick oft nach innen gerichtet und fühlen sich permanent beobachtet und bewertet.

Gerade in intimen Situationen könnte die Furcht, unbeholfen oder unattraktiv zu wirken, alle schönen Aspekte der Annäherung überschatten. Die quälende Sorge, sich zu blamieren und negatives Feedback zu erhalten, zwingt die Betroffenen zu Handlungen (Passivität, Rückzug, Abbruch), die ihrem eigentlichen Bedürfnis nach Nähe und Akzeptanz widerstreben. Dies löst einen hohen Leidensdruck aus.

Ähnlich verhält es sich mit einer Sozialphobie, die nicht selten in Zusammenspiel mit anderen psychischen Störungen auftritt: Hierbei handelt es sich um die spezifische Angst, sich in einer sozialen Situation unangemessen oder beschämend zu verhalten. Körperlich kann sie sich durch Kreislauf- oder Magen-Darm-Beschwerden äußern, psychisch stehen vor allem die sorgenvollen Gedanken rund um eine mögliche Blamage sowie die Angst vor dem Kontrollverlust im Vordergrund (körperlich: Erbrechen, Luftnot, Zittern; psychisch: Schwäche- oder Wutanfall, Panikzustand).

Eher selten, aber dennoch erwähnenswert: Eine schizoid akzentuierte Persönlichkeit, die sich bei Betroffenen unter anderem durch ein Desinteresse an sexuellen Aktivitäten und einer Meidung emotionaler Nähe äußert.

Was können wir tun ? Mit selbst gestellten Diagnosen anhand von Internetforen und Wikipedia-Einträgen sollten wir immer vorsichtig sein. Dennoch ist nichts dagegen einzuwenden, sich einen Überblick über die möglichen Ursachen für sein/ihr Verhalten zu verschaffen. Sollten wir den Verdacht haben, der andere könne unter einer psychischen Störung oder einer einschränkenden Persönlichkeitsakzentuierung leiden, ist es ratsam, das Gespräch mit ihm allgemein zu halten. Im Idealfall stellt man gemeinsam fest, dass eine psychologische oder ärztliche Beratung mit der Aussicht auf eine weiterführende Therapie eine Überlegung wert wäre.

d) Ein Restrisiko bleibt: Er ist vergeben, desinteressiert oder hat eine andere sexuelle Orientierung.

Da gibt es nur einen Tipp: Das Dating beenden.

♥

Ich sitze noch immer im Halbdunkel auf seinem Schoß und mache ihm ein aufrichtiges Kompliment: „Deine Intelligenz zieht mich an, sehr sogar."

„Du hast heute so viele nette Dinge zu mir gesagt. Ich habe schon ein schlechtes Gewissen."

„Warum?"

Er packt meinen Kopf mit beiden Händen: „Ich habe Angst dich zu verletzen."

Die Kombination aus Klassik, Lockdown, Lippenstift und Mondlicht hat scheinbar das Zeug, auch aus dem nüchternsten Naturell ein paar theatralische Töne herauszukitzeln.

„Ich glaube, du hast Angst, dass ich dich verletze", antworte ich.

Ein kurzes Schnauben: „Ja, das vielleicht auch."

„Was genau ist deine Sorge? Dass ich zu viel von dir will? Ich bin gut bedient. Die einzigen Bilder, die ich mir aufhänge, sind die von toten Komponisten. Du müsstest schon hart darum kämpfen, daneben zu landen."

Ein beleidigter Blick, eine böse Zunge: „Hör auf, mich zu überzeugen."

Er möchte der Gejagte der Geschichte sein, koste es, was es wolle. Koste es meinen Stolz.

„Wolltest du nicht gehen?", frage ich. „Du bist noch immer hier."

Er schüttelt den Kopf, sagt versöhnlicher: „Du hast alles richtig gemacht. Alles. Ich bin kompliziert."

„Dann lass uns doch einfach freundschaftlich weitertreffen", sage ich halb resigniert, halb neugierig auf seine Reaktion. Er zieht die Brauen zusammen, schaut betroffen. Ich setze noch einen drauf: „Ich kann dir alle paar Wochen Klavierunterricht geben, ganz locker unter Ex-Kommilitonen."

„Nein, das wäre mir viel zu peinlich vor dir." Er packt mich an den Oberarmen: „Außerdem will ich das hier nicht beenden."

Er will weder die Friendzone noch das Feuer der Zweisamkeit. Was will er dann?

„Ich fand es immer schön, dich zu sehen", sage ich ein wenig ratlos, aber ehrlich. „Im letzten Uni-Abschnitt oder draußen durch Zufall."

„Ich auch. Über jede einzelne Begegnung habe ich mich gefreut. Und hätte ich früher gewusst, dass du so cool bist ..." Er umfasst meine Hüften und zieht mich näher an sich heran: „Warum weiß ich das nicht schon viel früher?"

Was? Dass ich cool bin? Ihn nicht kaltlasse? Dass er mit mir warm geworden ist? Mich heiß findet? Ich hätte auch gern schon viel früher etwas gewusst: dass es ziemlich bitter werden kann, ihn so süß zu finden.

Seine Hände sind immer noch an meinen Hüften. Ich versuche, mich nicht von der Stelle zu rühren. *Keine falsche Bewegung.*

„Erinnerst du dich an Anatomie?", fragt er.

„An das Fach?"

„Das Anatomiegebäude, der Spind."

Was für ein Spind? Wovon redet er? Anatomie war im dritten Semester und liegt über zehn Jahre zurück.

„Was war am Spind?"

„Da haben wir öfter geredet. Weißt du noch?"

Ich traue mich nicht, den Kopf zu schütteln.

Dafür schüttelt er ihn jetzt wieder: „Ich muss gehen. Ich gehe jetzt."

Ich klettere von seinem Schoß runter: „Du kannst gehen, wenn wir das 2. Klavierkonzert von Rachmaninow gehört haben. Das Stück hat mich im Lockdown gerettet."

Und vielleicht rettet es auch uns.

Ich schalte es am Handy an, stelle die Box auf den Boden, lege den Kopf wieder auf seine Beine und genieße jede seiner zärtlichen Berührungen, während die Töne des Russen unser Theater noch toppen. Christian könnte auch einer von diesen Männern sein, die eine kühle Hülle haben und doch wissen, wie man Feuer spuckt.

Ich schaue von unten zu ihm hoch und nehme dabei seine Hand, die auf meiner Stirn liegt: „Vergiss dieses Stück nicht. Merk dir das. Konzert Nr. 2."

Und dann sagt er den Satz, der jede Seite einnimmt, jedes Kapitel, jedes Buch und jeden Band: „Ich werde diesen Abend mein Leben lang nicht vergessen."

Ich möchte mich freuen, aber in seiner Annäherung liegt ein Abschied, in seinen Worten kein Wiedersehen. Er wird gehen, das weiß ich.

Er wird nicht wiederkommen.

♥

Woran merken wir, dass der Abschied endgültig ist, obwohl niemand es ausspricht?
Eine unerklärliche Melancholie liegt in der Luft und drückt auf die Stimmung. Wir fühlen und denken das Richtige, haben aber Angst, etwas Falsches zu sagen. Wir möchten den anderen umarmen, wissen aber, dass er nicht mehr greifbar ist. Wir wollen einen Abschied hinauszögern, der klammheimlich bereits stattgefunden hat. Der letzte Funke Hoffnung gleicht hier einem Teelicht, das wir raus ans stürmische Dating-Ufer tragen, obgleich absehbar ist, dass die Candle in the Wind zu Dust in the Wind zerfällt. Statt auf ein Wunder zu hoffen, sollten wir lieber den Schal fester ziehen, einen Schutzschirm öffnen und die kaltnasse Szenerie der einseitig und wortlos beschlossenen Trennung verlassen, ehe wir uns den (emotionalen) Tod holen.

♥

Zwei Tage später. Im Dienst rast die Zeit davon. Der Silvesterabend geht schnellen Schritts auf Mitternacht zu. Um kurz nach halb zwölf, nach einer Krisenintervention, einem Angehörigengespräch und einem Snack mit den Pfleger*innen, lege ich mich in meinem Bereitschaftszimmer aufs Bett und starre an die Decke. Niemand hat mir einen „Guten Rutsch“

gewünscht. Und mit Niemand meine ich den Jemand von vorgestern, dessen Schweigen die liebevollen Sprachnachrichten meiner Freundinnen übertönt, welche mir versichern, im Dienst an mich zu denken.

Ich stehe am Fenster, als die Uhren auf Null zeigen, und verspreche dem schwarzen Himmel, der zur Bühne der Böller wird, dankbar zu sein, dass mir kurz vor Schicht im Jahresschacht noch ein unverhofftes Highlight zugeflogen kam.

Was genau war *high* daran?, fragt der Silvesterhimmel zurück.

Eine gute Frage. Die *richtige* Frage.

Ich war es.

High ohne Hoffnung.

Neujahr. Ich stehe mit meiner Freundin in der Küche und bereite mexikanisches Essen zu. Burritos mit Chili-con-Carne-Füllung, dazu Nachos, Guacamole. Mein Handy vibriert. Ich lege den Kochlöffel beiseite und klicke die Nachricht an: „Hey, wie geht's dir? Frohes neues Jahr! Wie war dein Dienst? Lief alles gut? Schau mal, was ich gefunden habe, ein Link zu einem coolen Kunstprojekt – so hätten Beethoven & Co. in der heutigen Zeit ausgesehen. Viele Grüße!"

Christian. Er lebt. Und ich bin auch noch nicht für ihn gestorben. Er ist bereit für das nächste Kapitel. Bereit, die Spannung auszuhalten. Er hat Lust, mit mir am roten Faden unserer Story entlangzulaufen, ohne zu fürchten, dass dieser sich um seinen Hals schlängelt und ihm die Luft abschnürt.

Worin liegt der Reiz einer unvorhersehbaren Entwicklung? Baut sich über längere Zeit eine Spannung auf, gleicht das Kennenlernen plötzlich einer vielversprechenden Serie mit Suchtpotenzial. Folge für Folge wachsen uns die Protagonisten ans Herz, während die im Pilotfilm angedeuteten Geschehnisse langsam, aber sicher Fahrt aufnehmen. Wir sehnen das Finale herbei und surfen parallel im Internet, um herauszufinden, ob es eine zweite Staffel geben wird.

Das Best-Case-Szenario: Die langsame Entwicklung schafft einen soliden Boden, die Kennenlernphase endet mit gegenseitigem Vertrauen sowie der Bereitschaft, seine Ängste zu überwinden und sich fallen zu lassen.

Das Worst-Case-Szenario: Der „langsame" und passive Part nimmt an Tempo weiter ab, bis die Annäherung zum Stillstand kommt (wegen mangelndem Interesse, Bindungsangst, Selbstunsicherheit). Der aktivere Part steht nach Wochen der Geduld und Mühe vor dem Nichts und fällt in ein Loch. Hier gilt es, wachsam zu sein: Wer sich allzu lange an einer „harten Nuss" aufhält und seinen Kick aus kleinschrittigen Erfolgen bezieht, könnte selber unter Bindungsangst leiden und sich mit dem Kampf um das Unerreichbare „bei Laune" halten.

♥

In den kommenden Tagen schreiben wir entspannt hin und her, und ich bin positiv erstaunt, wir reibungslos der Kontakt verläuft. Aber wie alles, das zu schön ist, um wahr zu sein, birgt auch diese unverhoffte Freude eine böse Überraschung:

Er möchte erfahren, wie genau ich mein Neujahr gefeiert habe, ich sende ihm ein Foto vom Dinner mit meiner Freundin.

„So einen Burrito würde ich auch sehr gerne essen", antwortet er – er wisse nur nicht, wie und wo.

Ich biete an, ihm das Rezept zu schicken, es sei ganz einfach.

Nein, widerspricht er, das könne er nicht, er würde sich wohl ein Restaurant suchen müssen.

„Wie stellst du dir das vor?", frage ich. „Wir haben einen harten Lockdown."

In Uni-Nähe, sagt er, da gebe es eins – und nennt die Hauptstraße, an der meine Wohnung liegt: „Vielleicht liefern sie ja, ich muss mich da mal erkundigen."

Okay, denke ich, er wirft den Köder aus, zum dritten Mal, dann schlucke ich ihn und tippe:

Ich kann uns das Gericht gerne die Tage mal zubereiten. Währenddessen kann man sich auch ganz gut unterhalten. Ich hätte das schon eine Nachricht früher angeboten, war aber nicht sicher, ob du Lust drauf hast? Ruhigen Dienst!

Seine Antwort kommt mit ein paar Tagen Verzug, kommt wie ein Abzug, auf den er per Handy drückt:

Hey, wie geht's dir, wie lief deine Woche? Wann steht denn bei dir die nächste Nacht an?

Ich finde es toll, dass wir uns mittlerweile eine Freundschaft aufgebaut haben, aber wie ich dir ja beim letzten Treffen schon gesagt habe, möchte ich aktuell keine Beziehung. Wenn wir uns wiedersehen, solltest du daher auf keinen Fall für mich kochen ;)

Mir wird schummrig, die Textnachricht verschwimmt vor meinen Augen. Ich lege das Handy beiseite, setze mich. Das mexikanische Gericht, das ich vor knapp zwei Wochen gegessen habe, scheint plötzlich halb verdaut wieder hochzukommen.

Ich möchte den Burrito auskotzen. Seine Nachricht damit ankotzen. Möchte ihm das Gemisch aus meinem ausgekotzten Burrito und seinem hässlichen Buchstabensalat per Lieferando zusenden, damit er sich daran satt essen kann.

Ich lege mich auf den Rücken. Mein Herz rast. Er hat mich reingelegt. Mich in eine Falle gelockt. Hat mir einen vergifteten Köder zu schlucken gegeben. Hat mit Engelsstimme darum gebeten, dass ich ihm die Hand reiche, damit er sie abhacken kann.

Was ist aus seiner sympathischen Schüchternheit geworden? Den unbeholfenen Nerd-Vibes? Wohin ist meine Chopin hörende Brillenschlange mit dem hohen IQ verschwunden?

Sein IQ kann mich mal.

♥

Der andere täuscht Interesse vor und erteilt uns, sobald wir darauf eingehen, eine (harte) Abfuhr – wieso?

a) **Egospielchen:** Dass wir ihn nach einem Treffen fragen, gibt ihm einen Ego-Kick, um den er zwischen den Zeilen quasi gebettelt hat. Womöglich glaubte er während unserer Treffen, sich am unteren Ende eines Gefälles zu befinden, das er auf diese Art und Weise umkehren wollte. Ein Gefälle, von dem wir vermutlich nichts mitbekommen haben, da wir ihn seit

der ersten Sekunde als ebenbürtigen Freund/Bekannten/Dating-Partner betrachteten.
Es ist natürlich ärgerlich, in eine Ego-Falle zu tappen, und der Moment, in dem sie zuschnappt, tut zudem ordentlich weh. Selbstvorwürfe sind hier jedoch fehl am Platz.

b) Selbsterfüllende Prophezeiung: Der andere glaubt nicht an eine gemeinsame Zukunft und denkt, wir würden ihn weniger attraktiv und interessant finden, sobald wir ihn näher kennengelernt und „durchschaut" haben. Um der drohenden Abfuhr zuvorzukommen, reißt er das zarte Pflänzchen unserer Bekanntschaft lieber mit der eigenen Hand aus. Ein solches Verhalten ist typisch für Menschen mit geringem Selbstwertgefühl und hohem Kontrollbedürfnis.

c) Rache: Aus irgendeinem Grund hat sich eine Wut in ihm angestaut, deren Ursache wir vermutlich auch dann nicht finden werden, wenn wir alle gemeinsamen Gespräche auf den Kopf stellen und in einzelne Worte zerlegen. Vielleicht haben wir etwas gesagt oder getan, das ihn verletzt oder (in seinen Augen) vorgeführt/blamiert hat. Hier liegt eine hohe Kränkbarkeit beim anderen vor, vermutlich auch die Tendenz zu passiv-aggressivem Konfliktverhalten.

d) Rückzieher: Er hat die Dinge eigenhändig vorangetrieben, dann aber doch kalte Füße bekommen, da er glaubt, das Treffen nicht meistern oder die im (Dating-)Raum stehenden Erwartungen nicht erfüllen zu können. Vielleicht fehlt ihm auch die Motivation für ein weiteres Treffen, da er die möglichen Ausgänge (flirtige Freundschaft, Techtelmechtel, Sex, Beziehung) gemessen am erforderlichen zeitlichen und emotionalen Aufwand nicht für lohnens- oder erstrebenswert genug hält.

Da viele ungern ihre eigenen Fehler einräumen („Entschuldige, ich habe widersprüchliche Signale gesendet, in Wahrheit möchte ich jedoch kein weiteres Treffen, da unser Kontakt mich überfordert/anstrengt/verunsichert/beängstigt/langweilt"), sind plötzliche Kehrtwenden und Kennenlernabbrüche ohne authentische Erklärungen keine Seltenheit. Mut wird zunehmend zur Mangelware im Dating Game.

♥

Am Abend schicke ich ihm eine knappe Nachricht: Ich habe ihn bei unserem letzten Treffen nicht überfallen wollen, die Dinge hätten sich nun mal ergeben, aus der Situation des Moments und der angenehmen Chemie. In einer Freundschaft mit ihm dürfe man also nicht kochen, okay, man könne ja schauen, was sich ergibt. Für die kommenden Dienste alles Gute.

Ein Absatz zum Schluss, dann mein Name, wie eine Unterschrift zur Vertragsbesiegelung, eine traurige Förmlichkeit, die einen Abschied andeutet.

Er antwortet nicht. Die Sache ist durch. Der Hase gelaufen. In den Abgrund gelaufen. Gestürzt ist er, hat sich den Fuß gebrochen. Der Hase liegt am Boden und möchte in Ruhe sterben.

Zwei Wochen später. Der Hase lebt. Das Phantom stürmt wieder die Oper. Der letzte Burrito ist noch nicht gestopft.

Christian schreibt in einem Tonfall, der etwas Panisches hat: Er finde meine Reaktion total toll, ich hätte ihn ganz und gar nicht überfallen, es sei ein wunderschöner Abend gewesen, er habe sich schon viel früher melden wollen, aber ein Familienmitglied habe Corona gehabt, er sei in Sorge gewesen, nun habe sich die Lage beruhigt. Genau, man könne ja schauen und sich bald noch mal treffen. Ob bei mir denn alles in Ordnung sei?

Ich lasse mir ein paar Tage Zeit, schreibe freundlich, aber zurückhaltend zurück. Und dann ist es tatsächlich vorbei. Die Haken sind blau, das Antwortfeld leer. Er lässt mich erneut im digitalen Regen stehen.

Wir haben Mitte Juli, der Regen hat längst aufgehört, und ich gehe joggen, zum ersten Mal in diesem Sommer, gegen halb neun abends. Ich jogge meine Straße hinunter, in Richtung Campus, am medizinischen Forschungszentrum vorbei. Mir kommt ein Typ auf einem Fahrrad entgegen. Er hat ein nettes Gesicht. Ein vertrautes, ein ernstes, ein kluges, ein kühles. Eins, das meinem mal nah war, in einem anderen Jahr, einem anderen Leben. Er erkennt mich, weitet die Augen, lächelt. Sein Gesicht hellt sich auf, seine Freude ist echt, und das ist traurig. Ich jogge ein paar Meter weiter, drehe mich um, ohne mein Tempo zu drosseln.

Er hat das Rad gedreht, hat abgebremst, guckt mir nach. Sein Blick aus der Ferne geht mir nah. Ich laufe weiter, ich kann nicht zurück. Nur den Kopf kann ich drehen, ein zweites Mal, und er starrt noch immer von seinem Rad, starrt in mein Herz. Sein Starren schmerzt, als hätte es Spitzen.

Ich biege nach rechts, sobald das geht, und bleibe stehen, atme tief durch, schließe die Augen. Hoffe heimlich, dass er in die Pedale tritt, mir nachfährt, mich abfängt. Ich warte ein paar Sekunden und dann ein paar mehr, eine ganze Minute, und gehe zurück. Im Schleichschritt. Als wolle ich niemanden wecken.

Die Straße ist leer. Das Fahrrad ist fort.

Der Vorhang fällt.

Das Phantom hat mal wieder die Bühne abgebrannt und sich aus dem Staub gemacht.

♥

Gibt es auch emotionale Phantomschmerzen, analog zu körperlichen?

Genauso wie es möglich ist, unter Schmerzen in einem Körperteil zu leiden, das nicht mehr vorhanden ist, kann man auch Kummer empfinden nach dem Verlust einer Beziehung, die es nie wirklich gegeben hat. Je größer das Potenzial war, das wir im anderen sahen, desto schmerzlicher finden wir das Ende. Im Grunde verlieren wir hierbei nicht (nur) die Person an sich, sondern vor allem die Idee von einer besonderen Verbindung, die ohne unser Einverständnis verworfen wurde.

Der emotionale Phantomschmerz kann in manchen Fällen sogar größer ausfallen als der berechtigte Trennungsschmerz nach einer mehrjährigen Beziehung, da das **Ungelebte** den Charme eines Geheimnisses hat, das man um ein Haar gelüftet hätte, während das **Abgelebte** einem offenen Buch gleicht, dessen Zeilen uns zum Hals raushängen.

Der Prozess: Um sich von diesem Schmerz zu erholen, ist es an der Zeit, mit sich ins Gericht zu gehen und sich zu fragen, welchen Anteil (härtere Zungen nennen es „Schuld") wir am Verlauf der Dating-Dinge tragen. Wer sich lange mit einer Wackelpartie aufhält und übermäßig viel Verständnis aufbringt, statt den nervigen Eiertanz zu beenden, der begehrt vielleicht weniger den anderen **an und für sich** als die Projektionsfläche, die er zu bieten hat (Selbstbestätigung: Ich knacke jeden; Helfersyndrom: Ich gebe ihm, was er braucht und erlöse ihn von seinen Problemen; Ablenkung: Besser ich befasse mich mit den selbst gewählten Problemen im Dating Game als mit den aktuellen Baustellen in der Realität). Vielleicht empfinden wir aber auch Langeweile mit „normalen" Dating-Partnern und mögen lieber komplizierte Kennenlernphasen. Manchmal können die Schatten der Vergangenheit eine Rolle spielen: Erinnert das Gegenüber uns durch seine Optik, Stimme oder Eigenart an eine Person, mit der wir eine schwierige, aber bedeutsame Beziehung führten und von der wir uns auf schmerzliche Weise trennen mussten, kann es leicht passieren, dass wir „hängen bleiben". Das Bewusstmachen der eigenen Beweggründe kann den Prozess der Verarbeitung deutlich beschleunigen und den Schmerz lindern.

Zurück in die Zukunft: Der eine braucht Wochen, der andere Monate, um eine verkorkste Kennenlernphase zu verdauen. Wichtig ist jedoch, den Absprung zu schaffen und nicht in eine Abwärtsspirale zu geraten, in welcher oftmals folgende Punkte im Vordergrund stehen: Das Misstrauen gegenüber potenziellen Dating-Partnern mit der Angst vor neuen Verletzungen und/oder eine Fixierung auf das gescheiterte, emotional aufwühlende On-Off-Kennenlernen mit kreisenden Gedanken um das Warum und Was wäre, wenn ...

Den positiven Blick in die Zukunft kann und sollte man sich erarbeiten, sei es auch durch Gespräche mit Freunden, die Zuhilfenahme von Ratgebern/Podcasts oder einen Erfahrungsaustausch mit Leidensgenossen. Eine Möglichkeit wäre auch eine Art Trennungstagebuch, in dem man regelmäßig notiert, welche Gedanken und Gefühle das Abschließen und/oder Weitermachen behindern. Die geschriebene Wahrheit ist oftmals leserlicher als die gefühlte.

„Er steht einfach nicht auf dich": Das ist ein harter Satz, den im Grunde niemand (!) hören will. Wenn der/die Unschlüssige den Abbruch des Kennenlernens einer Fortsetzung vorzieht, sollte man mangelnde Anziehung jedoch als mögliche Erklärung in Erwägung ziehen – mögen wir auch davon überzeugt sein, dass andere Gründe dahinterstecken. Nüchterne und entzaubernde Überlegungen dieser Art helfen dabei, die notwendige Abgrenzungsenergie aufzubringen.

Vergissmeinnicht: In einer gesunden Verarbeitung ist es zudem nicht verboten, den anderen in guter Erinnerung zu bewahren, auch wenn wir eine Kränkung erlitten haben. Solange das liebevolle Gedenken besonderer Menschen und Momente nicht in einer hinderlichen Romantisierung vom Unerreichbaren mündet, kann es durchaus heilsam sein, mit einem lachenden und einem weinenden Auge zu einer aufwühlenden Erfahrung zu stehen.

Anton

VOM STOPFEN EINES SCHWARZEN (SOMMER-)LOCHS

Manchmal passieren Dinge, weil wir wollen, dass sie passieren. Nicht der Zufall ist dann für sie verantwortlich und schon gar nicht eine plötzliche Fügung, die „wie gerufen" kommt. Wir sind diejenigen, die nach dem Happening rufen und den Ruf obendrein noch selbst erhören. Die alle Hebel in Bewegung setzen, damit wieder Action aufkommt im Dating Game und das Alleinsein beendet. Das klingt berechnend. Wenn wir eine neue Dating-Story „inszenieren", verbirgt sich dahinter jedoch die Hoffnung, dass am Ende tatsächlich die Funken sprühen und der selbst erschaffene Film sich in einen feurigen Flirt verwandelt, der das Drehbuch in Brand setzt und die Realität erobert.

Als ich im ersten Semester den Physikschein für Mediziner machen musste, lief ich mit meinen Kommilitonen zweimal in der Woche durch das Physikinstitut und beobachtete, wie die Studenten dort in kleinen Grüppchen über großen Problemen hingen, versunken in Buchstaben, Zahlen, Zeichnungen – nett, aber distanziert gegenüber den Fachfremden aus der Medizinischen Fakultät.

Einer von ihnen, der als Tutor die Experimente für unseren Kurs organisierte, sagte mir mal mit einem Grinsen, dass die Physiker uns für arrogante Soldaten hielten, deren Talent im Auswendiglernen lag, Büffler ohne Bescheidenheit, die erhobenen Hauptes durch die Hörsäle stolzierten, obwohl sie in der Physik rasch an ihre Grenzen stießen und spätestens zur Prüfungsphase auf einen Nachhilfelehrer lauerten.

Ich nickte damals ein wenig betroffen und nahm die Physiker, die sich in der Mittagspause am Snack-Kiosk tummelten, genau unter die Lupe: Sie waren hilfsbereit und humorvoll, hatten Grips und Gemeinschaftssinn. Auffallend uneitel waren sie. Wenn ich in zehn Jahren noch nicht den Richtigen gefunden habe, dachte ich damals in einem dunklen Moment, dann schnappe ich mir halt einen von denen. Dann kehre ich hierher zurück und sichere mir ein Kind mit einem Sechser im Erbgut-Lotto.

Nun sind die zehn Jahre rum. Wenn ich ehrlich bin, sind es sogar zwölf.

Ich sitze in der Bibliothek und richte mein Augenmerk mal auf die Fallbeispiele im Psychiatrie-Lehrbuch, mal auf die VIP-News-Seite auf meinem Laptop und ab und an auch auf den Typen, der gut einen Meter weiter sitzt – der mit der schlanken Statur, dem dunkelblonden Haar und der randlosen Brille, die so funktional wirkt wie die Fünf-Euro-Gestelle aus dem Drogeriemarkt. Er liest einen dicken, kiloschweren Schinken, der nach Mathe oder Physik ausschaut, keins von den Bulimie-Büchern, die man sich auf den letzten Drücker vor einer Prüfung reinzieht wie ein Snickers mit Energydrink. Erstaunlich, dass er sich nichts notieren muss. Scheinbar ist sein Auge der Stift, sein Hirn das Papier. Ich überlege, wie alt er sein könnte: Ende zwanzig vielleicht, Anfang dreißig, ein bisschen zu alt für einen Studenten – aber gut, ich sitze hier auch. Dabei habe ich fertig studiert. Bin quasi ausstudiert. Müsste aussortiert werden aus diesem jungen, heiteren Haufen, der von der Vorlesung zum Mittagstisch und später zu einer WG-Party tingelt.

Ich nehme einen Schluck Wasser und blicke auf mein Handy. Seit Wochen schreibe ich mit keiner einzigen Dating-Option, dabei haben wir Mitte August, heiße Saison, Schlussverkauf. Meine Saison ist aktuell jedoch von einem selbst verschuldeten Sommerloch betroffen: Das Treffen mit Christian liegt über ein halbes Jahr zurück. In der Zwischenzeit habe ich ab und zu mal auf Tinder geschrieben, konnte mich aber zu keinem Date aufraffen – jetzt ist die App wieder gelöscht, da ich mir zuletzt etwas jämmerlich dabei vorkam, nach dem Zähneputzen im Bett zu swipen und mit den Bildern fremder Männer im Kopf einzuschlafen. Irgendwie fehlt mir auch die Motivation, mich in der Hitze in Schale zu werfen und die City-Hotspots aufzusuchen, als wäre ich ein Stück Fleisch, das gegrillt und wenn möglich auch gegessen werden will. Dann gibt es da natürlich noch die Möglichkeit, meine Kontaktlisten nach Typen abzuklappern, die weder auf den ersten noch auf den zweiten Blick vergeben sind und zudem noch nicht verheizt wurden (etwa durch das Dating mit einer guten Freundin von mir). Aber auch dagegen sträube ich mich irgendwie.

Gestern waren wir noch voller Tatendrang, wollten Tinder-Dates und Clubbing-Flirts, heute sind wir plötzlich in einer Antihaltung – wie kommt's?

a) Wir sind müde vom Dating-Markt, der ständigen Schwankungen unterliegt: Mal ist die Nachfrage besonders hoch (im Frühling, welcher die Flügel der Schmetterlinge mit Hormonen belädt und geradewegs in unsere Bäuche dirigiert), mal ist der Markt wie leergefegt (kurz vor Kälteeinbruch, wenn wir erschrocken feststellen müssen, dass Gott und die Welt sich bereits eine menschliche Wärmflasche gesichert haben.)

b) Unser Ego ist durch eine Abfolge negativer Erfahrungen angeschlagen, sodass wir in den Selbstschutzmodus übergehen und erst dann wieder den Fuß ins reale oder virtuelle Dating-Leben setzen, wenn unser seelisches Fell durch Pflege und Selbstfürsorge nachgewachsen und dicker geworden ist.

c) Wir sind aus privaten oder beruflichen Gründen zu überreizt, um uns auf ein Kennenlernen einzulassen, haben eine kurze Lunte und pessimistische Gedanken („Ich habe keine Lust, mich in deiner ungeheizten WG auszuziehen, mir in der neuen Spitzenunterwäsche, der du in deinen knittrigen Boxershorts gänzlich unwürdig bist, auf deinem Einszwanzig-Bett einen abzufrieren und dein vorgeschädigtes Ego vor dem absoluten Tiefpunkt zu bewahren: der Wahrheit über meinen fehlenden Höhepunkt").

Der Sitznachbar mit dem dicken Mathe- oder Physikbuch erinnert mich an meine Erstsemester-Idee, an den Typen mit den guten Genen für einen Nachfahren, der niemals Nachhilfe benötigen wird. Der sich morgens aufs Rad schwingt, ins Institut fährt, seine hundert Unterlagen aus dem Rucksack kramt und ein uneitles Wissenschaftlerleben in einem Siebzigerjahre-Bau führt, irgendwo im zweiten Stock, in einem Büro mit Neonlicht und Blick auf den Campus. Ein Urgestein der Universität, mit vorgebeugter Körperhaltung und einem Haarschnitt ohne Gel und Scheitel. Eine sichere Nummer, in jederlei Hinsicht. Mit dem Partymuffel und Hochbegabten würde man vielleicht nicht das große Gefühlsepos erleben, aber Epos beinhaltet auch Drama, und von Dramen sind wir doch alle irgendwie müde. Das große Kino hatte seine Zeit, der Sophia-Loren-Hollywood-Prunk ist ohnehin out – preisgekrönt sind mittlerweile vor allem die Understatement-Filme, welche in kühlen Farben die trockene Realität darstellen.

Oh. Er dreht den Kopf zur Seite und schaut mich an – und das länger als drei Sekunden. Vielleicht hört er ja mit seinem neunten Nerd-Sinn, dass ich über ihn nachdenke. Für ihn mitdenke. Uns eine Zukunft zusammendenke.

Ein Blick auf die Uhr, es ist kurz nach vier. Ich muss mich allmählich auf den Weg machen, gegen achtzehn Uhr beginnt die Bereitschaft in der Klinik. Im einsamen Nachtdienst ist der fehlende *somebody* oftmals deutlich spürbarer als im teamorientierten Tagesgeschäft. Die Vorstellung, dass jemand an mich denkt, mir einen ruhigen Dienst wünscht und am nächsten Morgen fragt, ob ich ein wenig Schlaf bekommen habe, nimmt mir das beklemmende Gefühl, das sich seit zwei, drei Tagen in meiner Brust breitgemacht hat.

Ich warte knapp eine halbe Stunde, bevor ich mich wieder in seine Richtung drehe. Er zieht umgehend mit und schaut rüber, als hätte er die Lage aus dem Augenwinkel beobachtet und jede Mikrobewegung registriert. Ich hebe die Mundwinkel zu einem halbherzigen Lächeln, das jedoch die volle Unterstützung meines Kopfes genießt. Er lächelt zurück und wirkt dabei, als wisse er, was zu tun ist, ohne das sonderlich häufig zu tun.

Der Stein ist ins Rollen gekommen. Hoffen wir mal, dass er niemanden *über*rollt.

Ich stehe auf und packe meine Sachen zusammen. Er behält mich im Auge, schaut dabei zu, wie ich den Laptop ausstöpsle, den Platz leer räume, die Sonnenbrille hinter die Ohren klemme – in Zeitlupe natürlich, damit er ausreichend Zeit hat, mich unter die Lupe zu nehmen. Als ich den Stuhl an den Tisch heranschiebe, schenke ich ihm ein zweites Lächeln, eins, das seine Botschaft im Vergleich zum vorherigen geändert hat, von „Hey, na, du auch hier, in dieser stickigen Lernhölle, die sich ab und an als coole Flirtbörse entpuppt?“ zu „Hey, war ein netter Moment, den wir da geteilt haben, aber solche Momente gibt es im August wie Sand am Meer. Willst du die nasse Erfrischung sein oder die Kinderburg, die bei der nächsten Flut zu unförmigem Matsch zerfällt? Ich bin jetzt weg, gone with the Sommerwind, und ich denke, wenn du den Mund jetzt nicht aufmachst, ist das Risiko, dass wir uns nie wiedersehen, höher als die Mathematik, die du dir da reinziehst.“

Warum betreten wir die Dating-Bühne mal mit der Bereitschaft uns anzupassen und anzubiedern, mal mit Femme-fatale-Allüren?

Dass wir uns im Dating rasch anpassen oder gar anbiedern, kann passieren, wenn wir

a) durch den letzten Dating-Partner einen **Selbstwertschaden** erlitten haben.

b) den Zustand des **Alleinseins** nur schwer ertragen und schnellstmöglich beenden wollen.

c) nach einer Trennung den akuten **Liebeskummer** durch eine neue Romanze im Keim ersticken möchten.

Die Femme fatale kommt zum Vorschein, wenn wir

a) einen **Höhenflug** haben durch eine Reihe an Erfolgen im Dating-Leben und glauben, wir hätten den Kniff raus. Hier begeht die Femme fatale einen fatalen Fehler: Insbesondere beim Dating kann sich das Blatt von heute auf morgen wenden und uns durch unvorhergesehene Ereignisse tief schockieren. (Er ist vergeben oder verheiratet/schreibt parallel mit Matches im dreistelligen Bereich/verschwindet via Ghosting und kehrt zur Ex zurück/weist uns ab, sobald wir angebissen haben/ist masturbations- und pornoabhängig/steht mehrfach täglich mit der übergriffigen Mutter in Kontakt, mit der er zu Beginn noch hinterm Berg gehalten hat/ist durch Schnapsideen im Start-up-Business hoch verschuldet/lebt in der gläubigen Ursprungsfamilie eine Identität als vermeintliche Jungfrau, die sich bis zur monokulturellen Ehe aufspart.)

b) als Reaktion auf eine Abfolge **negativer Erfahrungen** eine neue und vermeintlich „taffere" Dating-Identität entwickeln – mit dem Ziel, stets die Zügel in der Hand zu halten und unsere Stallpferde je nach Lust und Laune mal im flotten Galopp zu reiten, mal im lässigen Leichttrab. Wir verlangen, dass sie die Wunden lecken, die ihre wilden Vorgänger hinterlassen haben. Und obendrein nehmen wir noch in Kauf, dass sie durch unser selbstzentriertes Verhalten selbst welche davontragen. Hierbei handelt es sich um den klassischen Wechsel zur „dunklen Seite der Macht", der jedoch durchaus reversibel ist, wenn wir eigentlich zu den fairen Spielerinnen gehören und eher im Zuge einer Überkompensation zur Femme fatale beziehungsweise zum Bad Boy mutiert sind.

c) uns aktuell in einer **angespannten Lebenssituation** befinden (bevorstehende Abschlussprüfung/Jobwechsel/Arbeitslosigkeit) und im Zuge des Datings Druck abbauen, indem wir uns von „leichten Opfern" begehren und verwöhnen lassen, sie im schlimmsten Fall gar als Blitzableiter und Fußabtreter missbrauchen. Vorsicht: Sobald wir das „Opfer" wieder in die Unweiten des Dating-Universums abschießen, könnte, wie das im Universum so ist, auf Aktion auch Reaktion folgen:

- Außenstehende wie Familie und Freunde zweifeln ihre positive Meinung über uns an und stellen sich zu Recht die Frage, ob wir dazu fähig wären, ihnen in „Notzeiten" Vergleichbares anzutun und sie wie Nutztiere vor den Karren zu spannen.
- Der Selbstrespekt geht flöten, wenn wir Stärke nur auf Kosten eines Schwächeren gewinnen können.

- Das „Opfer" der Geschichte könnte uns noch wochen- und monatelang in wechselndem Tonfall kontaktieren, sodass wir für den Druckabbau, der uns kostenlos versprochen wurde, eine unangenehme Nachzahlung erhalten.

♥

„Gehst du schon?"

Top! Er hat die mimische Message erfasst und sich zu einem Kommentar hinreißen lassen. Er ist aufs Ganze gegangen. Hat nicht zugelassen, dass der Lottoschein durch ein Sommerlüftchen davongeweht wird. Nur dass der Lottoschein auch eine Rechnung sein könnte, die er früher oder später für die Dummheit zahlen muss, auf mein launisches Lächeln hereingefallen zu sein.

„Ja", antworte ich. „Ich muss später noch arbeiten."

Ich lasse mich wieder in den Stuhl fallen, mit der Tasche über dem Arm, er rückt mit seinem ein Stück näher: „Wo arbeitest du?"

„In der Psychiatrie", sage ich, ohne Näheres preiszugeben. „Und du studierst Mathe?"

Anders als ich, kommt er sofort zum Punkt: „Ich bereite einen Vortrag für ein Projekt in der experimentellen Hals-Nasen-Ohren-Heilkunde zum Thema Tinnitus vor."

„Ah, auch ein Mediziner?"

„Du machst Medizin? Cool!"

„Und du?"

„Physik. Ich bin promovierter Physiker."

Volltreffer. Das ist er. Der Typ, den ich mir im ersten Semester als *Option B* für den *Tag X* zurechtgelegt habe.

Ein Student, der mit seinem roten Gesetzesbuch direkt vor uns sitzt, dreht sich mit einem bösen Blick herum, als wolle er uns sagen, dass es noch Leute gibt, die die Unibibliothek nicht als Assessment-Center zur Auswahl von Flirts nutzen, sondern als Lernstätte für Prüfungen, bei denen es um Leben oder Tod geht.

„Wow, Physik! Meinen größten Respekt", flüstere ich meiner Neuentdeckung ins Ohr. „Das ist mal ein richtiges Fach! Da reicht Auswendiglernen nicht."

Er lächelt geschmeichelt: „Danke."

„Ich muss jetzt leider gehen", sage ich mit Blick auf die Uhr und den angehenden Rechtsverdreher. „Bist du die Tage noch mal hier?"

Er nickt: „Ja, auf jeden Fall. Wo sitzt du immer?"

Ich deute auf den Platz, den ich aufgegeben habe: „Da in der Gegend, falls was frei ist."

„Morgen komme ich etwas später", sagt er. „Sollte ich hier keinen Platz kriegen, sitze ich in einem anderen Trakt."

„Cool, dann sieht man sich sicher", antworte ich im Aufbruch.

„Warte!" Er steht auf, zückt sein Handy. „Gib mir gern deine Nummer, dann schreibe ich dir morgen, wo genau ich bin."

Wow. Der Nerd macht Nägel mit Köpfen und holt sich nach dem Bewerbungsgespräch gleich sein Feedback ab. Ich nehme das Handy entgegen, tippe die Ziffern ein und fühle mich irgendwie vom Rest der Bibliothek beobachtet. Wie beim Tindern im Café, wenn man das Gefühl hat, jeder würde checken, weshalb man zwanzigmal auf dem Bildschirm nach links wischt und einmal nach rechts.

„Wie heißt du denn?" Ich buchstabiere meinen Namen, er tippt ihn in das leere Feld über der Telefonnummer, seine Hand beginnt dabei zu zittern. Bis hierhin hat er die Kennenlernkiste eigentlich ganz souverän über die Bühne gebracht, sein Tremor hingegen hat etwas von einem Totalausfall.

Bitte fall nicht aus. Fall lieber auf, fall aus der Reihe, meinetwegen auch mit der Tür ins Haus. Aber sobald du ausfällst, fällt mir wieder auf, wie leer der Raum ist in meiner Brust, wie fortgeschritten die Zeit auf der Uhr, die in Kürze den Herbst anzeigt, oder noch schlimmer: den Winter, den nicht mal die überzeugten Einzelgänger allein verbringen wollen!

♥

Wieso ist der Winter für Singles ein Problem – und worauf ist zu achten, um der nasskalten Dunkelheit die Stirn zu bieten?

Paare machen nach der Arbeit ein gemeinsames Home Workout, kochen ihr Chili sin Carne und versacken mit einem Gläschen Rotwein auf der Couch, um Weihnachten zu planen. Aber auch die Singlefreundin, die vor einigen Wochen noch um einundzwanzig Uhr für einen Vorspeisenteller beim Stammitaliener zu haben war, wendet sich plötzlich bei aufgedrehter Heizung ihrer neuen Serie zu und fragt, ob man nicht lieber telefonieren wolle.

Ein regnerischer Drei-Grad-Tag, der bereits um siebzehn Uhr das Licht ausknipst, ist natürlich etwas anderes als der heiße Mittwoch im Büro, den man mit der Aussicht auf ein kühles Feierabendgetränk mit der Lieblingskollegin deutlich besser ertragen kann. Bei vielen sinkt im Winter die

Ausgehbereitschaft, was gerade für Singles unangenehm werden kann. Zudem laufen sie Gefahr, ihr Alleinsein bei saisonal bedingter „Sense" als Einsamkeit zu empfinden. Eine der besten Lösungen, um die Gefahr von Stimmungstiefs im Keim zu ersticken, wird oft nicht hinreichend ernst genommen, vermutlich weil sie, gemessen an ihrer hohen Wirksamkeit, einfach zu banal klingt: Struktur. Sie ist der Schlüssel zur Stabilität! Zum einen können wir Events in einen Halt gebenden Wochenplan integrieren (Fitness- und Kurstermine, Verwandtenbesuche, Kinogänge, Cafébesuche etc.), zum anderen auch weniger spektakuläre Alltagsaktivitäten zu festen Zeiten ausführen (Telefonate mit Freunden, Social-Media-Zeit, Beantwortung von Nachrichten, Serienzeit, Wellness zu Hause mit Duftbädern/Peelings, Anhören neuer Playlists/Podcasts bei der Hausarbeit etc.). Es mag etwas anstrengend klingen, diese Dinge in einen „Termin" zu verwandeln. Aber was haben wir zu verlieren, uns selbst einen Ruck und diesem nebenwirkungsfreien „Antidepressivum" eine Chance zu geben, wenn mit dem Kälte- auch der Stimmungseinbruch droht?

♥

Ich verlasse die schwüle Bibliothek, die in der Prüfungsphase überfüllter ist als das Freibad, und laufe raus über den Campus mit der verbrannten Wiese, an Gitarrenspielern vorbei, die sich an einem Kasten Bier erfreuen, Paaren auf Decken, vorbei an dem Geisteswissenschaftler mit der Drahtbrille, dem Reclam-Heftchen und der Stofftasche, der irgendwie zum Inventar gehört, an einem Baum gelehnt im Halbschatten, wissbegierig und doch selbstzufrieden. Ich wäre auch gern wie dieser Philosophiestudent, der alleine kommt, alleine geht, alleine *bleibt*. Ob ich mal zu ihm hinüberlaufe und ihn darum bitte, für einen Moment seinen Premiumplatz unter dem Sonnenschirm aus Blättern und Ästen zu räumen und mir sein Geheimnis zu verraten, das Geheimnis, wie er so gut dabei aussehen kann, an jedem trockenen Tag mit seiner schmächtigen Statur an diesem mächtigen Eichenstamm zu lehnen und durch die kreisrunden Gläser in eine Welt aus Worten zu blicken?

Ein kurzer Gedanke überkommt mich: Ob der Philosoph was für eine Beziehung wäre? Mit ihm hätte ich vermutlich keine praktischen Probleme, nur theoretische. Wir würden niemals streiten, nur argumentieren. Arm wären wir, ziemlich arm, nicht im Geiste, nur auf dem Konto, und er würde viele Zigaretten drehen, deren Geruch ich ertragen müsste, genau wie seinen verstörten Blick, wenn ich etwas äußere, das seinen Intellekt beleidigt. Wir würden Sodbrennen haben vom günstigen Rotwein, und seine Stofftaschen würden sich verzehnfachen, er würde Notizhefte darin tragen und Pfandflaschen und Feuerzeuge, wir wären Stammgäste in einem kleinen Café in einer Seitengasse, dessen Möbel nicht zueinander passen. Die Bedienung bestünde aus einer Reihe von Aussteigern, die den Philosophen lieben und mich tolerieren würden. Ich wäre seine Begleitung, sein Beiwerk und früher oder später ein Opfer von Lästereien – ja, sie würden lästern, im Namen der Ideologie, und er würde mich betrügen, irgendwann, mit der Kellnerin, die ihn hier und da zu einer Demo begleitet, denn sein Geist ist ungebunden, genau wie sein Körper, und dann würde ich wieder bei Tinder landen und jeden zur Seite wischen, der nach einem Denker aussieht.

Dann doch lieber der Physiker mit dem Tarifvertrag-Gehalt, den Genie-Genen und der offensichtlichen Dankbarkeit über die Eröffnung unseres Dating Games.

♥

Das große Problem mit dem Alleinsein: Wieso fällt es den einen leichter, den anderen schwerer?

Für viele gleicht der Zustand ohne **The Other** einem Horrorfilm, den sie schnellstmöglich abschalten wollen. Gründe hierfür sind:

a) **Gewohnheit:** Sie können nur schlecht etwas mit sich selbst anfangen, insbesondere, wenn sie das Alleinsein seit früher Jugend durch einen permanenten Vergeben-Status verlernt haben (Langzeitbeziehungen, rascher Wechsel von einer Beziehung in die nächste). Sie sind daran gewöhnt, für zwei zu denken, zu planen und zu fühlen. Allein einen Trip zu unternehmen, ins Kino zu gehen, eine Feier zu besuchen, einen Familienstreit auszusitzen oder eine wichtige Entscheidung zu treffen, erscheint ihnen mittlerweile befremdlich. Singles dagegen haben oftmals das Gefühl, zwei Beziehungen zu führen, die mal mehr und mal weniger befriedigend sind: eine mit sich selbst und eine mit dem Leben.

b) **Kompensation:** Menschen, die dauerhaft in Partnerschaften stecken und nur schwer allein sein können, kompensieren manchmal ein tief greifendes Gefühl, das unangenehm bis unaushaltbar ist. Das kann an folgenden Punkten liegen:

- **Die Komfortzone in abhängigen Strukturen**
  Wer daheim überbehütet wurde oder gar eine symbiotische Beziehung zu einem Elternteil geführt hat, ist daran gewöhnt, in einem Abhängigkeitsverhältnis zu leben und darin am besten zu „funktionieren". Augenscheinlich kann das gut gehen (vor allem, wenn der Partner die Situation nicht missbraucht). Das Problem ist nur: Den Abhängigen plagen auf lange Sicht wiederkehrende Gefühle tiefster Unzufriedenheit. Obwohl er sich sicher fühlt in der engen Bindung, spürt er, dass da noch „mehr" ist, eine unerforschte Freiheit, die ihm aufgrund der fehlenden Aufarbeitung seiner abhängigen Strukturen verwehrt bleibt. Dies kann so weit führen, dass er die Beziehungen in „gesunder Absicht" abbricht. Falls jedoch keine (professionell gestützte) Reflexion sowie ein bewusstes „Aushalten" der aufkeimenden Verlassenheits- und Einsamkeitsgefühle stattfinden, ist die Wahrscheinlichkeit hoch, dass der Neu-Single rasch wieder in der nächsten Partnerschaft landet und hofft, dass das Happy End dort länger währt.

- **Das „Wiedergutmachen" der Vergangenheit**
  Wer während seiner Kindheit/Jugend einen traumatischen Verlust erlebt hat (Scheidung, häufige Umzüge, Todesfall) oder aber nicht die angemessene Art von emotionaler Wärme, Bindung und Rückversicherung erhielt (Klischee-Klassiker: ein abwesender Karrierevater und eine psychisch belastete Mutter) kann in einer Beziehung unterschiedlich darauf reagieren. Manche werden

selbst zu Verweigerern von Intimität und Nähe, andere wollen sich zurückholen, was ihnen früher verwehrt wurde: Liebe. Die Grundnahrung fürs Herz. Fraglich ist nur, wie gut man ein „altes Loch" stopfen kann: Ein Partner kann uns als die erwachsene Person lieben, die wir im Hier und Jetzt sind – sie kann aber nicht in die Vergangenheit reisen und dem Kind, das wir einmal waren, die Stabilität geben, die ihm verwehrt wurde.

c) **Zukunftsangst:** Manche haben tatsächlich Angst, am Ende allein dazustehen. Sie malen sich Szenarien aus, wie alle anderen Familien gründen und sonntags mit den Kindern Drachen steigen lassen, während sie bei den Eltern auf Kaffee, Kuchen und einem Plausch eingeladen sind. Die berüchtigte Torschlusspanik bei Frauen, die ihre biologische Uhr angeblich lauter hören als Big Ben, tritt mittlerweile auch bei Männern auf, die damit zu kämpfen haben, dass das gebärfähige Geschlecht lieber erst mal ein Unternehmen samt Alpha-Account bei Xing in die Welt setzt, statt einen Nachfahren.

d) **Emotionale Instabilität:** Es gibt psychisch angeschlagene Menschen, die dazu neigen, ihren Partner zum Gratis-Therapeuten zu instrumentalisieren. Wie alles, was zu gut klingt, um wahr zu sein, kann auch dieser Schuss nach hinten losgehen: Ein Partner, der diese Therapierolle widerstandslos annimmt – sich davon womöglich noch angezogen fühlt –, hat sicherlich auch seine Probleme und könnte die Retter-Rolle zur eigenen Selbstwertstabilisierung nutzen. Damit hätten sich im Grunde gleich zwei gefunden, die sich in ihren

Entwicklungsmöglichkeiten (Erlernen von Unabhängigkeit, Abgrenzung sowie einer gesunden Nähe-Distanz-Dynamik) gegenseitig behindern.

Wer sich durch Beziehungen im tiefsten Kern zu stabilisieren versucht, der erlebt die Zeiten als Single, insbesondere wenn sie durch unvorhergesehene Trennungen anbrechen, als Hölle auf Erden. Große innere Unruhe und die hektische Suche nach dem nächsten Partner können sich abwechseln mit depressiven Verstimmungen, die nicht selten in der Annahme münden, das eigene Leben wäre durch das Fehlen von Beziehung und Liebe (oder was man so unter Liebe versteht) sinn- und wertlos (einerseits aufgrund der eigenen Bedürftigkeit, die in diesem Fall einer seelischen Not gleicht, andererseits wegen des gesellschaftlich vermittelten Ideals der Vollkommenheit durch Partnerschaft mit dem Ziel von Familiengründung + Eigentumserwerb + Belieferung der Eltern mit Enkeln).

Wenige Stunden später erhalte ich eine Nachricht von einem fotolosen Profil: Anton bedankt sich für das kurze Gespräch in der Bibliothek und sagt, er stelle sich die Arbeit in einer Psychiatrie sehr spannend vor. Ob ich Lust hätte, ihm bei einem Spaziergang davon zu erzählen? Er würde sich darüber freuen, wünsche mir aber erst mal einen ruhigen Dienst. Seine letzten Worte: „Hoffentlich bis bald."

Ich fühle mich erquickt, antworte ihm in einer ruhigen Minute, genieße die Tatsache, dass ich an diesem Abend nicht nur durch die Klinik gehe, sondern auch durch seinen Kopf. Da ist jemand, eine reale Gestalt, die an mich denkt, kein Tinder-Match, das im Sande verläuft, kein Typ in der

Krise, der lediglich nach einem ablenkenden Wohlfühl-Chat sucht, kein „alter Bekannter", von dem man aufgewärmt, aber nicht angebissen wird. Da ist ein Mensch aus Fleisch und Blut, der ran an den Speck will. Bitte schön. Ich reiche dir Salz, Pfeffer, Mayo, Ketchup, und dann können wir gemeinsam deinen liebeshungrigen Magen und mein Sommerloch stopfen.

Gegen Mitternacht gebe ich bei Google seinen Vornamen, die Worte „Physik", „Promotion" und „Tinnitus" ein und erhalte dank der Suchmaschine die Eingeweide seiner Vita. Ich sehe, wann er wo mit wie vielen Auslandsaufenthalten studiert hat, wie die Titel seiner Master- und Doktorarbeit lauten, in welcher Stadt sein Vater eine Augenarztpraxis führt und wie diese auf jameda.de bewertet ist. Als „hilfsbereit" und „warmblütig" wird der dynamische Fachmann bezeichnet, einer, der sich Zeit nehme und die Patienten nicht gehetzt abfrühstücke, wie man das von Ärzten ja so häufig kenne. Ob das auch etwas über seine Qualitäten als Vater aussagt? Konnte er überhaupt Vater sein, wenn er damit beschäftigt war, sich „hilfsbereit" und „warmblütig" um seine Patienten zu kümmern?

Als ich die Klinik am nächsten Morgen nach der Übergabe verlasse, lacht mir die Sonne ins Gesicht. Ich bin leicht verschlafen, mittelstark verträumt, guter Dinge, bester Laune, habe Lust auf die Bibliothek, auf den vereinbarten Spaziergang.

Wir treffen uns mittags vor dem Eingang, er macht zur Begrüßung ein Kompliment: „Du siehst hübsch aus."

Seine Direktheit überrascht mich: „Danke."

„Wohin wollen wir?"

„Einfach mal drauflosIaufen?", frage ich.

„Ja, gut!"

Ich lasse einen Kommentar über das Wetter fallen und leite damit den üblichen Starter-Small-Talk ein. Immer wieder muss ich den Kopf zur Seite neigen und hier und da nachhaken, um mir einen Reim auf seine Worte zu machen, die er allesamt vor sich hin murmelt – als würden sie seinen Mund zwar mit Ach und Krach verlassen, dann aber wie angewurzelt dort stehen bleiben, statt den Weg zu meinen Ohren zu bestreiten. Es wirkt ein wenig, als hätte er taube Lippen. Vielleicht versucht er ja tapfer zu vertuschen, dass er noch mit den Nachwehen eines Zahnarzttermins zu kämpfen hat – weil es irgendwie unattraktiv ist, Hinweise auf eine Karies zu geben, die so tief lag, dass man sie ohne Anästhetika nicht wegschleifen konnte, eine, die darauf schließen lässt, dass man entweder zu viel Süßkram isst oder zu selten die Zähne putzt oder, im Zweifel für den Angeklagten, einfach schlechte Mund-Gene hat, was aber auch nicht so sexy klingt.

Als mir die akustischen Anstrengungen unter der prallen Sonne zu groß werden, nenne ich das nervige Kind beim Namen: „Ich verstehe dich nicht sonderlich gut. Kannst du bitte etwas lauter sprechen?"

„Ach so", sagt er. „Sorry, ich habe mich länger nicht mehr draußen während eines Spaziergangs unterhalten. Vor allem nicht mit einer neuen Bekanntschaft."

„Schon okay", antworte ich und frage mich, was genau er damit meint. Hatte er lange kein Date mehr? Hatte er jemals eins? Liegt es tatsächlich am Talk2Go?

„Wo lang sollen wir laufen?“, fragt er. „Möchtest du zum Campus?“

Nein, bloß nicht! Am Ende fragen sich der Philosoph, die Gitarristen und Pärchen noch, ob der Typ an meiner Seite eine namenlose Eintagsfliege ist oder ein eigentümliches Entlein, das sich erst nach den Torturen der ersten Treffen und Tests in einen Schwan verwandelt.

Ich biete eine andere Strecke an, die ebenfalls grün ist, mir aber weniger „gefährlich“ erscheint.

♥

Wir haben große Hemmungen, das Date an einen unserer Wohlfühlorte mitzunehmen. Ein schlechtes Zeichen?
Es kann natürlich sein, dass wir grundsätzlich neutrale und „unverbrauchte“ Orte beim Dating bevorzugen. Das offensichtliche Meiden von Cafés/Parks/Straßen/Sporthallen etc., die uns am Herzen liegen, könnte aber auch ein Frühwarnzeichen sein: Vielleicht sind wir von Beginn an nicht ganz überzeugt und möchten verhindern, dass
a) Freunde und Fremde uns ein Verhältnis mit unserer Begleitung „unterstellen“.

b) attraktive(re) Optionen durch den öffentlichen Auftritt flöten gehen.

c) der andere sich an unseren Wohlfühlorten „verewigt“, was dem romantischen (und berechnenden) Part in uns widerstrebt, da wir die Lokalitäten für jemanden aufsparen möchten, der es uns „wert“ ist.

Je überzeugter wir von einem Dating-Partner sind, desto mehr positive Momente und Orte möchten wir mit ihm/ihr teilen. Auch Gedanken über Reaktionen des Umfelds rücken in den Hintergrund, da wir vordergründig damit beschäftigt sind, ihm beziehungsweise uns eine schöne Zeit zu bereiten.

♥

„Hast du Geschwister?“, frage ich.

„Ja, einen Bruder.“

„Habt ihr ein gutes Verhältnis?“

„Klar, aber er wohnt 200 Kilometer weit weg. Ab und an treffe ich ihn am Wochenende mit ein paar Freunden aus seinem Umfeld.“

„Was macht ihr dann?“, frage ich.

„Was kochen zum Beispiel. Letztes Mal haben wir ein paar vegane Rezepte aus Indien probiert.“

„Bist du Veganer?“

„Eigentlich nicht.“

„Und was habt ihr sonst noch gemacht?“

„Wir haben gegessen.“ Er grinst: „Das überrascht dich jetzt sicher.“

Ich grinse zurück.

„Und wir haben geredet.“

„Worüber?“

„Über dieses und jenes.“

„Über das Essen, das ihr gekocht habt?“

„Nein!“

„Sondern?“

„Warum fragst du so detailliert?“

„Es interessiert mich."

„Ich weiß nicht mehr, worüber wir genau geredet haben. Aber es war ein netter Abend."

„Triffst du dich auch mit Physikern aus dem Institut?"

„Nein, wir sehen uns untereinander nicht so oft. Aber morgen besuche ich meinen besten Freund und seine Frau. Unternimmst du viel mit Freunden?"

„Schon, aber am liebsten zu zweit. Ich bin nicht so der Typ für Rudeltreffen. Gehst du gern ins Kino?"

„Ich war sehr lange nicht mehr im Kino. Aber daheim gucke ich manchmal einen Film."

„Welchen hast du zuletzt gesehen?"

„Warte. Moment. Ich muss kurz überlegen … Ich erinnere mich gerade nicht mehr daran."

„Hast du den neuen Film mit Leo gesehen?", frage ich.

„Wer ist Leo?"

„DiCaprio."

„Ach so, der von *The Beach*."

The Beach? Warum nicht *Titanic*, wenn er ohnehin über zwei Jahrzehnte zurückspringt?

„Hat er einen neuen Film rausgebracht?", fragt Anton.

„Seit *The Beach*?"

„Generell, meine ich."

„Einige."

Plötzlich spricht er lauter: „Magst du James-Dean-Filme?"

„Wie kommst du auf James Dean?"

„Ich finde, er hat gute Filme gemacht."

„Waren es nicht nur drei?"

„Drei bekannte, ja, aber er hatte auch kleinere Auftritte in anderen Filmen. Hast du die gesehen?"

„Die kleineren?"

„Genau."

„Gibt es die überhaupt irgendwo anzuschauen?"

„Ja, man muss nur wissen, wo man sucht."

Ob das auch fürs Dating gilt? Muss man nur wissen, wo man sucht, um im richtigen Film zu landen?

„Der Park endet hier", sage ich. „Wollen wir umkehren?"

Er blickt kurz um sich: „Möchtest du dich vielleicht setzen? Dort ist eine Bank."

„Ich denke, wir werden verkohlen."

„Das könnte passieren. Kehren wir um."

Ja. Kehren wir um. Machen wir Schluss für heute. Und für morgen. Und übermorgen. Die Sonne brennt, aber das Feuer zwischen uns will einfach nicht zünden, und ich habe keinen Nerv, den fehlenden Funken durch weitere Fragen und Themen darum zu bitten, dass er überspringt.

Ich lasse die inneren Rollläden runter, lehne mich im Stuhl des Schweigens zurück – da gibt er noch mal Gas, als hätte er meine Gedanken gehört: „Was mich sehr interessiert", sagt er. „Warum eigentlich Psychiatrie und kein anderes Fach?"

Puh. Bei dem Gedanken, diese Frage bei 33 Grad Celsius mit der Aussicht auf einen drei bis vier kilometerlangen Marsch in engen Schnürsandalen beantworten zu müssen – mit idealistischer Begeisterung und einer anrührenden Anekdote, einer Geschichte, die sich hören und verkaufen lässt –, fühle ich mich schlagartig selbst reif für die Klapse.

„Ich denke, aus demselben Grund, warum du Physik gewählt hast", kürze ich die Sache ab.

„Weil es dir liegt?“

„Genau!“

„Ich verstehe.“

Was versteht er? Dass ich plane, jemanden abzuservieren, den ich doch selber angelächelt, mir auf eigene Faust angelacht habe? Jemanden abzuschreiben, von dem ich im Dienst noch unbedingt angeschrieben werden wollte? Dass *er* dieser jemand ist? Mein morgiger *Niemand*?

Klingt grausam. Aber es macht einfach nicht Klick.

Keiner verlangt, dass sofort der Blitz einschlägt, aber etwas muss da sein, irgendwas. Das gewisse Etwas. Im Grunde das ungewisse Etwas. Die entscheidende Variable ist nämlich eine Unbekannte, die sich nicht berechnen lässt. Eine, die sich zu allem Überfluss mit jeder neuen Gleichung verändert, als würde sie von Fall zu Fall mutieren.

♥

Sind wir in der Liebe wirklich unseres Glückes Schmied?

Manche behaupten, die Liebe wäre nicht nur eine Laune des Schicksals oder ein Pfeil, den Amor abschießt, sondern eine Entscheidung, die wir treffen.

Ja, mag sein, dass wir entscheiden können, wem wir aus dem Weg gehen und wem wir den Weg ebnen: in eine grundsolide Gemeinschaft, ein Wohlfühl-Wir, ein leidloses Liebhaben. Das Klicken, der Funke, der Knall sind jedoch kleine Wunder, die uns widerfahren und aus denen Großes entstehen kann. Diese Wunder haben bekannterweise ihren eigenen Rhythmus, lassen uns aber die Wahl, ob wir uns für oder gegen sie entscheiden. Manche haben Scheu, ihr Herz ins Feuer zu werfen, aus Angst, es würde nur am Anfang lichterloh brennen, später aber zu kalter Asche zerfallen – eine mehr oder weniger nachvollziehbare Form der Feigheit, die sich unter dem Pseudonym „Selbstschutz" einen Namen gemacht hat. Wer aber umgekehrt behauptet, er könne aus eigener Kraft Klicks auslösen, Funken zünden oder Chemie erschaffen, der behauptet, die Welt um ihren größten Zauber betrogen zu haben.

♥

Vor der Bibliothek umarme ich ihn kurz und ziehe ab, bevor die typische Abschiedssituation entstehen kann. Die, bei der keiner weiß, was er sagen soll, ohne dabei zu viel Hoffnungen zu wecken oder zu viel Ego zu verletzen – ohne (entweder aus Taktik oder Taktgefühl) preiszugeben, wie er die Lage einschätzt.

Auf dem Rückweg fällt mir dann auf, dass Anton mich an die liebenswerten Kumpels aus meiner Schulzeit erinnert. Die, mit denen man in der Freistunde zum Imbiss lief, Hausaufgaben verglich und über Anime-Serien quatschte. Die man sonntagsnachmittags daheim auf dem Festnetz anrief, um sie zum Inlineskaten zu überreden. Sogar nach einem engen Tanz oder einem Flaschendreh-Wangenkuss auf einem Geburtstag verhielten sie sich am nächsten Morgen mehr oder weniger normal und boten zur Begrüßung ihren üblichen Handschlag an. Die Art von Jungs, deren Y-Chromosom einfach keine Rolle spielte (anders als im Studium später, wo sogar „Lern-Buddys", die offiziell vergeben waren, auf ihrem Y herumritten, als wären es Zauberbesen).

Ja. Anton ist irgendwie ein erwachsenes Abbild des Mittelstufen-Kameraden. Zumindest jetzt, auf den zweiten Blick. Die erste Begegnung in der Bibliothek hat ihr Versprechen nicht halten können, der Zauber ist schneller verflogen, als ich Y sagen kann.

♥

Warum ist die zweite Begegnung so heikel und kann eher zum k. o. führen als weitere Treffen?

Es kommt recht häufig vor, dass uns jemand auf den zweiten Blick (deutlich) weniger gefällt als auf den ersten. Mögliche Gründe hierfür sind:

a) Wir haben ihn oder sie aus der Not heraus (Flirt-Flaute, Tinder-Tiefpunkt, Pärchen-Pandemie) rasch aufs Podest gehoben, in der Hoffnung, den leeren Plus-eins-Platz auf Partys, Familienfeiern und im Bett bald zu besetzen. Dankbar, dass das Gegenüber auf den ersten Blick weder ein Ego-Affe noch ein Sex-Geier ist, weder suchtkrank noch arbeitslos, lassen wir uns dazu hinreißen, die hohe Anfangshürde als überwunden anzusehen. Die zweite Begegnung gleicht dann meist einer harten Realitätsprüfung, die den ersten Eindruck bestätigt, korrigiert oder verwirft. Es ist fast schon, als hätte er/sie beim ersten Treffen eine Art Beginner-Bonus erhalten, der beim zweiten jedoch aufgebraucht ist.

b) Das erste Treffen lief einfach zu gut: Er hat lustige Witze gerissen, ein vorteilhaftes Hemd getragen, und mit der Idee, am See spazieren zu gehen und im Anschluss eine Billiard-Bar mit guten Songs aus den Achtzigern aufzusuchen, ins Schwarze

getroffen. Hinzu kam hier ein Schlückchen Alkohol, dort eine Gelegenheitszigarette und touchy Unterhaltungen vor der Tür. Er sah gut aus, im Halbdunkel unter dem Laternenlicht, roch nach Parfum, schmeckte nach Minzbonbon und Wodka-O. Beim Abschied war man auf Wolke sieben, ohne Wolke eins bis sechs überhaupt gesehen zu haben.
Kein Wunder, dass das zweite, nüchterne Date am helllichten Tag mit einem verquollenen Typen im weißen T-Shirt und ohne Gelfrisur zur Tarnung der Geheimratsecken einem verkaterten „Morgen danach" gleicht. Der Gesprächsfluss stockt, der Humor ist nicht mehr schwarz, sondern mausegrau, und die Themen gehen schneller aus als das Kleingeld, mit dem er ursprünglich seinen (nicht unseren) Kaffee zahlen wollte: „Ich hab nur einen Zwanziger", sagt er mit bedauernder Miene und Blick auf den Fünfer, den wir gezückt haben. Na und? Ist es in Deutschland verboten, eine Zwei-Euro-Rechnung mit einem Zwanziger zu begleichen? Wenn du meinen Kaffee mitzahlen würdest, wären es schon vier. Egal, was soll's, geschenkt.

c) Je länger wir Single sind und je besser wir damit zurechtkommen, desto weniger sind wir bereit, „Fehlverhalten" zu tolerieren: Bei manchen ist Schluss, wenn das Date eine verfrühte Sex-Initiative startet, bei anderen können bereits Rechtschreibfehler auf WhatsApp zum Kennenlern-Killer werden. Der kleinste Patzer beim zweiten Treffen könnte damit trotz positivem Anfangseindruck dazu führen, dass er/sie als Option wegfällt. Wir haben es nicht nötig, uns auf etwas „Unideales" einzulassen, da wir weder Torschlusspanik noch (Tinder sei

Dank) „Not am Mann" (oder an der Frau) haben. Zudem kann die Träumerei vom Traumpartner zu einer sinngebenden Sucht werden, jeder Kompromiss könnte das Zerplatzen des Traums bedeuten und die Akzeptanz einer Realität, die unseren Erwartungen nicht gerecht wird. Hierbei kann es sich um eine versteckte Form von Bindungsangst handeln: Die Romantisierung dessen, was in der Zukunft sein könnte auf Kosten dessen, was sich in der Gegenwart anbietet.

♥

Am frühen Abend ploppt eine längere WhatsApp-Nachricht auf meinem Display auf:

Es war schön, heute mit dir zu spazieren, wenn auch etwas ungewohnt (ich komme im Moment eher weniger dazu, neue Leute kennenzulernen). Führst du bei solchen Treffen eigentlich eine Verhaltensanalyse durch oder wendest du Arbeitsmethoden nicht im Alltag an?

Ich bin morgen von 16:30 bis 19:30 Uhr erneut im gleichen Saal in der Bibliothek. Vielleicht sieht man sich ja wieder?

Ich blicke ein wenig ungläubig auf mein Handy. So ein ehrliches Feedback, das sich um keinerlei Taktik schert, bin ich gar nicht mehr gewohnt. Das berührt mich ein wenig, in dem Teil meines Herzens, der hinter Anton noch keinen Haken gesetzt hat, sondern lediglich einen Punkt.

Aller guten Dinge, mögen sie auch schlecht beginnen, sind drei, so sagt man. Glaubt man. Weiß man. *Punkt.*

Er hatte vermutlich Lampenfieber, und wer Lampenfieber hat, gehört nicht in die pralle Mittagssonne. *Punkt.*

Er kann besser Formeln lösen als Spannungen. Kann ableiten, nicht anleiten. Kann gut mit Daten, nicht mit Dates. *Punkt.*

Auf dem Single-Markt wimmelt es nur so vor Secondhandware, die schon den einen oder anderen Schaden davongetragen hat. Solange man die Flecken rauswaschen und die Löcher zuflicken kann, sollte man das Teil zumindest mal anprobieren. *Punkt.*

Anton hat allen anderen etwas voraus: Er ist Physiker, ein romantischer Realist. Er kennt die Geheimnisse der Sterne. *Punkt.*

Punkt, Punkt, Punkt …

Anton hat eine Fortsetzung verdient!

Ich lockere meine Nachricht, anders als er, mit Sonnenbrillen-, Lach- und Rotwerd-Smileys auf:

Hey, ja, ich fand es auch cool! Also, ich versuche im Alltag nicht allzu viel zu analysieren, manchmal passiert es automatisch. Wieso, hast du etwas bemerkt? Ich bin morgen auch in der Bibliothek, weiß nur nicht, wann und wo. Vielleicht muss ich an die PCs, das entscheide ich spontan.

Ich gebe weniger preis, schließlich bin ich nicht er, bin kein unbeschriebenes Blatt, das kariert ist und jedem ermöglicht, ohne Hilfsmittel allein anhand der Kästchen die Längen und Winkel abzumessen. Ich bin, wie die meisten im Dating Game, hier und da auch eine Playerin, eine, die spielt – nicht, um andere verlieren zu sehen, nein. Durch das Spiel möchte ich mich lediglich vor dem Ernstfall schützen: einem Ende als Abfall. Dating-Abfall, der im schlimmsten Fall nicht mal getrennt wird und gemeinsam mit dem Müll der Resterampe in der schwarzen Tonne landet.

Antons Folgenachricht:

Ja, ein bisschen habe ich das schon bemerkt. Wie lautet denn dein Bericht über mich? Ich habe morgen um siebzehn Uhr einen Arzttermin, das ist mir gerade erst eingefallen, vormittags muss ich ins Institut. Daher bin ich wohl doch erst übermorgen wieder in der Bibliothek. Wärst du dann auch da? Gute Nacht!

Ein Arzttermin. Die zweite Zahnbehandlung? Eine Augenkontrolle bei Papa? Vielleicht eine Sitzung beim Psychiater, der ihm erklären soll, wie man sich davor schützt, auf dem Analysestuhl zu landen?

Ich reagiere einen Tag lang nicht. Am übernächsten Tag kommt die nächste Nachricht:

Der Bericht (die Analyse) über mich scheint ja verheerend zu sein. Wie war dein Tag? Ist es sehr unangemessen, wenn ich dich trotzdem auf ein Getränk einlade (irgendwann, wenn es dir passt)?

Trotzdem? Trotz was? Trotz des Berichts (der Analyse), den ich über ihn erstellt haben soll? Wie kommt er überhaupt auf die Idee, mir neue Fragen zu stellen, bevor ich auf die alten geantwortet habe? Ich denke an unseren Spaziergang. An die Hitze, die unbequemen Schuhe, das Gespräch, das nicht in Fahrt kam, seinen halb tauben Mund, meine Genervtheit über das Gemurmel. Warum drängelt er, den nächsten Schritt zu gehen, wo wir uns doch beim letzten die Füße umgeknickt haben? Wie wäre es, sie erst mal stillzuhalten und den Dingen ihren natürlichen Lauf zu lassen? Okay, vielleicht übertreibe ich ein wenig.

Denn im Grunde probiert er einfach nur sein Glück. Das, was ich ihm ein bisschen übereilt in Aussicht gestellt habe. Kann man Hoffnungen, die man jemandem gemacht hat, wieder zurückverlangen? Am besten noch, ohne sich dafür rechtfertigen zu müssen? Oder ist das genauso ein Tabu wie mit Geschenken?

♥

Double Texting: Warum sind wir mal darüber empört und mal völlig einverstanden mit der Doppelinitiative?
Wenn wir ohnehin nicht ganz überzeugt sind vom Dating-Partner, ist die Schwelle, ihm den Stempel der Aufdringlichkeit aufzudrücken, deutlich niedriger. Der kleinste Fehltritt kann dazu führen, dass wir uns in unserer Unsicherheit bestätigt fühlen. Wenn uns hingegen jemand doubletextet, von dem wir begeistert sind, bewirkt dies eher eine Verdopplung unserer Freude, statt eine Halbierung unseres Interesses/Respekts.

Übrigens: Das nochmalige Anschreiben passiert jedem. Die Versuchung ist zu groß, immerhin müssen wir keine Brieftaube losschicken, sondern lediglich den Handy-Bildschirm berühren. Eine kleine Bewegung mit dem Ziel einer großen Erleichterung – nur dass diese oftmals ausbleibt. Sollte der/die andere die erste Nachricht ignoriert haben, wird er/sie auf die zweite in den seltensten Fällen auf die ersehnte Art antworten: „Sorry, ich hatte den Stress meines Lebens, gut, dass du dich meldest, ich wollte dich ohnehin fragen, ob wir uns am Wochenende treffen, würde mich freuen!"

Bevor wir doubletexten, sollten wir uns daher doppelt absichern: Für wen tue ich das? Für mich, da ich die fehlende Rückmeldung nur schwer ertrage, aus Angst, er/sie könne mich vergessen und vielleicht sogar abgeschrieben haben? Oder für den anderen, da ich ihm in seiner stressigen Lebenssituation entgegenkommen möchte und frei von Spannungen und Sorgen nachhake, für den Fall, dass meine Nachricht schlichtweg untergegangen ist?

♥

Ich schicke ihm als Antwort ein Feierabend-Selfie, auf dem ich mit einem Kumpel und einer Freundin zu sehen bin, darunter tippe ich „Liebe Grüße". Wir haben Weggetränke in der Hand, ein dickes Lächeln im Gesicht und den glitzernden Rhein im Rücken. Ein Foto mit widersprüchlichen Botschaften: *Ja, du kommst durch mit dem Druck des Double Texting, ich lasse dich an meinem Leben teilhaben* versus *Wie du siehst, bist du nicht Teil meines Lebens und hast, anders als die beiden, keinen Anspruch auf meine Zeit (und der Mann zu meiner Rechten ist weder mein Bruder noch mein Halbbruder, auch nicht mein Stiefbruder und schon gar nicht mein Cousin).*

Nach dem Absenden überkommt mich sofort das schlechte Gewissen: Eine knappe Abfuhr hätte es auch getan. Ein Gute-Laune-Foto, das ihm *seine* Laune verdirbt, das ist vorsätzlich gemein.

♥

Wann sind wir am stärksten gefährdet, im Dating Game ein wenig „sadistisch" zu werden?

Wenn wir frustriert darüber sind, dass die Dinge miserabel laufen und der/die andere nicht hält, was wir uns von ihm oder ihr versprochen haben. Dass diejenigen, die sofort **all in** sind und von denen wir **all in a second** haben könnten, oftmals nicht die sind, die wir wollen. Weil die ganze Sache nun mal etwas komplizierter ist. So kompliziert, dass wir uns hin und wieder fragen, ob unsere Lebenszeit abgelaufen sein wird, bevor wir den Dreh raus und den Code geknackt haben.

Je stärker einer von den All-in-Typen in dieser gespannten Situation Druck ausübt, desto kürzer wird unsere Lunte. In einem Moment gereizter Resignation kann es dann schon mal passieren, dass wir uns kurz gehen lassen und etwas Gemeines tun. Das erlauben wir uns natürlich nur, weil wir uns in einer überlegenen Position befinden, am oberen Ende eines Machtgefälles, das seinem überschwänglichen und unserem fraglichen Interesse geschuldet ist. Wir spüren, dass wir den Bogen bedenkenlos überspannen können, da es ein Leichtes wäre, die beleidigte Leberwurst wieder einzufangen und streichfähig zu machen für unser täglich Brot.

Als das Rot der Abenddämmerung den Himmel in einen Blickfang verwandelt, muss ich unwillkürlich an Physik denken, an Licht, das streut. Das rote Licht, das uns den Abend verschönert, ist deutlich energieärmer als das blaue – seine Intensität ist rund sechzehnmal so niedrig. Ich frage mich, ob ich mir tatsächlich einen Gefallen damit tue, die Sache mit Anton zu beenden – vielleicht kann die niedrige Intensität der Gefühle ja in einem ansehnlichen Resultat enden?

Vielleicht sollte ich aufhören, so konsequent auf den verfluchten Funken zu setzen, das karmische Klicken, die seltene Seelenverwandtschaft?

Vielleicht kann Liebe, die der Realität standhält, keiner Idee entspringen?

Ich greife wieder zum Handy und schicke einen Satz hinterher: „Und ja, klar, lass uns einfach noch mal die Tage schreiben und was vereinbaren."

Anton ist ein Guter, sage ich mir, und die Guten sind nun mal die Netten, die einem wenig übelnehmen. Die Berechenbaren, die selbst nichts berechnen. Die Langweiligen, die bereit sind, lange im Ungewissen zu verweilen. Die Anhänglichen, die uns hinterher nur selten nachhängen. Die Kämpfer, die wir frühzeitig als Verlierer abstempeln. Die Unerfahrenen, die von uns erfahren müssen, dass Liebe nicht immer rosa ist.

Uns. Wir. Wer soll das sein?

Wir, die Suchenden, die gefunden werden wollen und im Wilden Westen der Wegwerfgesellschaft unser eigenes Herz als Kopfgeld anbieten:

I WANT YOU!

Ich biete dir: mein Herz. Du wirst es brauchen.
Deins werde ich nämlich an mich reißen, und es ist unklar, ob du es lebend wieder zurückbekommst.
P.S. Rette sich, wer kann.

Anton rettet sich aber nicht. Mich rettet er im Grunde auch nicht vor dem Sommerloch, wie anfangs gehofft. Und ich? Ich rette ihn erst recht nicht. Warne ihn nicht einmal vor dem dünnen Dating-Eis, auf das er sich mitten im August begeben hat – und das, obwohl ich eine Mitschuld an dem brüchigen Boden unter seinen Füßen trage. Immerhin habe ich ihn angelächelt, ihn herbeigelächelt. Habe ihn hochgelächelt, auf Wolke vier oder fünf, ihn wachgelächelt, aus der Theorie seiner Bücher in die Tatsache meiner Bekanntschaft. Ich habe ihn mir zurechtgelächelt: vom Sitznachbarn ohne Sang und Klang zum Physiker mit Flair.

Anton

DAS GESETZ DER ANZIEHUNG

Der Handykontakt plätschert übers Wochenende so vor sich hin. Während ich beim schnellen Tippen schon mal hier und da einen Buchstabendreher einbaue oder mehrere kürzere Nachrichten hintereinander versende, sind seine fehlerfreien Texte wohlstrukturiert und kommen stets als längerer Brocken.

Als er schließlich fragt, wie es mit dem nächsten Treffen aussieht, schlage ich vor, an meinem freien Mittwoch gegen Mittag einen Happen an der Bibliothek zu essen.

Seine Antwort: „Dann lass uns das doch am Abend machen. Wir könnten gegen zwanzig Uhr irgendwo etwas essen oder trinken, ich hole dich gern in Uni-Nähe ab."

Ich, mit der kurzen Anton-Lunte: „Abends ist bei mir nicht möglich, daher hatte ich mittags vorgeschlagen. Aber dann schauen wir irgendwann. Viel Erfolg bei deinem Vortrag demnächst."

Er: „Danke. Klar, grundsätzlich können wir uns auch mittags sehen. Ich finde dich ziemlich cool und würde gerne Zeit mit dir verbringen. Seit unserem Spaziergang habe ich aber manchmal den Eindruck, dass es umgekehrt nicht so ist. Ich kann dich nach der kurzen Zeit nicht wirklich einschätzen. Bedeutet deine letzte Nachricht, dass du grundsätzlich kein Interesse hast?"

Seine Reaktion ist aufrichtig, nicht aufdringlich. Sie ist uneitel, nicht stolzlos. Berechtigt ist sie! Er hat die Lage gecheckt und möchte sich vergewissern, ob sie tatsächlich so schief ist, wie er annimmt. Ja, das ist sie. So schief wie ein Schiff, das im bekannten „Titanic"-Winkel im Ozean versinkt. Und er weiß auch, dass es kein Schlauchboot gibt für Passagiere aus der zweiten Dating-Klasse.

Dabei ist er erstklassig: gebildet, höflich, interessiert, aus gutem Hause, mit guten Absichten.

Ich bin diejenige, die untergehen sollte, gemeinsam mit den Kellerratten. Die im eisigen Wasser die „tausend Nadelstiche" am ganzen Körper spüren sollte, ein Stich für jeden tollen Typen, der es sein könnte und doch nie werden wird, weil ich so sehr damit beschäftigt bin, den Nachthimmel nach Sternschnuppen abzusuchen, dass ich den Eisberg übersehe, der zig gute Optionen untergehen lässt.

Ich tippe: *Hey. Ich sehe das Ganze ehrlich gesagt sehr locker und kann so schnell kein Feedback geben. Ich bin nicht auf der Suche nach einer Beziehung, eher nach interessanten und netten Kontakten. Deshalb dachte ich, wir könnten noch mal entspannt eine Snackpause einlegen. Bis die Tage.*

Meine Antwort enthält gleich drei Lügen: Erstens: Ich sehe die Dinge selten locker. Zweitens: Ich kann Feedback in

Sekundenschnelle geben. Und drittens: Nette Kontakte und entspannte Quatschereien sind nicht die ersehnten Gewinne im Dating Game.

Er antwortet: *Hey, ich sehe auch vieles locker und möchte in erster Linie auch nette und interessante Menschen kennenlernen. Wenn ich sage, dass ich gerne Zeit mit dir verbringe, bedeutet das nicht, dass ich eine Beziehung mit dir anstrebe. Ich erwarte kein Feedback. Wir können uns gerne vor der Bibliothek treffen, Mittwoch finde ich gut.*

Er hat seinen Ton geändert, ihn an meinen angepasst. Hat gecheckt, dass Klartext nicht zum Ziel führt, dass Ehrlichkeit nicht belohnt wird. Er spiegelt mich.

♥

Der andere kopiert plötzlich unseren Schreibstil – was steckt dahinter?

Die Technik des Spiegelns wird manchmal ganz bewusst eingesetzt: Wenn wir nicht wissen, woran wir beim anderen sind und wir uns insbesondere hinsichtlich der Kommunikation verunsichert fühlen, wird von einigen Dating-Experten empfohlen, sich in Bezug auf Ton, Länge und Inhalt der Nachricht am Schreibpartner zu orientieren, um auf Nummer sicher zu gehen. Das können wir machen, jedoch birgt diese Taktik auch Gefahren:

a) Es kann leicht passieren, dass eine überzogene Spiegel-Nachricht einen demonstrativen („Sieh her, ich bin jetzt genauso kalt wie du!") oder verzweifelten („Ich bin so ein verunsichertes Nervenbündel, dass ich dich kopiere, um mir ja nichts zu verbauen") Eindruck vermittelt.

b) Wir verheddern uns in einer „Spiegel-Spirale", sprich: Wir versenden Nachrichten, die stets darauf ausgerichtet sind, der Stimmung oder dem Nähe-Distanz-Bedürfnis des anderen gerecht zu werden. Je länger dieser Zustand anhält, desto unbefriedigender fühlt sich der Kontakt an, der zu unserem Bedauern an Authentizität und Tiefe eingebüßt hat.

Was sollen wir tun? Ja, Ehrlichkeit ist beim Dating nicht immer eine Tugend. Der andere könnte sich, je nachdem, an welchem Punkt er innerlich steht, auf unangenehme Weise berührt fühlen von unseren Gefühlsbekenntnissen, die ihm zudem die Verantwortung einer Reaktion oder Stellungnahme aufhalsen. Von daher kann es durchaus sinnvoll sein, sich gerade zu Beginn mit emotional aufgeladenen Nachrichten oder Forderungen nach einem Mehr an Zeit, Aufmerksamkeit sowie Verbindlichkeit ein wenig zurückzuhalten und den Dingen ihren Raum zu lassen, damit sie sich im berüchtigten Flow natürlich entwickeln können. Manchmal ist man tatsächlich nicht Herr beziehungsweise Frau seiner Sinne (Hormone, Anfangsstrohfeuer) – und im Nachhinein froh, dass man sein verknalltes Ich hier und da zurückgepfiffen hat. In verunsichernden Situationen der Anfangsphase kann das Spiegeln eine schnelle und unkomplizierte Lösung sein, die auf Dauer jedoch nichts taugt.

Wenn die Kommunikation des anderen uns über einen längeren Zeitraum Bauchschmerzen bereitet, ist ein klärendes Gespräch mit dem Austausch von Eindrücken und Absichten unumgänglich (das ungesunde Alternativszenario: Man schluckt und schluckt, bis einem speiübel ist).

Mittwochvormittag. Ich habe mich im zweiten Stock an meinem gewohnten Platz eingerichtet und stelle nach einer Weile fest, dass jemand in meinem Blickfeld sitzt, der irgendwie Unruhe verbreitet.

Es ist Anton.

Er starrt halbherzig auf sein Buch, den Kopf in die Hände gestützt, den Rucksack noch halb über der Schulter hängend, mit einem angewinkelten Bein, das permanent wippt.

Als ich zur Toilette gehe, mache ich einen kurzen Halt an seinem Tisch: „Hey, alles gut? Gerade gekommen?"

„Hey, ja genau, eben erst, schön, dich zu sehen." „Viel Erfolg beim Arbeiten!"

„Danke, danke!"

Ich laufe weiter und erhalte auf dem Weg ins Erdgeschoss eine WhatsApp-Nachricht: „Wann treffen wir uns später?"

„Ich muss noch ein paar Sachen schaffen", antworte ich. „Sagen wir um drei vor dem Eingang?"

Er startet einen letzten Versuch, den Zeitpunkt nach hinten zu verschieben: „Wir können auch achtzehn Uhr sagen, falls du mehr Zeit benötigst."

Die benötige ich tatsächlich, da ich mit meiner wachsenden To-do-Liste zu kämpfen habe. Draußen ist es ohnehin lange hell, sodass die Dating-Vibes der Dunkelheit uns auch um sechs noch erspart bleiben.

„Gut", schreibe ich, „sechs kommt mir gelegen."

„Super. Ich habe mir etwas überlegt: Ich würde dir gerne ein, zwei Texte von Bob Dylan zeigen und ein paar Bilder von meiner Heimatstadt. Vielleicht hast du auch Lust, mir Orte zu zeigen, die deine Kindheit geprägt haben. Bis später!"

„Danke, bin gespannt auf die Lyrics. Ich bin hier geboren und aufgewachsen. Übrigens bin ich später verabredet und müsste um 19:30 los, aber das passt ja!“

„Sollen wir dann doch um fünf aufbrechen?“

„Nein, achtzehn Uhr ist super!“

„Alles klar, ich muss gleich ins Institut und hole dich dann später ab!“

Als ich an meinen Platz zurückkehre, ist Anton verschwunden. Er war gefühlt 47,5 Minuten da. Vermutlich ist er nur gekommen, um unser Treffen zu fixen.

♥

Eine gute Vorbereitung …

… gewährt beim Dating ebenso wenig eine Erfolgsgarantie wie der letzte Sicherheitscheck, bevor man gemeinsam abhebt (oder abstürzt). Grundsätzlich ist es natürlich nie verkehrt, sich für etwas zu bemühen, das einem am Herzen liegt, aber berüchtigte Motivationssprüche wie „Harte Arbeit zahlt sich aus“ verlieren auf dem Gebiet der Gefühle ihre Gültigkeit.

♥

Es ist unübersehbar, dass Anton meine ent-datenden Nachrichten auf WhatsApp nicht ganz ernst genommen hat und sich lediglich auf dem Papier friendzonen ließ. Der Freundschaftsstempel steht zwar dick und fett in seinem Pass, ist aber keineswegs Teil seines Plans: Er überlegt eifrig, wie er das Einreiseverbot in meinen Kosmos und Körper umgehen kann.

Wir friendzonen den anderen, damit wir ihn unter dem Label „Freundschaft" in Ruhe abchecken können – worauf ist zu achten?

Fair ist das natürlich nicht. Aber manchmal geht es im Dating-Dschungel ganz primitiv zu: fressen oder gefressen werden. Mal stecken wir in der einen Rolle, mal in der anderen. Wichtig ist bei dieser Form des Friendzonens, die darauf abzielt, beim Kennenlernen Tempo und Druck rauszunehmen, das „Spiel" nicht allzu lange zu treiben. Insbesondere wenn der andere unsere freundschaftliche Nähe, die zwischen den Zeilen ja durchaus Raum für Zweideutigkeiten lässt, nur schwer erträgt. Vermutlich wird er Gegenteiliges behaupten und obendrein noch verlockende Angebote machen, um im Rennen zu bleiben (emotionaler Halt, spaßige Aktivitäten, Aufmerksamkeiten).

Klar: Jeder ist für sich selbst verantwortlich – in der Theorie. In der Praxis sollten wir einer Person, die sich aus Verlustangst unterordnet und in einer selbstwertschädigenden Jasager-Rolle verharrt, auch mal eine Entscheidung abnehmen und ihr damit weiteres Leid ersparen. Juristisch spricht man erst bei einem Vollrausch oder einer Psychose von „Unzurechnungsfähigkeit" – aber auch im Dating Game kann man aufgrund von Gefühlen, Sehnsüchten, Projektionen, Erfahrungen, Triggerpunkten etc. Dinge denken und tun, die man im Nachhinein mit dem klaren Menschenverstand nicht mehr nachvollziehen kann.

♥

Ich setze mich in meiner Pause mit einem Sandwich vom Kiosk auf einen Sitzstein vor der Bibliothekswiese und googele Antons Institutsseite, auf der er mit Bild und Projektbeschreibung aufgeführt ist: Ganz süß, ja, doch, er ist tatsächlich ein Süßer! Dann rufe ich noch mal den „warmblütigen" Doctor-Daddy auf, der einen ansehnlichen Schwiegervater abgeben würde, und schicke meiner kleinen Schwester ein Foto von ihm.

„Wer ist das?", schreibt sie.

„Der Vater vom Physiker. Potenzielles Familienmitglied."

„Der vom Bibliotheks-Physiker?"

„Genau."

„Ich dachte, der wäre nichts für dich."

„Sagt wer?"

„Du."

„Wann? Wie?"

„Indirekt. Durch deine Stimme, wenn du über ihn sprichst. Und deine Augen. Da ist kein Glanz."

„Kann sich doch alles noch entwickeln."

„Stimmt schon. Manchmal kommt es später, aber irgendwas muss dich catchen, sonst gibt das nichts. Da muss eine Basis sein."

„Eine Basis für Begeisterung?"

„Genau, ja!"

„Sein Physik-Zeug begeistert mich."

„Was genau daran?"

„Er hat das halt drauf."

„Und was noch?"

Ich antworte nicht.

„Wieso schickst du mir überhaupt ein Pic von seinem Vater? Zeig mir mal Anton, hat er Insta?"

„Nein, nur Facebook. Da sieht man aber nichts."

„Schwesterherz, du findest den Vater jetzt aber nicht interessanter als den Sohnemann, oder? :-P"

Ich stecke das Handy in die Tasche, stopfe mir den Sandwichrest in den Mund und gehe wieder rein.

18:00 Uhr. Anton erscheint wie zu einer gut vorbereiteten Prüfung. Er spricht laut und deutlich, stellt interessierte Fragen, hält Blickkontakt und übernimmt die Führung bei unserem spontanen Spaziergang durch die Studi-Meile, deren Läden mit Latin-Hits und Happy Hour den lauwarmen Sommerabend einstimmen.

Auf halber Strecke geht mir die Puste aus von den XXL-Themen, die er unbedingt durchkauen möchte – Kindheit, Musik, Job, Reisepläne. Er will nicht die anderthalb Stunden, die wir vereinbart haben, sondern neunzig Minuten, 5400 Sekunden, und jede davon soll etwas bedeuten. Das ist ziemlich viel, was er da will.

„Möchtest du dich irgendwo hinsetzen?", fragt er.

„Nein, danke, alles gut. Ich gehe gern nach dem langen Tag in der Bibliothek."

Er schneidet das nächste Thema an: „Wie planst du deine nächsten Jahre eigentlich? Du beendest die Assistenzzeit – und dann?"

Das reicht jetzt mit dem Ratgeber-Programm. Genug auswendig gelernte Fragen aus dem Kapitel „Wie halte ich das Gespräch am Laufen?" Es ist an der Zeit, die Lektüre zuzuschlagen und das Herz zu öffnen.

„Ich weiß noch nicht, was nach der Assi-Zeit ist, ob Praxis oder Klinik, das überlege ich, wenn es so weit ist."

„Mein Vater hat sich damals für die Praxis entschieden, für ihn war das die richtige Wahl."

„Als Selbstständiger ist er sicher sehr beschäftigt, oder?"

„Ja, schon."

„Habt ihr ein gutes Verhältnis?"

Anton nickt. „Wir haben immer viel zusammen unternommen."

„Ein besseres als zu deiner Mutter?

Er lächelt verwundert: „Du stellst interessante Fragen."

„Du darfst langweilig antworten."

„Zwischen mir und meiner Mutter ist alles in Ordnung. Aber mein Vater hat sich mehr um meinen Bruder und mich gekümmert."

„Trotz der Auslastung im Job?"

„Er ist ein Mensch, der vieles gleichzeitig schafft. Meine Mutter war öfter im Ausland zu Fortbildungen, sie ist Tanztherapeutin."

„Hat sie dir gefehlt?"

„Nein, das nicht."

Schweigen.

„Was hat dir dann gefehlt?"

Unser Schritt verliert an Tempo, während die Straßen sich im Sekundentakt füllen.

„Insgesamt?", fragt er. „Ich glaube nichts."

„Du verschweigst doch was."

„Nein, tue ich nicht."

„Dann vergisst du was."
„Was vergesse ich?"
„Das, was dir gefehlt hat."
„Mir hat nichts gefehlt. Ich war immer sehr glücklich."
Ich bleibe mitten auf dem Bürgersteig stehen: „Meinst du das ernst?"
„Ja."

♥

Warum bleiben manche beim Dating (vor allem zu Beginn) lieber an der Oberfläche?

a) Selbstschutz: Sie haben Sorge, sich Unbekannten zu öffnen und es im Nachhinein zu bereuen – wer weiß, was er/sie mit den Informationen anstellt? Die Frage ist berechtigt, aber durch allzu großes Misstrauen verspielen wir eventuell unsere Chance, emotionale Nähe aufzubauen und gehen das Risiko ein, im schnelllebigen Dating Game aufgrund der fehlenden Tiefe, die manch einer als fehlende Chemie interpretiert, aussortiert zu werden. Hier spielen Timing und Dosis die entscheidende Rolle: Nicht zu viel, ja, aber auch nicht zu spät!

b) Unsicherheit: Manche haben Angst, sich durch das Offenbaren bereits kleinster Schwächen unattraktiv zu machen. Sie glauben, sie müssten uns ein unbeflecktes Bild von sich präsentieren, damit wir bereit sind, die Wände unseres Herzens damit zu schmücken. Eine solche Denkweise deutet auf ein geringes Selbstwertgefühl und/oder auf ein Familiensystem mit unzureichender Thematisierung und Tolerierung von Problemen hin.

c) Fehlender Zugang/Vermeidung: Auch das gibt es. Er/sie befasst sich selten bis gar nicht mit dem eigenen Innenleben und kann daher auch schlecht darüber sprechen – als würde man ihn/sie nach seiner/ihrer Meinung über ein Buch fragen, das er/sie noch gar nicht gelesen hat. Manche haben auch Angst vor der Intensität und fehlenden Kontrollierbarkeit von Gefühlen und halten sich daher mehr oder weniger bewusst an der Oberfläche ihres Daseins auf (Job, Hobbys, Gruppentreffen). Das kann lange gut gehen, jedoch besteht die Gefahr, dass der Vermeider/die Vermeiderin irgendwann von seinen/ihren Emotionen auf destabilisierende Weise überflutet wird (im Rahmen von Verlusten und Trennungen, aber auch von positiven Erlebnissen wie die Geburt eines Kindes), da der existenziell wichtige Umgang mit dem Gefühlsleben zuvor nicht ausreichend erlernt beziehungsweise „geübt" wurde.

♥

Ich hake weiter nach: „Gab es nie mal ein Ereignis, das dich länger runtergezogen hat?"

„Nein."

„Oder eine Situation, in der du dich gefangen gefühlt hast, ohne zu wissen, wie du dich wieder befreien kannst? Das Gefühl, dass du mit niemandem reden kannst, obwohl du viel zu sagen hättest?"

Er schüttelt den Kopf mit einer übermütigen Überzeugung: „Es lief immer alles sehr glatt."

Ja. Alles bis auf unsere freundschaftlichen Dates. Nennen wir sie mal: *Fates.*

Was ist ein Fate?
Ein Fate ist nicht gleichzusetzen mit einem Treffen, das aufrichtig freundschaftlich gemeint ist. Es ist nichts Halbes, nichts Ganzes, sondern etwas, das je nach Lust und Laune des dominanteren Parts mal freundschaftliche und mal datige Züge annimmt.

Aus Angst vor einem Fate gibt es Leute, die das Kind direkt bei ihrem Wunschnamen nennen („Cool, freue mich auf unser DATE!"), damit die Schublade der Freundschaft rechtzeitig gesperrt wird. Gerade Männern wird von Coaches und Flirtexperten geraten, sich mit maskulinem Selbstbewusstsein dagegen zu wehren, als Schmusebär, digitaler Brieffreund oder emotionaler Mülleimer zu enden (mögliche Ausgänge des Fatings).

Wenn wir die Gunst des anderen nicht verlieren möchten, kann es jedoch schnell passieren, dass wir ein paar Fates über uns ergehen lassen, ohne einen Mucks von uns zu geben, in der Hoffnung, dass das F mit der Zeit durch ein D ersetzt wird. Ein Restrisiko bleibt. Aber das gibt es auch beim „puren" Dating.

♥

„So", sagt er. „Ich würde dir jetzt tatsächlich gerne ein Getränk ausgeben."

„Die Bars sind alle ziemlich voll, wäre es in Ordnung, wenn wir einfach weiterlaufen?"

„Dann holen wir was im Supermarkt, okay? Hier um die Ecke ist einer."

Er würde mich natürlich auch zur Cocktailbar ein paar

Meter weiter einladen, in der ein Drink so viel kostet wie der Stundenlohn des Barkeepers inklusive Trinkgeld. Ob nun Daiquiri oder Discountersaft: Anton wird nicht lockerlassen, ehe er mich eingeladen und dem Treffen damit Date-Stimmung verliehen hat.

♥

Der andere hat sich eine Menge Gedanken gemacht und möchte seinen Plan durchziehen – was tun, wenn fehlende Flexibilität das Flair ruiniert?

Dieses Phänomen tritt nicht nur beim Dating auf, manche Menschen brauchen für alles einen Plan: den Sonntagsausflug, das Feierabend-Workout, das kulinarische Wochenhighlight, Me-Time, We-Time, Tea-Time. Verwerflich ist das nicht, immerhin läuft das ganze Leben nach einem Plan ab, an den wir uns alle irgendwie halten, mal mehr und mal weniger streng. Ein Date im Vorfeld zu durchdenken, ist nicht verkehrt, eine Basic-Liste mit Dos und Don'ts macht sich ganz gut im Hinterkopf. Sollte der andere aber stur und starr seinen Fahrplan durchziehen wollen, der auch noch allem Anschein nach zur Endstation führt, ist es an uns, die Stimmung aufzulockern und ein wenig Schwung in sein Programm zu bringen, statt uns entnervt zurückzuziehen. Sollte er sich darauf nicht einlassen, können wir ihn durchaus auf seine fehlende Flexibilität ansprechen und darauf hoffen, dass Kommunikation den Knoten zum Platzen bringt. Aber auch das kann nach hinten losgehen. Lockerheit und Liebe haben eines gemeinsam: Sie lassen sich nicht erzwingen.

Am Kühlregal mit den Getränken kippt die Situation plötzlich – die Agenda, an die Anton sich bis hierhin strikt gehalten hat, schützt ihn nicht vor einem Aussetzer.

„Was möchtest du trinken?", nuschelt er.

„Eine Apfelschorle."

Er öffnet das Kühlregal mit zittriger Hand, greift nach der Plastikflasche, hält sie mir hin, ohne mich anzusehen. „Möchtest du sonst noch etwas?"

Ich schüttle den Kopf.

„Ich zahle das, okay?", sagt er mit schwindender Stimme. Als wäre das sein letzter Trumpf. Die letzte Chance, das Fate in die Date-Form umzumünzen.

„Das musst du nicht! Was trinkst *du* überhaupt?"

Er schaut kurz um sich und sackt mit den Schultern ein Stück nach vorn: „Ich glaube, ich nehme ein stilles Wasser."

Ich stelle mich fürs Bezahlen an die leere Selbstbedienungskasse, da ich Sorge habe, er könne in der Feierabendschlange mit der Kassiererin kollabieren.

„Das habe ich noch nie gemacht", sagt er mit abgeschwächter Mimik.

„Dann gib mir dein Wasser, ich mache das."

„Nein, nein. Das kriege ich hin."

Er lässt sich durch das selbsterklärende Programm leiten, zahlt mit seiner EC-Karte.

„Du musst beim Rausgehen den Barcode auf dem Kassenbon an den Scanner halten, damit die Tür sich öffnet", sage ich.

„Wie? Ich verstehe nicht ganz."

„Warte, gib her."

„O, das sieht interessant aus.“

„Beim ersten Mal war ich auch begeistert vom Fortschritt der Technik.“

Draußen öffnen wir unsere Getränke und gehen ein paar Schritte im Schneckentempo, damit er sich von der Discounter-Panik erholen kann.

„Ist alles in Ordnung?“, frage ich.

Er müht sich ein Lächeln ab: „Ja, alles gut.“

Wir steuern wieder die Hauptstraße an und setzen unseren großstädtischen Abendmarsch fort.

„Wenn es dir immer gut geht“, sage ich, „erwartest du dann, dass das bei anderen auch so läuft?“

„Meinst du bei dir?“

„Ja, zum Beispiel.“

„Ich schätze dich als einen sehr fröhlichen Menschen ein.“

„Das ist vermutlich als Kompliment gemeint. Danke. Aber es wäre gelogen zu behaupten, dass ich nie traurig bin. Jeder ist mal traurig.“

„Bei dir kann ich mir das aber nicht vorstellen.“

„Wieso nicht?“

„Das passt nicht.“

Bingo. Volltreffer. Tor. Korb. Ring, ring, ring. Der Jackpot ist geknackt. Und er ist leer.

Das passt nicht.

Nichts von alledem. Ich passe nicht zu ihm, er nicht zu mir, wir nicht zu diesem Gespräch, dieses Gespräch nicht zu dieser Partymeile, diese Partymeile nicht zu uns.

„Wollen wir umkehren?“, frage ich.

„Haben wir schon halb acht?“

„Nein, aber ich bin müde."

„Wovon bist du müde?"

Die erste Frage aus seinem Mund, die mich bewegt. Und die einzige, auf die ich nicht antworte.

Als wir vor der Bibliothek stehen, fragt er, ob ich am Wochenende wiederkomme. Ja, antworte ich, am Sonntag: „Ich muss ein Thema für unsere Psych-Fortbildung vorbereiten, das wird stressig. Auf Pausen werde ich dann verzichten."

„Verstehe. Dann muss ich dir jetzt noch die Bob-Dylan-Lyrics zeigen. Zu dem Song ‚Sara'. Hier, ich gebe dir meine Kopfhörer, dann kannst du beim Lesen gleich mithören."

Bitte nicht.

Wir setzen uns auf eine Bank, ich stopfe mir die Kopfhörer ins Ohr, er ruft den Text auf seinem kleinen Handybildschirm auf. Na gut, denke ich, alles hat einen ordentlichen Abschluss verdient. Los geht's. Die Töne hämmern lautstark auf mein Trommelfell ein, die Worte kämpfen um den letzten freien Platz in meinem Schädel. Das mag ein großer Song sein, ein mächtiger Text, aber ich bin nicht mehr zugänglich, weder für Anton noch für Bob und schon gar nicht für Sara.

„Wer ist sie überhaupt?", frage ich, als die Geiselnahme meiner Ohren nach vier Minuten endet.

„Seine Ex-Frau. Er wollte sie mit dem Song zurückgewinnen."

Ich schaue ihn an: „Und?"

„Hat leider nicht geklappt. Sie sind geschieden. Auch Bob Dylan bekommt nicht immer, was er will." Sein amüsiertes Lächeln steckt mich an.

„Liebeskummer ist wohl wie der Tod“, sage ich. „Keiner bleibt verschont.“

Auf dem Heimweg stelle ich fest, dass Antons Expertise zum Liebesdrama von Bob Dylan mich irgendwie erheitert. Auch wenn die Physikstunde nun ein für alle Mal vorbei ist und wir beide haushoch durchgefallen sind – bekommen hat keiner von uns die Punkte, die er wollte –, bin ich von seiner Sara-Seite positiv überrascht. Positiv überrascht zu werden fühlt sich an, als würde jemand uns auf angenehme Weise vor Augen führen, dass der Versuch, alles zu verstehen, ins Leere läuft. Dass man Zeit und Raum zwar berechnen, sie aber nicht ihrer Magie berauben kann.

Es ist, als würde das Leben uns mit einem Lächeln darauf hinweisen, dass wir niemals am längeren Hebel sitzen werden, ganz gleich, wie viele davon wir in Bewegung setzen.

Gegen acht sitze ich bei einer spontanen Grillfeier mit ein paar alten Schulfreunden im Garten und möchte mir eine vitaminreiche Paprika durch einen Knoblauchdip schmackhaft machen, als mein Handy vibriert:

Viel Spaß heute Abend mit deiner Verabredung! Du bist ein interessanter Mensch, und ich hoffe, wir werden weitere gemeinsame Gespräche haben. Ich schicke dir gleich den Beitrag eines Professors, den ich mal live gehört habe – er verbindet die Musik mit der Physik und findet dabei sehr schöne Worte.

„Wer ist das?", fragt eine gute Freundin, die sich neben mich gesetzt hat.

Ich beiße ein Stück von der gepimpten Paprika ab und spüle das Ganze mit einem Glas Cola Light runter: „Ich weiß gerade nicht, wie ich dir diese Frage beantworten soll."

„Der scheint ja echt interessiert zu sein. Schreibe ihm doch nett. Wo findet man noch Männer, die einem solche Beiträge schicken?"

Ich schaue sie an, nicke mechanisch.

Sie schiebt sich einen Löffel Nudelsalat in den Mund, schluckt, denkt nach, schluckt erneut: „Oh nein", sagt sie mitleidig grinsend. „Der Arme."

„Wieso?"

„Du willst nicht."

„Na und? Dann will ich halt nicht. Alles wieder für die Katz, ich bin auch arm!"

„Nein, bist du nicht."

Ich tippe eine Antwort:

*Aus der Verabredung wurde eine kleine Grillparty. Danke für dein nettes Kompliment! Ich finde sehr cool, was du schon alles erreicht hast und noch vorhast. Du wirst mit deiner Arbeit ganz bestimmt einen sinnvollen Beitrag leisten! *Daumen-hoch-Emoji**

Meine Freundin, die alles mitgelesen hat, lacht jetzt halb amüsiert, halb entsetzt: „Oh Gott."

Antons Antwort kommt prompt:

Mal sehen … Wie ist die Feier?

Ich schicke ihm ein Foto, eine Spontanaufnahme, die zwei gut gelaunte Typen am Grill zeigt, daneben eine weitere Freundin, die ordentlich aufgedreht hat und fürs Foto ihr Gin-Tonic-Glas in die Luft streckt.

Die Message hinter der Message: Let it go.

Anton, zwei Stunden später:

Bei welcher Freundin ist das? Was machst du morgen? Ich habe beschlossen, übers Wochenende zu meinen Eltern zu fahren, mich ein wenig zu entspannen und gut zu essen.

Meine Freundin: „Er braucht bestimmt die Zuwendung seiner Familie, nachdem du ihn so destabilisiert hast."

Ich zur Freundin: „Glaub ich nicht. Und selbst wenn: Jemand, der nach zwei Spaziergängen instabil wird, der war nie sonderlich stabil."

Meine Freundin: „Geht ja nicht nur um die Nettozeit der Spaziergänge. Geht ja auch ums Drumherum."

Ich zu Anton:

Bei einem Freund ist das, aus der Schulzeit, wir sind noch hier. Schön, deine Eltern werden sich bestimmt freuen!

Anton:

Machst du immer so regelmäßig was mit Freunden aus der Schulzeit? Sehen wir uns denn nächste Woche wieder? Ich habe übrigens noch eine Frage. Du hast mal erzählt, dass du gerne schreibst, vor allem über Menschen. Was genau schreibst du denn über sie?

Meine Freundin: „Ich finde ihn wirklich nicht schlecht!"
Ich zur Freundin: „Du kannst ihn haben."
Anton, der wieder doubletextet:

Was machst du am Samstag?

Ich zu Anton:

*Ich werde die nächste Zeit ziemlich gestresst sein. Falls du nichts von mir hörst, liegt das nicht an dir. Ich werde den Kontakt schlecht halten können, mein Kopf ist zu voll. Ich wünsche dir viel Erfolg bei deinem Projekt. *Kleeblatt-Emoji**

Ich schiebe den Chat in den Archivordner, stecke das Handy in die Tasche und gehe an den Gastgeber-Kühlschrank, um nach zuckerhaltiger Nervennahrung zu suchen.

♥

Die Freundin rät, dem Good Guy noch eine Chance zu geben – hat sie womöglich recht?
Nein. Jedoch hat sie ein Anrecht, das Beste für uns zu wollen. Wir alle haben sicher schon mal miterlebt, wie eine geliebte Person geradewegs in die Arme eines ungeeigneten Partners gelaufen ist und sich in einem Netz aus Abhängigkeit/

Überanpassung/Trigger/Toxizität verfangen hat, bis hin zu dem Punkt, dass wir uns von ihrem alten Ich über die Dauer der Beziehung verabschieden mussten. Trotzdem sollte man niemandem dazu raten, jemanden zu wählen, nur weil er neben den anderen „Übeltätern" ganz gut abschneidet. Wer Negativerfahrungen als Ausgangsposition für die Partnerwahl nimmt, stellt der Liebe quasi ein Beinchen und hindert sie daran, ihren Weg zu uns zu finden.

♥

Antons Abschiedstext:

Hey, danke für deine Nachricht. Ich hoffe, dein Stress hat keine schlimmen Gründe und geht bald vorüber. Wenn ich eine Person mag, will ich auch gern viel Zeit mit ihr verbringen. Das ist vielleicht ein bisschen schwach von mir. Entschuldige, falls ich zu oft nach einem Treffen gefragt habe oder ein paar Minuten mehr mit dir verbringen wollte. Ich hatte keine Erwartungen. Das hätte ich letztes Mal betonen sollen. Manchmal war ich auch etwas nervös. Ich hatte den Eindruck, dass wir uns gut verstehen und uns viel zu sagen haben. Gleichzeitig hatte ich den Eindruck, von deiner Seite aus könnte es die letzte Begegnung gewesen sein und ich bin dir ziemlich egal.

Ich wünsche dir alles Gute, und vielleicht begegnen wir uns irgendwann in ruhigeren Zeiten wieder.

Er ist ehrlich. Höflich. Respektvoll. Einen Hauch depri zwischen den Zeilen. Ob er das als „traurig" verbucht? Er, dem es seiner Ansicht nach immer gut geht? Den es nie hart erwischt? Der weder sich selbst noch mir zutraut, mal richtig down zu sein?

♥

Wie ist das möglich: Der andere ist auf uns fixiert, obwohl gefühlt nichts vorgefallen ist?
Wir können bereits auf eine Idee fixiert sein (in diesem Fall: die Idee vom Zusammenkommen), und wenn die Realität dann auch noch den leisesten Anlass bietet zu glauben, die Idee sei umsetzbar, kann es passieren, dass wir Feuer und Flamme sind, bevor der andere überhaupt das Streichholz gezündet hat. Die Gefahr: Wir verbrennen. Allein.

♥

Als ich am besagten Sonntag in die Bibliothek gehe, mache ich mich bereits auf dem Hinweg auf eine Begegnung mit Anton gefasst. Doch Anton ist nicht da, auch nicht am Mittwoch darauf – weder er noch sein Schatten.

Anton ade.

Als ich ihn einen Monat später noch immer nicht angetroffen habe – und das, obwohl er zu den treuen Bibliotheksbesuchern gehörte –, fahnde ich in jedem einzelnen Saal nach ihm. Er ist wie vom Erdboden verschluckt. Na ja, nicht ganz: Vom schwarzen Sommerloch wurde er verschluckt. Von jenem, das er für mich stopfen wollte. Er hat es nicht gestopft. Er ist hineingefallen. Und ich? Sitze am Rande des Lochs, lasse die Beine baumeln und blicke in sein Innerstes, während mir warme Winde ins Gesicht wehen, mit dem Geruch von Gräsergrün und Blumenbunt – Winde, die bald schon abkühlen und nach Herbstlaub riechen.

Es genügt vorerst, nicht kopfüber reinzustürzen, denke ich, stopfen muss ich es nicht.

Nicht zu diesem Preis.

Ich sehe Anton nie wieder.

Daniel

BABYWOLF OF WALLSTREET

Die Dramaqueen hat auf dem Thron der Theatralik einen ernstzunehmenden Konkurrenten bekommen: den Dramaking. Männer stehen Frauen mittlerweile in nichts nach, was bühnenreife Darbietungen im Dating-Leben angeht. Zum falschen Zeitpunkt kann das ziemlich nervig sein. Aber nach einer Reihe langweiliger Begegnungen, die weder unseren Puls noch unsere Hoffnungen in die Höhe treiben, uns weder catchen noch vom Alltagstrott befreien, sind wir besonders empfänglich für Menschen, die ein bisschen weniger berechenbar sind und Leben in die Liebesbude bringen – solange das nicht auf unsere Kosten geschieht.

Wir haben Spätherbst. Der Summer of (unfulfilled) Love in der Bibliothek ist passé. Aus der Flirtbörse ist wieder eine Arbeitsstätte geworden. Ich sitze an einem Freitagabend gegen neun mit einer alten Studienfreundin auf der Couch, im Hintergrund läuft der letzte Netflix-Schrei, irgendwas

Spanisches, das von freizügigen Hauptdarstellern mit dunklen Haaren und giftgrünen Augen lebt. Meine Freundin und ich beschließen, uns mal wieder Tinder zu installieren (auch sie steckt in einer On-Off-Beziehung mit der App), laden die üblichen Schnappschüsse hoch, die betören sollen, ohne zu bedrängen –, quatschen und swipen, als würden wir nebenher Fernsehkanäle wechseln, auf der Suche nach einem guten Film, den man nicht schon viermal gesehen hat.

„Ah", sage ich. „Der mit dem Saxofon im Profil hat gematcht. Daniel heißt der."

„Zeig her. Okay, interessant. Aber er sieht so ..."

„So was?"

„Er muss *dir* gefallen", sagt sie, „nicht mir!"

Ich klicke noch mal durch seine Fotos: ein Typ mit Kurzhaarschnitt und Urlaubsteint. Nicht affektiert und doch etwas unsicher dreinblickend, als würde er fremdeln mit der Tinder-App – irgendwie süß! Bis auf das eine Foto, auf dem er seinen Oberkörper präsentiert, ein kleiner Aussetzer, der nicht zum Rest passt – aber gut, die Spanier machen bei Netflix nichts anderes. *Sex sells* ist mindestens so alt wie *Du sollst nicht lügen*.

„Er schaut irgendwie aus wie ein Bubi in der Dorfdisco", haut meine Freundin doch noch raus, „der denkt, er habe mehr Stil als die anderen, weil er Markensachen trägt."

„Trägt er die denn?"

„Guck doch mal richtig hin, auf seine Kleidung ist entweder ein Pferd oder ein Krokodil oder ein Adler gedruckt, und zwar so, dass man es auch sieht."

„Was war noch mal der Adler?"

„Armani."

„Ah, stimmt."

„Soll er woanders punkten mit seinen Polohemdchen."

„Und das Saxofon? Sieht aus, als wäre er musikalisch."

„Ich glaube nicht, dass er über *Pink-Panther*-Musik hinauskommt. Der wird versuchen, dich mit ein paar Einladungen einzulullen und schnell merken, dass du nicht käuflich bist."

♥

Warum neigen Freundinnen beim gemeinsamen Tindern zu verbalen Gemeinheiten?

Man hockt zusammen, wischt und witzelt, likt und lacht – und schießt nach Lust und Laune Giftpfeile unter der Gürtellinie ab. Gerade nach einer Reihe an Nieten im Netz, die vom Small Talk zum Sexting jumpen, vom Spamming zum Ghosting, von Fun zu Fake, können wir die Welt des Online-Datings nicht mehr ernst nehmen. Männer wie Frauen, die uns im Wisch-Wirrwarr angezeigt werden, sind für uns nach zahlreichen Copy-and-paste-Begrüßungstexten, nach belanglosem Geplauder und Sexanfragen erst einmal Bilder. Es fällt uns schwer, eine reale Person hinter dem Profil zu erspüren. Nach einem netten Chat kann sich das natürlich in Sekundenschnelle ändern.

♥

Eine halbe Stunde und hundert weggewischte Fotos später schreibe ich Daniel doch und frage zum Einstieg, was er auf dem dritten Foto spielt.

Er antwortet rasch: „Was von Grieg, glaube ich."

„Auf dem Saxofon?“

„Ja, kennst du Peter Lehel?“

„Nein.“

„Deutscher Jazzmusiker. Der hat klassische Werke fürs Sax umgeschrieben. Hammer gemacht!“

„Cool“, antworte ich. „Werde gleich mal reinhören! Und was spielst du sonst?“

„Am liebsten Jazz. Und du machst auch Musik?“

„Ja, hobbymäßig. Klavier.“

„Was hast du zuletzt geübt?“

„Rate mal.“

„Tipp?“

„Seine Stücke gehen alle auf Gottes Konto.“

„Ah, JS Bach. Und sonst?“

„Alles, was nicht nach feucht-fröhlichem Gehüpfe klingt.“

„Ja, ich stehe auch nicht so auf Dur.“

„Der scheint ja doch ganz ordentlich zu sein“, sagt meine Freundin, die ein wenig mitliest. „Ich finde, du solltest ihn treffen“

„Und was ist mit dem Armani-Affen in der Partyscheune?“

Meine Freundin, plötzlich ganz gütig: „Vielleicht will er mit der Kleidung einfach nur ein bisschen auffallen, weil er sich optisch eher im Mittelfeld bewegt.“

„Du findest ihn also unattraktiv?“

„Ich will da jetzt nicht oberflächlich sein, nur weil er kein übermännlicher Riese mit Bart ist.“

„Tinder und Tiefsinn widersprechen sich sowieso.“

„Aber ich bin eigentlich nicht so – und du eigentlich auch nicht.“

Ja. Eigentlich wollten wir auch nicht, dass die Arktis schmilzt und Narzissmus zum Alltagsproblem wird.

♥

Optik: Tabu- und doch Topthema. Sind wir oberflächliche Monster?
Schönheit. Ein Thema für sich. Eins, bei dem viele Hü sagen („Ich bin nicht oberflächlich!") und Hott denken („Unter eins achtzig geht gar nichts"; „Bei den schmalen Schultern sieht der Kopf so riesig aus"; „Er hat kaum Lippen, was soll ich da küssen?").

Einerseits ist es tabuisiert, jemanden aus optischen Gründen zu favorisieren, andererseits sind viele geradezu davon besessen, ein Highlight aus ihrer Hülle zu machen. So wird gepredigt, dass Schönheit von innen kommt, während die Anzahl an Insta-Accounts beider Geschlechter mit bearbeiteten Modelfotos in die Höhe schnellt, als wäre das Leben ein Laufsteg. Gewürdigt werden die Alltagshelden in Sozialberufen, die ideologischen Whistleblower, die zukunftsbewussten Klimakämpfer, doch zugleich wird Schönheit gekauft in Form von Kosmetikkästen und Bio-Tuben, von Botox- und Hyaluronspritzen, von Lasergeräten und Silikonkissen. Es ist wohl, wie es ist: Das Hirn denkt mit, das Auge **isst** mit.

♥

Daniel und ich wechseln auf WhatsApp und verabreden uns für Mittwoch, an meinem freien Tag. Als Treffpunkt wähle ich einen städtischen Musikraum, den man für ein paar Euro die Stunde mieten kann.

„Das passt gut", schreibt er. „Ich habe am Mittwochvormittag einen Termin im Zentrum und danach ein bisschen Leerlauf, bevor ich in die Firma fahre. Wäre dir zehn Uhr zu früh?"

„Musik am Morgen, nicht der übliche Tinder-Terror. Hundertmal Like."

„Mal sehen, ob du mich auch noch likst, wenn du mich live spielen hörst. Bin ja jetzt schon nervös."

Meine Freundin, die beim Wischen einen besonders wankelmütigen Daumen hat, ist erstaunt darüber, wie schnell Daniel sich den Weg in die kommende Woche geebnet hat, zu einem Ort, an dem man mit einem Fünkchen Glück und einem tollen Stück auch offline matchen könnte.

Am nächsten Tag kratze ich auf Facebook, LinkedIn, Insta und YouTube alles zusammen, was ich finden kann, um mir ein Bild von der neuen Bekanntschaft zu machen: Er hat im Ausland einen Bachelor of Business Administration absolviert und im Anschluss einen Master begonnen, den er jedoch abgebrochen hat. Gemeinsam mit seinem älteren Bruder betreibt er einen erfolgreichen Onlineshop, der zweifach ausgezeichnet wurde.

Meine Schwester weist mich am Abend vor dem Treffen darauf hin, dass mir der entscheidende Punkt bei meiner digitalen Detektivarbeit entgangen ist: „Manchmal bist du aber auch mit Absicht blind", schreibt sie und schickt ein Foto von ihm und einer Brünetten mit Brille und Pixie Cut, die sich im ockerfarbenen Trainingsanzug an seine Brust kuschelt. Ein anderthalb Jahre altes Foto, das meine Schwester mit einem Pfeil markiert hat, der auf seinen Ringfinger zeigt … an dem auch tatsächlich ein Ring steckt: „Married man?"

Ich: „Mann mit Mode-Accessoire?"

Sie: „Frag ihn vor dem Treffen!"

Die Gelegenheit ergibt sich von ganz allein, als Daniel, der scheinbar eine Leiche im Keller hat, später am Abend kaum glauben kann, dass meiner ausgemistet und sauber ist: „Du bist total der Top-Fang", sagt er in einer Sprachnachricht. „Hast du vielleicht Kinder? Oder einen kriminellen Ex? Wo ist der Haken?"

„Habe ich alles nicht. Warst du schon mal verheiratet?"

Er nimmt etwas auf, bricht es ab, nimmt wieder auf, tippt jetzt plötzlich und spuckt am Ende zwei Sätze aus: „Mir war klar, dass du im Netz Fotos mit Ring finden könntest. Ist aber alles schon lange her."

„Wie lange?"

„Das offizielle Trennungsjahr ist vorbei, der Scheidungstermin steht."

„Du bist also noch verheiratet."

„Nur auf dem Papier."

Nur. Nur in Brautkleid und Smoking, nur im Ballsaal mit Band, nur mit Tränen und Trauring, nur mit Flitterwochen und Finanzvorteil, nur mit Familie und Freunden.

Nur mit dem Schwur der Liebe.

Wieder eine Sprachnachricht: „Ich weiß bis heute nicht, warum ich das gemacht habe. Ich dachte, das müsste so laufen: Man wird ein Paar, zieht zusammen und heiratet."

Und weiter: „Bin ich jetzt ein beschriebenes Blatt?"

Eins, das man zerreißen sollte?

Dann der letzte Dolchstoß ins Herz seiner Heirat: „Beruhigt es dich, wenn ich sage, dass das Ganze nicht kirchlich war? Dass wir nichts vor Gott geschworen haben?"

„Ein bisschen. Habt ihr Kinder?"

„Nein!"

„Einen gemeinsamen Hund?"

„Auch nicht."

„Versicherst du mir, dass du mich da nirgendwo mit reinziehst?"

„Ich ziehe dich höchstens in meinen Bann :-P."

„Und du bist über die Beziehung hinweg?"

„… und von dir hin und weg :-P."

„Ich lach mich tot."

„Bitte nicht. Ich muss dich morgen sehen. Sonst bin ich derjenige, der stirbt."

„Du kannst wohl gut mit Worten."

„Ein Kompliment! Das heißt, ich bin über den Berg."

„Halb."

„Ich halte bis morgen besser die Klappe, um nichts zu versauen."

♥

Der andere hat in seinem Profil noch ungelöschte Pärchenfotos. Red Flag oder Social-Media-Müll?

Wir beobachten immer häufiger, dass insbesondere Nutzer*innen der Plattform Facebook den veralteten Beziehungsstatus inklusive Fotos mit dem Ex oder der Ex unberührt in den Weiten und Tiefen ihres Profils versauern lassen. Bei Instagram hat man da schon eher ein Auge auf Aktualität und achtet drauf, die Spuren beendeter Beziehungen aus den Beiträgen zu entfernen.

Geizt ein internetaktiver Partner zweimal in Folge mit einem Like, ist davon auszugehen, dass Ärger herrscht im Paradies. Sollten Pärchenfotos verschwinden und/oder gehäuft Statusmeldungen à la Girl's Night oder Männerabende auftauchen, ist die Trennung für die Follower in Stein gemeißelt, beim ein- oder beidseitigen Entfolgen ist sogar von Lug und Betrug auszugehen.

Gerade auf Tinder sind laut Statistiken und Erfahrungsberichten genügend Liierte unterwegs, die auf der Suche nach Spaß, Anerkennung oder einer Dating-Partie zum „Durchbrennen" sind.

Die häufigsten Leichen, die wir im Social-Media-Keller des anderen antreffen:

a) Die Ex-Affäre mit dem vermeintlichen Dachschaden, die „einfach nicht loslassen kann" und aus Eifersucht Lügen verbreitet. („Sollte sie dich adden, nimm am besten nicht an! Nein, wir waren nie ein Paar, der gemeinsame Urlaub war nur zum Durchschnaufen, ich musste mal raus. Ich verstehe auch nicht, warum sie ständig Kontakt sucht und die Fotos aus Mauritius nicht rauslöscht.")

b) Die Partnerin, mit der er „auf dem Papier" noch liiert ist. „Wir sind im Grunde schon seit Monaten getrennt, haben keinen Sex, nehmen das Wort „Liebe" nicht in den Mund. Das Problem ist nur die gemeinsame Wohnung, der gezahlte Sommerurlaub, die OP des Hundes, die bald ansteht. Ich benötige ein bisschen Zeit."

c) Die Hauptfrau, deren Platz als Hausherrin und künftige Mutter seiner Kinder unstrittig ist – was aber nicht bedeutet, dass der Sonnenkönig sein Herz als besetzt ansieht und keine Freude daran hätte, es an eine würdige Maitresse zu verschenken: „Meine Freundin tut hier nichts zur Sache. Was zwischen dir und mir passiert, läuft auf einer ganz anderen Ebene, die niemand außer uns verstehen kann. Das Körperliche steht für mich nicht mal im Vordergrund, das ist nur das i-Tüpfelchen."

♥

Mittwochmorgens. Ich bin schon ein paar Minuten früher in dem Musikraum mit Ausblick auf die Einkaufsmeile, drehe die Heizungen hoch, wärme meine Hände auf und bin positiv überrascht, als Daniel nach einem höflichen Klopfen auf die Minute genau das Studio betritt.

Meine Begrüßungsworte: „Du siehst haargenau so aus wie auf den Bildern. Das ist, als würde dein Tinder-Profil durch die Tür spazieren."

Wir umarmen uns, er riecht nach einem würzig-holzigen Duft, den man erfolgreichen Familienvätern unter vierzig schenken würde.

„Macht ja auch keinen Sinn zu faken", sagt er. „Fliegt ja sowieso auf, oder?"

Sein Gesicht ist eins, das schnell Vertrauen weckt, da man es gefühlt an jeder Ecke sieht und daher irgendwie zu kennen glaubt. Er nimmt den Saxofonkoffer von der Schulter, zieht den Mantel aus.

„Wie viel hat die Raummiete gekostet?", fragt er. „Ich

zahle das natürlich."

„Alles gut."

„Nein, ich übernehme das. Wie viel?"

„Ich werde es überleben."

„Okay, dann lad ich dich ein. Frühstück, Mittag, Wein – was du willst."

„Kriegen wir schon hin."

Ich blicke auf seinen nackten Ringfinger, an dem bis vor über einem Jahr noch das kreisrunde Bekenntnis einer Liebe gesteckt hat, die anscheinend ernst gemeint war. Es muss ja doch viel passieren, bis man Haus und Hof miteinander teilt, sich das Jawort gibt und hinter das Fragezeichen der Freiheit ein dickes Nein setzt.

Die Stunde im überheizten Raum schmilzt dahin: Wir quatschen und spielen, er auf dem Saxofon, ich auf dem Flügel, zeigen uns Noten und YouTube-Videos von Komponisten und Interpreten. Was mir besonders gefällt: Wir lassen die Small-Talk-Sülzerei von Sekunde eins an beiseite und sprechen aus, was uns in den Sinn kommt, ohne Förmlichkeitsfilter, ohne Zensuren. Unser Ton hat mal etwas von zutraulich zankenden Geschwistern, mal von einem eingespielten Ehepaar und dann wieder von verbissenen Konkurrenten, die sich abwechselnd an die Gurgel und die Wäsche wollen.

Am Ende sitze ich quer im Couchsessel und lasse die gestiefelten Beine über der Lehne baumeln, während ich in einem Veranstaltungsmagazin blättere, das auf dem Flügel lag. Daniel steht am Fenster, das Saxofon in der einen Hand, sein Tablet in der anderen, mit Blick auf die ergraute Großstadt. Richtig datig ist die Stimmung nicht, ganz undatig aber auch nicht. Es fühlt sich an, als würde man mit einem Kumpel abhängen, der sich ab 0,5 Promille und neunzehn Uhr aufwärts auch in „mehr“ verwandeln könnte.

Wir verlassen den Raum und schlendern durch das Stadtzentrum, das sich kurz vor Eröffnung der Weihnachtssaison befindet. Erste Geschäfte schmücken ihre Schaufenster bereits mit einem Hauch Glitzer, während der eine oder andere Kellner das Wort „Glühwein“ an die Kreidetafel kritzelt.

„Halb zwölf“, sagt er. „Sollen wir in ein Café?“

„Ja, gern, am Rhein sind ein paar schöne.“

„Ich habe in der Nähe vom Museum geparkt, gibt sicher ein Knöllchen, aber solange mich niemand abschleppt, ist alles gut.“

„Was hältst du eigentlich von Hybridautos?“, frage ich. „Mein Vater liegt mir damit in den Ohren.“

„Viel! Ich fahre eins von BMW. Davor hatte ich einen Porsche. War eine protzige Nummer. Die Farbe verrate ich dir besser nicht.“

„Gelb?“

„So ähnlich. Hast du mittwochs eigentlich immer frei?“

„Genau. Und du? Ist deine Arbeit stressig?“

„Ja, aber das geht schon. Was mich gerade ordentlich auf Trab hält, ist die Planung der Weihnachtsfeier.“

“Wieso? Musst du für 300 Leute Kekse backen?”

“Haha, nee, eher für hundert Leute den richtigen Schampus wählen. Die ganze Orga braucht gut drei Monate Vorlauf. Ich wollte alle Gäste mit Uber abholen lassen und unsere zwanzig Mitarbeiter mit der Limousine. Einmal im Jahr muss das sein. Warte, ich zeig dir mal Fotos von der letzten Party.“

Er geht in den Flugmodus und reicht mir sein Handy. Wir bleiben kurz stehen, ich scrolle Bilder von überwiegend blonden Typen in dunkelblauen oder grauen Sakkos mit rosafarbenen Fliegen und Krawatten. Eine Horde babyfaciger Schafe, verkleidet als Wallstreet-Wölfe, die sich mit edlen Tropfen in einen unedlen Exzess saufen, dazwischen ein paar junge Mädels mit dicken Lippen und schwindenden Nasen, mit vollen Brüsten, halb vollen Gläsern und leeren Blicken im Bann des Kamerablitzes. Einer hält sich die Rückhand auffällig unter die Nase – ob der wohl ein paar Pulverkörner schnupft, weil man das nun mal so macht in diesen US-Filmen mit den vielen PCs in den Großraumbüros im tausendsten Stock? Man kann die Inszenierung nicht einmal als Klischee bezeichnen, sie wirkt eher wie der Versuch, ein Klischee zu erfüllen.

Ein küchenpsychologischer Schnellschuss: *Ob er auf der Basis von Banknoten seinen (inneren) Marktwert zu stabilisieren versucht?*

„Ehrlich gesagt sehen die Partybilder nach einer Karnevalsfeier mit dem Motto ‚Banker' aus", sage ich.

Er zieht die Brauen zusammen, ein beleidigter Blick fliegt durch die trockene Kaltluft in meine Richtung. Wie komme ich dazu, ihm für den Prunk in seinem Portemonnaie Punktabzüge anzudrohen? Wer bin ich, dass ich ihm die Moneten madig mache?

Niemand. Noch nicht.

„Du warst noch nie auf so einer Party dabei", sagt er. „Sonst würdest du anders reden."

„Ah, der Neid des Pöbels, der sich keinen Kuchen leisten kann."

„Du kannst dir mit Sicherheit Kuchen leisten."

„Und die Musikraum-Miete."

„Ich muss die Tage mal ordentlich üben, du kriegst bald was Besseres zu hören, versprochen."

„Quatsch, das war doch sehr schön! Ich hätte noch länger zuhören können."

„Ah, danke! Tut gut nach dem Tiefschlag."

„Ich war nur ehrlich."

„Treibt man die Patienten mit dieser Art von Ehrlichkeit nicht eher auf die Brücke, statt sie zu retten?"

„Bist du ein Patient?"

„Wäre ich gern, wenn man dann Glückspillen und Dauertrost bekommt."

„Trost für den Porsche-Verlust?"

„Ich fühle mich von dir gemobbt."

„Tut mir leid."

Er bleibt stehen, blickt um sich: „Du kannst es wiedergutmachen."

„Wie?"

„Zeig mir ein Café, in dem wir was Gehaltvolles zu trinken bekommen."

„Du meinst was Alkoholisches?"

„Genau."

„Da drüben, der Italiener. Der hat auf jeden Fall Kakao mit Schuss."

„Kinderpunsch für die Bambinos. Haben die auch Sekt oder Glühwein?"

„Hast du ein Alkoholproblem?"

„Ich habe verschiedene Probleme."

Ich lache kurz auf. Trotz des einen oder anderen No-Gos denke ich hier und da auch mal Yes. Der nicht zu leugnende Grund: Er ist amüsant.

♥

Der Entertainment-Faktor: Fluch oder Segen?
In einem Alltag voller Pflichten und Wiederholungen erscheint es uns manchmal wie ein Geschenk, wenn jemand die besondere Fähigkeit besitzt, uns „bei Laune" zu halten (durch Humor und Schlagfertigkeit, Kreativität, leidenschaftliche Hobbys, Abenteuerlust). Doch Vorsicht: Unterhaltsame Menschen können sehr charismatisch sein, sodass wir vielleicht ein paar Red Flags in Kauf nehmen, um diesen Typen, der sich als Darsteller ganz gut in einer spritzigen Serie machen würde, nicht aus unserem Leben zu verlieren (Beispiele: Untreue, Drogenkonsum, narzisstische Züge).

Sich selbst treu bleiben bei der Wahl des Partners
Manchen ist Luxus wichtiger, anderen ein Leben voller Lachen, wieder andere wollen einen soliden Vater für ihr Kind, einen stylischen Beau fürs Bett oder eine Künstlerseele mit Tiefgang (und dann gibt es noch die, die das Gesamtpaket wollen und sich wundern, warum sie weder fündig noch fröhlich werden). Wir alle haben unseren „Geschmack", geraten aber häufig in Versuchung, diesem untreu zu werden, da die gesellschaftlichen Vorgaben (Priorisierung von finanzieller und familiärer Sicherheit) uns verunsichern.

Wenn wir überrationale oder fremdbestimmte Entscheidungen in emotionalen und persönlichen Belangen treffen, sollten wir vorher überlegen, ob wir stabil genug sind, in naher bis ferner Zukunft mit Zweifeln, Reue, Neid und „Was-wäre-wenn"-Grübeleien umzugehen.

Natürlich gibt es auch Paare, die trotz Verdrängung oder Verwerfung ihrer ursprünglichen Träume und Lebensentwürfe eine lang andauernde und in vielerlei Hinsicht befriedigende Beziehung führen, in welcher die geernteten „Früchte" (erfüllter Kinderwunsch, Team- und Gemeinschaftsgefühl, Wohlstand) eine stabilisierende Wirkung haben und den oben genannten negativen Gefühlen die Stirn bieten.

♥

Wir sitzen in einem Eiscafé in der Altstadt, an einem kleinen runden Tisch in der roten Sofaecke, und bestellen Glühwein. Im Hintergrund laufen italienische Schlager, neben uns sitzt eine russische Familie mit Riesen-Eisbechern, vermutlich Touristen.

„Ja, doch", sagt Daniel, „hat schon Flair hier."

„Denke ich auch. Sag mal, hast du Musiker in der Familie?"

Er überlegt kurz und schüttelt den Kopf.

„Spielen deine Mutter oder dein Vater ein Instrument?", hake ich nach. „Oder woher kommt die Leidenschaft fürs Saxofon?"

„Nee, beide nicht. Das wollte ich selber."

„Und was wollten sie?"

„Mein Vater, glaube ich, gar nichts. Ihm war nie so wichtig, was ich tue."

„Was ist er denn so für ein Typ?"

„Er ist Architekt und Stadtplaner."

„Und deine Mutter?"
„Anwältin."
„Cool, welche Richtung?"
„Wirtschaftskanzlei mit US-Sitz."
„Wow, eine Karrierefrau."
„Ja. Sie musste sich auch mal hochschlafen."

Ich lächle kurz, frage aber nicht weiter nach. Ich schlürfe stattdessen Glühwein, gucke den Kellner an, beobachte die Russen, betrachte die Eisvitrine, checke die Auswahl der Waffeln in der Karte. Man behauptet oft, dass einem die Worte fehlen – dass sie einem dann aber *wortwörtlich fehlen*, kommt jedoch erstaunlich selten vor und fühlt sich an, als hätte jemand die Leitung zwischen Hirn und Zunge durchtrennt.

„Gut, gut", sage ich beim Weglegen der Karte.
„Was ist gut? Das Essen? Bestell dir ruhig was."
„Ach so, nein, ich habe gar keinen Hunger."
„Darf ich jetzt auch abchecken, was deine Eltern machen?"
„Was? Wieso *auch*?"

„Deine Einstiegsfrage – von wegen, ob ich Musiker in der Familie habe –, die sollte doch darauf hinauslaufen, was meine Eltern von Beruf sind." Er hebt den dunkelblauen Becher, trinkt zwei, drei Schlucke. „Und was treiben deine so?"

Ich muss unwillkürlich grinsen. Er hat mich erwischt, und das ist toll. Erwischt zu werden, tut zwar auch ein bisschen weh, aber der Schmerz wird durch die neu entfachte Hoffnung auf einen Gleichgesinnten versüßt, der einen lesen kann wie ein Kindle Touch.

Ich erzähle ihm ein wenig von meiner Familie, er hört

aufmerksam zu und lässt zwischendrin Kommentare fallen, die stets halb bis ganz ins Schwarze treffen. Wir reden über alte Konflikte und neue Erkenntnisse, von Problemen der Zwanziger und Plänen für die Dreißiger.

Als der Kellner die leeren Becher aufs Tablett räumt, fragt Daniel, ob wir noch einen trinken wollen. Ich gebe mein Okay, er nickt zufrieden: „Hätte nicht gedacht, dass du bei der zweiten Runde mitziehst."

Ich auch nicht. Aber es macht Spaß, mit ihm an einem Mittwochvormittag nach einer Musikstunde im voradventlichen Spätherbst einer schwer beschäftigten Millionenstadt *mitzuziehen*, als würde es nur um das Hier und Jetzt gehen, um Klaviaturen und Knöpfe, um ein gutes Gespräch mit waffengleichen Witzen und Fragen im Flow. Um das gemeinsame Ziel, nicht im Treibsand des Tagesgeschäfts zu versinken.

„Ach Mann", sagt er, als die Italo-Musik von Verkehrsnachrichten unterbrochen wird. „Ich habe gar keine Lust auf die Familienfeier am Wochenende."

„Wieso?"

„Mein Vater wird da sein. Wir reden seit über einem Jahr nicht miteinander."

„Was ist passiert?"

Er überlegt einen Moment und verschränkt dabei seine Hände. Schön sind sie, langgliedrige Finger, die daran erinnern, dass er trotz Party-Pics und Porsche-Posing lieber ein paar Umsätze verlieren würde als den Bezug zur Musik.

„Ich bin ihm egal", sagt er. „Er interessiert sich in erster Linie für sich selbst. Entweder er arbeitet oder er sitzt sonntags im Atelier und malt abstrakte Bilder, ist seine einzige Freizeitbeschäftigung. So geht das, seit ich denken kann."

„Ich glaube nicht, dass du ihm egal bist."

„Woher willst du das wissen?"

„Du wirkst nicht wie jemand, der einem so einfach egal sein kann."

„Hey, das war echt nett."

„Zeig mal die Bilder, die dein Vater malt."

„Dein Ernst?"

„Klar."

Daniel zückt das Handy, ruft die Homepage seines Vaters auf.

„Er ist Prof?", frage ich.

„Ja, er unterrichtet Architekturtheorie an der Uni und weiß natürlich immer alles besser. Sehr anstrengend. Da soll er sich nicht wundern, dass meine Mutter lieber mit mir über ihre Probleme spricht als mit ihm."

Oh, oh. Schon wieder die Mutter.

„Keine Ahnung, was er ist", sagt Daniel, „Autist oder Narzisst. Kalt ist er."

Mir kommen zwei Gedanken. Gedanke Nummer eins: Daniel hat den Mut, Emotionen und Sensibilität in das Bild der Männlichkeit zu integrieren. Er ist kein problemverdrängender Pragmatiker wie die Väter der Vorgängergenerationen. Daniel wagt den Spagat zwischen Mann- und Menschsein.

Gedanke Nummer zwei: Schon wieder so ein angeknackster Generation-Y-Prinz, der so lange um sich selbst kreist, bis ihm schwindlig wird und er die Orientierung verliert. Und seinen Frust lässt er auch noch am kernigen Old-School-Papa aus, der zu seiner Zeit bestimmt nicht auf die Idee kam, nach zwei Gläsern Glühwein über seinen alten Herrn herzuziehen.

Daniel rückt ein Stück näher: „Das Bild hat er zuletzt verkauft. Hat meine Mutter mir erzählt."

„Gratulier ihm doch!"

„Nein. Ist mir nicht wichtig genug."

„Darf ich mal sehen?"

„Klar."

Ich nehme ihm das Handy aus der Hand und scrolle die Seite mit den abstrakten Motiven. Zwischendrin tauchen zwei, drei Ölbilder von einem Jungen im Vorschulalter auf, ein kleiner Kindskörper in Latzhose, mit Mütze über dem Kopf.

Ich lege das Handy in die Tischmitte: „Bist du das?"

Er stützt das Kinn in die Hand und nickt, ohne eine Miene zu verziehen. Wir schauen uns an, mit Blicken, die aufeinandertreffen, als wären sie nackt. Ich spreche aus, was mir auf der glühweingetränkten Zunge liegt: „Und das nennst du einen kalten Vater?"

Er zuckt mit den Schultern, schweigt einen Moment. „Keine Ahnung", sagt er schließlich. „Nicht?"

„Ich glaube nicht."

„Okay."

„Schreib ihm. Jetzt."

„Nein."

„Doch, er würde sich freuen."

„Warum interessiert dich das?"

„Es berührt mich."

„Hör auf. Ich denke drüber nach. Weißt du, wem ich aber

definitiv *nicht* schreiben sollte?"

Er nimmt das Telefon vom Tisch und zeigt mir den Chatverlauf mit einer jungen Frau, höchstens zwanzig, die ihm vor ein paar Minuten eine WhatsApp geschickt hat: „Hey Daniel, wo bist du? Ich habe ein Problem mit dem Auto. Holst du mich ab?" Darunter ein Foto von ihr, wie sie in Etuikleid und Stiefeln vor einem Car2go steht und mit Kulleraugen in die Kamera schielt.

Er schüttelt den Kopf: „Was soll ich machen? Die schickt mir jeden zweiten Tag wegen irgendeinem Quatsch solche Nachrichten. Mein Bruder hat sie als Werkstudentin in der Firma eingestellt, Nichte eines engen Familienfreunds. Ist ein Vitamin B-Fall. Bisschen unangenehm."

„Vitamin B? Für euren Onlineshop? Denkst du, ihr beide wärt Bill Gates und Steve Jobs, oder was?"

„Nee. Aber hey: Wir wachsen wie Unkraut."

„Sag ihr doch klipp und klar, sie soll dich nur noch auf professioneller Basis kontaktieren."

„Gut, mache ich. Schickst du mir einen Entwurf? Du kannst das bestimmt super formulieren."

„Schick du mir einen, ich schau drüber."

♥

Der andere packt Details zu einer Verehrerin aus und behauptet, er wolle sie loswerden – braucht er tatsächlich unsere Hilfe?

Natürlich nicht, damit kann er auch zu seinen Kumpels oder weiblichen Freunden rennen. Er möchte lediglich auf seinen hohen Marktwert hinweisen: Sollten wir nicht zuschnappen, tut es eine andere, die nächsten Anwärterinnen stauen sich bereits in der Pipeline.

Es gibt genug Frauen, denen der Kopf raucht, sobald sie vom Dating-Partner Konkurrenz unter die Nase gerieben bekommen. Was können wir in einem solchen Fall tun? Locker bleiben! Wer mit verfrühter Eifersucht oder zickig reagiert, händigt dem anderen eine Waffe aus, die er/sie fortan häufiger auf unsere Schwachstelle richten wird, um sich so begehrt und sicher zu fühlen. Sollten wir keinen Nerv haben, uns cool zu geben, während wir innerlich kochen, empfiehlt sich vorwurfsfreier Klartext: „Ich finde es etwas irritierend, dass du häufiger von Frauen/Männern mit sexuellen Absichten erzählst, und ich frage mich, ob du dir eine bestimmte Reaktion von mir erhoffst?"

♥

Als wir das Café verlassen, lässt Daniel plötzlich ein paar selbstkritische Sätze fallen: „Du machst wenigstens einen sinnvollen Job. Meinen braucht niemand. Wenn ich morgen das Handtuch werfe, wird die Welt weder besser noch schlechter."

„Das stimmt nicht", entgegne ich. „Du kurbelst die Wirtschaft an."

Er bleibt stehen, lacht kurz auf, fasst mir an die Schulter: „Und das aus deinem Mund. Klingt irgendwie lustig."

„Stimmt es nicht?"

„Doch. Danke dir."

Er bringt mich nach Hause, bis vor die Tür, zum Abschied umarmt er mich und sagt: „Dann meld dich mal, okay?"

„Meld du dich“, antworte ich und stelle mir vor, wie gut ein Kuss uns gerade stehen würde, wie ein Accessoire, das ein Durchschnittsoutfit in einen Hingucker verwandelt.

„Okay!“, erwidert er. „Mach ich.“

Daniel marschiert vom Vorhof auf den Bürgersteig, dreht sich noch mal um, mit einem beschwerten Lächeln zum Abschied, einem skeptischen Blick als Anhang – als würde er unserer Bekanntschaft noch nicht trauen. Als könne er sich nur unter Vorbehalt über die Sympathie freuen, die er einfach so erworben hat.

Ich schließe die Tür auf, laufe die Treppen hoch, angetrunken, wie ich merke, und doch nüchtern genug, um zu realisieren, dass ein Funke da ist, doch einer, der nicht *überspringt*, sondern verglimmt, langsam und ohne Hetze. Ein unschlüssiger Funke, der aber jederzeit wieder auflodern könnte.

♥

Es hat weder gefunkt noch hat es nicht gefunkt – aber was hat es dann?

Wenn der Funke erst mal so vor sich hin funkt, bevor er ungestüm von A nach B springt, können wir den weiteren Dating-Verlauf in aller Ruhe auf uns zukommen lassen, ohne auf den heißen Kohlen eines beziehungsorientierten Kennenlernens zu sitzen. Er/sie hat unsere Laune gesteigert, ohne uns in den siebten Himmel zu schießen, hat uns ein schönes Treffen beschert, ohne Trigger auszulösen, die uns in die Falle der Toxizität locken.

Es gibt nur ein Problem bei diesem angenehmen Zwischenzustand, der für den Moment perfekt zu sein scheint und in einem gesunden Mittelfeld angesiedelt ist, auf dem dennoch ein spannendes Spiel stattfinden kann. Er ist selten beidseitig, der andere will entweder mehr oder weniger. Dieser fein justierte Entspannungsmodus, in dem man mit offenen Augen ein bisschen träumt, mit halbem Herzen ein wenig hofft und dabei eine Handvoll Hormone ausschüttet, ohne gleich alle Vorräte zu plündern, ist daher oftmals nur von kurzer Dauer.

♥

Ich betrete die Wohnung, lasse mich in Mantel und Schuhen rücklings auf die Couch fallen. In meinem Kopf knallt irgendein Korken. Ich denke an Schampus-Duschen und Eheringe. An eine Weihnachtsfeier, mit Wölfen und Schafen, die miteinander tanzen und sich Legenden von der Wallstreet erzählen.

Ich schließe die Augen und knipse die Welt aus. Als ich eine Stunde später wieder aufwache, habe ich eine Sprachnachricht von Daniel, die bereits fünfzig Minuten alt ist: „Hey, na, ich fühle mich richtig happy grad, wir hätten länger chillen sollen."

Ich: „Hey, ja! Sorry, ich bin sofort eingeschlafen, was machst du gleich noch?"

Er: „Eingeschlafen? War wohl ziemlich langweilig mit mir."

Ich: „Nein, alles super!"

Er: „Dann glaub ich dir mal. Ich werde mir den Rest des Tages freinehmen, habe mich totgearbeitet in den letzten Wochen. Wir hätten ruhig noch etwas starten können."

Ich: „Ja, stimmt! Ich glaube, ich gehe gleich heiß duschen und lese dann ein bisschen."

Er: „Ich hänge mich mal ans Sax, damit ich dir beim nächsten Mal etwas Bühnenreifes bieten kann. Vielleicht schläfst du dann nicht mehr ein nach dem Treffen."

Ich: „Ich fand es echt nett!"

Er: „*Nett?* Oh Gott."

Ich: „Gott? Okay, es war göttlich."

Er: „Schön!"

Ich: „Viel Spaß beim Üben."

♥

Fishing for Compliments – süße Sünde oder Frühwarnzeichen?

Es ist ja irgendwie schmeichelhaft, wenn der andere sich durchs Fishing („War wohl richtig langweilig mit mir!") eine Bestätigung von uns angeln möchte. Immerhin deutet das darauf hin, dass ihm/ihr viel an unserer Akzeptanz und Sympathie gelegen ist.

Beim ersten Mal kann der Hungrige den ersehnten Happen bedenkenlos erhalten, vielleicht benötigt er ihn sogar, um den Glauben an ein gutes Game zu bewahren. Beim zweiten, spätestens dritten Mal sollten wir hellhörig werden: Wer schon früh hieb- und stichfeste Rückversicherungen benötigt, könnte im beziehungsorientierten Kontakt unter großen Unsicherheiten leiden. Diese äußern sich zu einem späteren Zeitpunkt oftmals durch ein hohes Kontrollbedürfnis, das mit der Unfähigkeit einhergeht, die natürlichen Schwankungen einer (sich anbahnenden) Beziehung auszuhalten (Rückzüge in Stressphasen, Meinungsverschiedenheiten, getrennte Vorhaben). Das Problem hierbei ist, dass der „Fischer", sollte er an den ursächlichen Ängsten nicht arbeiten, seinen Konflikt häufig auf unseren Rücken austrägt, sodass wir unter Umständen Jahr für Jahr in zunehmend gebückter Haltung, wenn nicht sogar mit Buckel durch die Beziehung laufen.

♥

Die Tage vergehen, der Chatverlauf wächst, wir schicken uns Sprachnachrichten. Daniel teilt hier und da eine Audiodatei oder ein Video vom Üben, und wie es aussieht, macht er sich tatsächlich über sein Instrument her, als würden seine Finger einen zweiten Frühling erleben.

Am dritten Post-Date-Tag bahnt sich das Thema Treffen an, um das wir herumgetänzelt sind wie um ein Opferfeuer. Als er realisiert, dass ich auf ein Recht poche, das ich im Gesetzbuch der Geschlechter nicht mehr besitze – das veraltete Recht, den Mann zuerst fragen zu lassen –, kriecht er schließlich mit Ach und Krach zum Punkt. Und dabei versteckt er sich hinter einem Schutzschild vorsichtiger Andeutungen, damit seine sensible Seele ja nicht von einer scharfen Abfuhr beschädigt wird („Wink mal aus dem Auto, wenn du an meiner Kreuzung vorbeifährst"; „Muss irgendwann mal deine Zimmerakustik checken"; „Hab noch eine deiner Notenkopien in der Tasche").

„Sollen wir uns also treffen?", frage ich schließlich.

Seine Antwort: „Gern! Dienstag würde passen."

Wieso fragt der andere nicht gradheraus nach dem nächsten Treffen?

a) Er hat Angst vor einer Abfuhr. Mag sein, dass wir unserer Ansicht nach ausreichend Indizien für unser Interesse geliefert haben. Sollte der andere jedoch der festen Überzeugung sein, uns nicht zu verdienen und/oder außerhalb unserer „Liga" zu spielen, könnte er das „drohende" Glück mehrfach auf die Probe stellen, bevor er es annimmt (und eventuell auch wieder ablehnt). Derartige Tests von ängstlichen und selbstunsicheren Dating-Partnern deuten zugleich auf einen selbstschädigenden Anteil hin: „Ich bin sein/ihr Interesse nicht wert und werde mich darum bemühen, dass sich diese Annahme bestätigt, damit mein Selbstbild nicht zum Positiven verändert wird." Das mag für Außenstehende widersprüchlich und verstörend klingen, für Betroffene tut es das ebenfalls, nur dass sie ohne Hilfe oftmals wehrlos sind gegen das eingefleischte Schema Zerstörung.

Tipp: Sollten wir ihn/sie daten wollen, müssen wir zu Beginn die Zügel in die Hand nehmen und dabei im Hinterkopf behalten, dass sich manche Probleme im Dating-Verlauf eventuell auflösen (organisatorische Fragen, Absprachen wegen Treffen), während andere sich vertiefen (Besitzansprüche, Eifersucht, gezielter Rückzug durch distanziertes Meldeverhalten bis hin zum temporären Abtauchen/subtiles Erbitten oder Einfordern von Gefallen in tatsächlichen oder konstruierten Problemsituationen, mit dem Ziel, die Nachlauf- und Dranbleib-Bereitschaft des anderen zu überprüfen). Was hier hilft: eine wertfreie Kommunikation, das Benennen von Irritationen oder einem unguten Bauchgefühl mit Beispielen, ein vorwurfsfreies Fragen nach den Gründen. Wichtig ist auch, den Dating-Partner bei einer Vertiefung des Kennenlernens und bei aufrichtigem Interesse von unseren eigenen Unsicherheiten zu berichten, und zwar in einem persönlichen Wohlfühlmaß, das sich nicht nach Seelenstriptease anfühlt. Weiterhin hilfreich ist ein Vertrauensaufbau (gesunde Balance zwischen Nähe und Distanz, Ertragen von anfänglich holprigeren Abläufen, Missverständnisse ansprechen und auflösen, Dramatisierungen gezielt vermeiden) und, falls Selbstwertdefizite vorliegen, die den Aufbau und/oder Erhalt einer Beziehung behindern: professionelle Hilfe, zum Beispiel in Form einer Gesprächstherapie, in der der Betroffene an seinem zwanghaften Sicherheitsbedürfnis, der starken Angst vor Ablehnung und den zugrundeliegenden Ursachen arbeitet.

b) Er ist sich nicht sicher – trotz passender Chemie. Vielleicht hat er ja einen kiloschweren Klotz am Bein, der ihn am nächsten Schritt hindert, welcher Art auch immer. Dann sollten wir den Rückzug antreten! Der andere muss allein entscheiden, ob er sich in Anbetracht seiner Ausgangssituation auf weitere Treffen einlassen möchte. Ein Gesprächsangebot zur grundlegenden Klärung der Situation kann sinnvoll sein, aber Vorsicht: Es gibt Menschen, die den anderen über Jahre aufgrund von „schwierigen Umständen" am langen Arm verhungern lassen und sich bis zum bitteren Ende weigern, eine klare Entscheidung zu treffen.

c) Er ist es gewohnt, dass wir ihm hinterherlaufen. Wenn wir es mit dem klassischen Tinder-Schönling zu tun haben, der so hoch im Kurs steht, dass sogar der App-Algorithmus vorschlägt, ihm doch ein „Superlike" zu geben, um die Chancen auf ein Match zu erhöhen, können wir davon ausgehen, dass der Herr sich bislang selten die Beine ausreißen musste, um an das Ziel der Zweisamkeit zu gelangen. Wenn er selbst nach einem Treffen fragen muss, bedeutet das für ihn ein Downgrading zum Durchschnitts-Dater, das er seiner Ansicht nach weder verdient noch nötig hat.

Wer mehrfach hintereinander an einen solchen Typen gerät, sollte sich fragen, warum. Möchte man sich mit der Errungenschaft brüsten? Die Rechnung geht nicht auf, der Preis für die Selbstaufwertung ist zu hoch: eine Abfuhr nach der nächsten, meist nachdem man sexuell (und in unglücklicheren Fällen auch emotional) geknackt wurde.

d) Er hat den Ego-Kick bitter nötig. Internetplattformen sind voll mit Nutzern, die auf eine Befriedigung ihres Egos auf Kosten anderer lauern, um vor einem tiefer liegenden Problem und dessen Aufarbeitung davonzulaufen. Online-Dating eignet sich hierfür besonders gut, da das subjektive Verantwortungsgefühl durch die Anonymität geringer ist. In diesem Fall kann es sogar sein, dass er/sie die Frage nach weiteren Treffen provoziert, um im Anschluss das Weite zu suchen – gut und gerne via Ghosting. Das Einzige, das man zur Verteidigung solcher faulen Eier sagen kann: Ihre Not ist vermutlich groß, der Hunger nach Bestätigung kann, genau wie echter Hunger, starke Schmerzen verursachen und bei fehlender Stillung als existenzbedrohend empfunden werden. Das ist natürlich kein Freifahrtschein, User einer Dating-Plattform als Nahrungsquelle zu missbrauchen. Jeder hat die Verantwortung, sich um den eigenen inneren Mist zu kümmern, statt andere damit zu bewerfen. Unser eigenes Bauchgefühl liefert hier wohl den besten Schutz, da das hungrige Ego sich in etlichen Formen und Farben präsentieren kann.

e) Er sieht es nicht ein, immer den ersten Schritt zu machen. Der andere hat die Nase voll von starken Frauen, die alles kleinhäckseln, was ihrer Vorstellung von Gleichberechtigung widerspricht – sich dann aber plötzlich zu schön, zu schade, zu weiblich sind, um nach dem nächsten Treffen zu fragen. Zu unehrlich, um zuzugeben, dass sie beim Thema Dating noch immer in alten Rollenbildern denken und sich damit haushoch selbst widersprechen. Frauen geraten an diesem Punkt häufig in einen Konflikt mit ihren Bestrebungen nach Gleichberechtigung, nicht zuletzt aufgrund konventioneller Erziehungsstile sowie Medien, die die Frau noch immer als Jagd- und Eroberungsobjekt darstellen. Trotzdem bedeutet das nicht, dass wir uns entweder für Schwarz wie die männerfressende Schwarze Witwe oder Weiß wie das windelwechselnde Waschweib entscheiden müssen. Frauen sind, genau wie Männer, noch dabei, ihre Rolle zu finden und zu festigen. Hierbei handelt es sich um einen dynamischen Prozess, der vielen Schwankungen unterliegt und nicht linear verläuft – immerhin geht es um die Gefühle von Menschen, nicht um Gleichungen in der Mathematik.

f) Er will die Story in der virtuellen Welt (weiter)führen. Manche wünschen sich nämlich neben ihrer eingerosteten/unglücklichen Beziehung, die sie aus diversen Gründen nicht beenden können oder wollen (Abhängigkeit, Kinder, Ehe mit gemeinsamem Vermögen, Erpressbarkeit), eine virtuelle Parallelwelt, in der unterdrückte Sehnsüchte ausgelebt werden, in Extremfällen kann das bis hin zu einer Online-Beziehung mit täglichem Kontakt inklusive Eifersüchteleien, Streitigkeiten und Liebesbekenntnissen führen. Gängiger ist jedoch der vorübergehende virtuelle Flirt als Ego-Auffrischung und Alltagsbelebung: Ein Online-Beweis, dass das Leben – wenn man nur wollte – auch noch andere Optionen bereithält und es theoretisch einen Ausweg aus der aktuellen Situation gibt. Diese „Freiheit im Kopf" reicht für manche (vorübergehend) aus, um das „Gefängnis der Realität" zu ertragen. Wer auf der Suche nach einer ernsthaften Beziehung ist, sollte den Kontakt zu solchen Online-Datern schleunigst abbrechen. Reine Zeitverschwendung. Mit etwas Pech können sich die digitalen Flirts länger hinziehen und dabei den Kopf beziehungsweise das Herz für neue Dating-Optionen blockieren. Frühwarnzeichen sind das ständige Aufschieben weiterer Treffen sowie eine Verschleierung des Privatlebens, während der Kontakt via WhatsApp oder Instagram jedoch zuverlässig gehalten wird.

♥

Dienstag, später Nachmittag, eine Nachricht ploppt auf meinem Display auf: „Hey! So blöd! Mein Bruder ist beim Klettern in der Halle auf den Kopf gefallen, jetzt ist ihm schlecht und der Arzt sagt, er muss ins Krankenhaus, Verdacht auf Gehirnerschütterung. Ich fahre ihn jetzt. Keine Ahnung, wie sich das alles entwickelt. Ich hatte mich so gefreut auf heute Abend!“

Ich stecke gerade im Feierabendverkehr, habe bereits am Morgen das Outfit rausgesucht, Haare gewaschen und einen dezenten Nagellack aufgetragen – dem Date steht nichts im Wege. Nichts außer Daniel.

„Hey, kein Problem“, schreibe ich nach dem Einparken. „Das klingt mies, tut mir leid für deinen Bruder! Können es gern verschieben, dann hast du weniger Stress. Gute Besserung! Meld dich, wenn was ist.“

Seine Antwort: „Will es nicht verschieben ;(“

Ich: „Und jetzt?“

Er: „Keine Ahnung. Was meinst du denn?“

Ich: „Schreib mir doch einfach später noch mal. Ich schaue mal, ob ich umplane für heute Abend.“

Er: „Plan noch nicht um. Wir kriegen das schon irgendwie hin. Oder?“

Ich: „Okay.“

Nein, nicht okay. Die Red Flag flattert im Hagelsturm, und ich sollte mich schleunigst in Sicherheit bringen, um nicht von ein paar fiesen, dicken Eiskörnern getroffen zu werden. Am Ende bin ich noch diejenige mit der Gehirnerschütterung. Die Einzige. Wer weiß, ob das Kletterdrama nicht nur ein Märchen aus seinem Rückversicherungs-Repertoire ist, mit der Hoffnung, dass ein Chat in folgendem Tonfall zwischen uns entsteht (den es natürlich nie geben wird):

„Daniel, wie schade! Ich wollte dich unbedingt sehen, kann man da nichts machen?"

„Weiß nicht, ich muss mich erst mal um meinen Bruder kümmern. Plan ruhig was anderes!"

„Nein, ich halte mir den Abend frei, vielleicht besteht ja die Chance, dass es später noch klappt."

„Ich kann nichts versprechen!"

„Okay, ich melde mich in einer Stunde noch mal!"

„Kannst du gern probieren, weiß nicht, ob ich Empfang habe im Krankenhaus."

„Oh, verstehe ;("

„Hey, sei nicht enttäuscht."

„Ich gebe mein Bestes!"

Wir haben kurz vor sieben, ich liege in einem Hoodie und in Jogginghose auf der Couch, mit einem Buch in der Hand und meinem Handy auf dem Bauch, als eine Sprachnachricht von Daniel eintrudelt: „Hey, die wollen meinen Bruder vierundzwanzig Stunden lang zur Beobachtung dabehalten."

Vierundzwanzig Stunden zur Beobachtung. Klingt irgendwie wie eine Floskel aus *Emergency Room*.

Dann, eine zweite: „Er hat eben gekotzt, daher die Vorsicht."

Und jetzt hat er noch die Symptome einer Gehirnerschütterung gegoogelt?

Der Gipfel: „Wenn du als Ärztin eine andere Einschätzung hast, sag es ruhig. Mein Bruder ist Privatpatient, nicht, dass sie ihm das Geld aus der Tasche ziehen wollen."

„Du kannst dem Stationsarzt schon vertrauen", antworte ich und fühle mich dabei irgendwie in die Rolle einer unseriösen Soap-Ärztin gedrängt. „Übelkeit und Erbrechen sprechen definitiv für Überwachung."

Daniel: „Danke!"

Eine Stunde später: „Hey, bin jetzt bei meinem Bruder daheim und kümmere mich um die Haustiere, die Katzen brauchen Futter und Marlow muss Gassi gehen. Wie es aussieht, kommt seine Freundin mich bald ablösen. Dann melde ich mich noch mal."

Ich: „Na gut!"

Er, gegen einundzwanzig Uhr: „Die Freundin ist immer noch nicht hier. Und die Katze hat gerade in die Ecke gekackt."

Ich, mittlerweile schon müde: „Klar, kein Ding."

Er, mit dem Feuer spielend: „Bist du böse?"

Ich, abgekühlt: „Nee!"

Er: „Ich muss gleich unten eine Bestellung annehmen, kann ich danach anrufen? Zirka in zehn Minuten?"

Ich, unsicher, ob er tatsächlich meine Nummer wählen wird, wir uns jemals wiedersehen und der Bruder überhaupt auf Kletterwände und Katzen steht: „Klaro!"

Das Handy, eine Viertelstunde später: *Ring, Ring, Ring.*

Ich setze mich auf und lege das Buch beiseite: „Hallo?"

„Hallo? Spreche ich da mit der verständnisvollsten Frau der Welt?"

Ich freue mich, seine Stimme zu hören: „Nein, nur mit einer, die du mit Musiktalent und schwarzem Humor bestechen kannst."

„Du findest, ich habe Talent?"

„Sicher. Die Aufnahmen, die du mir geschickt hast, kann man als jazzigen Soundtrack rund um die Uhr im Hintergrund laufen lassen."

„Dein Alltag ist zu spannend für meinen Soundtrack", sagt er. „Der passt eher zu meinem."

„Nutten und Koks sind also unspannend?"

„Im Vergleich zur Psychiatrie, ja."

„Ich glaube, alles kann spannend werden, wenn man sich die richtigen Gedanken macht."

„Und was sind die richtige Gedanken? Dieser ganze Analysekram?"

„Mit viel Humor."

„Schwarzem Humor, wenn ich das richtig verstanden habe?"

„Ja, und ab und zu auch mal traurigem."

„Tragikomik nennt man das doch", sagt er. „Oder?"

„Sehr trefflich."

„Wusstest du eigentlich, dass ich auch schreibe?"

„Was? Gelogene Absage-WhatsApp-Nachrichten?"

„Fahr zur Hölle."

„Sorry, was schreibst du?"

„Kurzgeschichten."

„Über die Vitamin-B-Praktikantin vom Onlineshop?"

„Die hat dich ja noch beschäftigt."

„Hast du ihr gesagt, dass sie aufhören soll mit dem Spam?"

„Nein. Du wolltest mir dabei helfen. Und jetzt hör zu: Meine Geschichten handeln von einem verkannten Genie, das ein weltrettendes Zukunftskonzept entworfen hat."

„Und das Genie bist du, nehme ich an."

„Ganz genau!“

„Schickst du mir eine davon?“

„Damit wärst du die Erste. Bist du bereit für diese Verantwortung?“

„Nein, aber für diese Ehre.“

„Manchmal sagst du so schöne Dinge. Ich wäre heute gern gekommen. Das holen wir schnell nach.“

„Was hast du dir vorhin überhaupt bestellt? Kaviarhäppchen?“

„Nein, nur was zu trinken. Habe ich mir verdient nach dem harten Tag.“

„Du säufst an einem Dienstag? Allein?“

„Erstens, du bist bei mir, und zweitens: Ich bin kein Sklave von irgendwelchen Wochentagen. Und drittens: Ich fand es echt cool, wie du heute auf mein Hin und Her reagiert hast. Ich glaube, manche wären ausgetickt.“

„Danke. War aber kein Test, oder?“

„Test? Deutschgrammatik, oder was?“

„Nein, nur Dating Game.“

„Klingt gefährlich.“

„Ist es auch.“

„Wir daten also?“, fragt er.

„Nicht?“

„Sag du.“

„Ich habe Schweigepflicht.“

„Ah ja. Bist du also deine eigene Patientin.“

Über meine Lippen fliegt ein lautloses Lächeln, das im leeren Zimmer keine Zeugen hat und daher ein aufrichtiges ist.

Ich frage, wo die Freundin seines Bruders bleibt.

„Die kommt heute nicht mehr. Legst du jetzt auf?"

„Soll ich etwa?"

„Nein."

Wir reden weiter. Reden den Resttag tot. Wecken den Folgetag mit unserem lauten Gequatsche.

„Halb eins schon", sagt er. „Bevor du schlafen gehst, habe ich noch eine Frage: Was hältst du eigentlich von offenen Beziehungen?"

„Da bin ich komplett unerfahren. Du?"

„Ich habe es probiert, in den letzten sechs Monaten meiner Beziehung."

„Deiner Ehe meinst du?"

„Ja. Sie hat davon aber keinen Gebrauch gemacht."

„Sie? Du meinst deine Ex?"

„Genau."

„Ihr seid jetzt aber schon länger getrennt, oder?"

„Genau."

„Der Scheidungstermin steht, sagtest du, richtig?"

„Ja, genau."

Genau. Genau. Wie genau? Wasserwaagen-genau oder Wetterprognosen-genau?

„Okay", sagt er. „Themenwechsel. Ich spiele dir jetzt was vor."

„Am Telefon?"

„Ja."

„Und die Nachbarn?"

„Mein Bruder hat ein Haus, und das nächste liegt weit genug entfernt."

„Cool, dann gern."

„Ich packe das Handy beiseite. Falls die Akustik zu schlecht ist, leg einfach auf, ich rufe dann wieder an. Müsste aber eigentlich funktionieren, wenn ich den richtigen Abstand einhalte."

Ich schließe die Augen, lasse mich ein und fallen. Daniel spielt etwas, das ich ohne jegliche Vorkenntnisse als bluesig bezeichnen würde. Etwas, das an eine Kellerbar und an coole Leute aus Louisiana erinnert, an Alkohol und Zigarren, an vergilbte Notenblätter, die über einen knarrenden Holzboden fliegen. Dank Daniel tanzt das Nachtleben von New Orleans durch den Hörer in mein Zimmer und bittet die Klassik, die darin wacht, dem Jazz ihr Herz zu öffnen.

Als wir auflegen, ist es ein Uhr nachts.

♥

Was hat es auf sich mit dem Telefonzauber?
Am Hörer kann das Herz tatsächlich höherschlagen: Auch ohne den Bonus von Blicken und Berührungen kann ein Gefühl von prickelnder Vertrautheit entstehen. Wir sind fokussiert auf das „Geistige", das hierbei über Sprache und Stimme transportiert wird. Nach einer längeren Zeit am Hörer kann sich eine Art Telefonblase bilden, in der wir die Zweisamkeit als besonders intensiv erleben. Da von fünf Sinnen vier fehlen, übernimmt das Hören das Sehen, Fühlen, Schmecken und Riechen und gewinnt an besonderem Gewicht.

♥

Daniel

DIE MANGELNDE LIQUIDITÄT DER LIEBE

Am nächsten Morgen schreibt Daniel am Vormittag, er wolle gern ein paar Stunden mit mir verbringen – gegen neun Uhr abends müsse er wieder bei seinem Bruder sein und sich um die Haustiere kümmern.

„Ich bin gegen sechs daheim, wir können ja eine Runde spazieren", schreibe ich. „Ist dein Bruder noch nicht entlassen?"

„Nee, ihm ist weiterhin übel. Kann ich schon um fünf kommen? Dann haben wir länger Zeit."

„Das schaffe ich leider nicht."

„Schade!"

Später spaziert er bei mir zur Tür herein, und natürlich gehen wir bei neun Grad, Windregen und im Dunkeln nicht mehr um den Block, sondern öffnen die Weißweinflasche, die er mitgebracht hat.

„Ich hoffe, du magst ihn“, sagt er. „Ist einer meiner Lieblingsweine.“

Ich nehme zwei Gläser aus dem Schrank, reiche ihm den Korkenzieher. Er zieht in der beheizten Küche den Pulli aus und entblößt im schwarzen Shirt die wohltrainierten, braun gebrannten Oberarme, als würde er bei einer Bank sein Eigenkapital präsentieren, um die Chancen auf den Kredit zu erhöhen.

Die Chancen auf Sex?

Ich stecke drei weiße Kerzen in den silbernen Vintage-Ständer und stelle sie auf den Tisch.

„Oh, Romantik, ist schon lange her bei mir“, sagt er und macht am Handy seine Spotify-Playlist an.

Wir trinken und tratschen und er trällert ein paar Töne mit, obgleich seine Stimme um einiges dünner ist als sein Bizeps. Ich lache über ihn und mit ihm, und mir gefällt, dass er sich gar nicht so ernst nimmt, wie ich anfangs dachte – also doch kein Dorfdisco-Dandy, der seinen Dollys ein paar Drinks spendiert und dafür Demut verlangt.

„Hast du eigentlich den Glauben an die Ehe jetzt verloren?“, frage ich irgendwann.

„Ich weiß nicht, ob ich ihn je hatte. Ist Heiraten dir wichtig?“

„Mir ist es wichtig, jemanden auf Dauer lieben zu können. Ob mit oder ohne Heirat.“

„Wie lange bist du jetzt schon allein?“

„Über anderthalb Jahre.“

„Ich könnte das nicht“, sagt er. „Finde es schrecklich, allein zu schlafen.“

Ob er im Hintergrund noch eine „Freundschaft plus“

am Laufen hat, die ihn über die Minusrechnung der Ehe hinwegtröstet?

Er steht auf und zaubert zwei Dosen aus meinem Eisfach.

„Sind das Gin Tonics? Wo kommen die denn her?"

„Habe sie vorhin kaltgestellt, als du im Bad warst", sagt er. „Wir trinken jetzt einen Schluck."

„Nach dem Weißwein?"

„Klar!"

„Mein erstes Glas ist noch halbvoll."

„Dann mach es leer."

Wir sitzen uns am rechteckigen Holztisch gegenüber, über unseren Köpfen hängt ein weißer Lampenschirm, das Fenster hält uns die Dunkelheit vom Hals, indem es die Küchenszenerie in seiner Doppelverglasung spiegelt. Er öffnet die Dosen mit dem harten Zeug und strahlt dabei, als würden mehr Prozente nicht nur beim Shoppen, sondern auch beim Saufen bedeuten, am Ende günstiger wegzukommen. Nach dem ersten Schluck lässt er ganz ungekünstelt ein Zitat fallen: „You don't know what love is, / 'Til you've learned the meaning of the blues / Until you've loved a love you've had to lose."

„Like! Kommt mir bekannt vor."

„Ja, das ist ein alter Jazzklassiker. Warte, ich mache mal die Version von Chet Baker an."

„Gern."

„Du musst trinken", sagt er.

„Nicht so schnell."

Nach 0,2 Liter Weißwein kommt also nun der Gin, der sich in der Dose mit einer abgemessenen Menge Tonic zu einem begehrten Getränk vermengt hat, das man sowohl im Zelt unter freiem Himmel mit Kumpels saufen als auch im Edeldress auf einer Luxushochzeit aus dem Glas schlürfen kann. Gin Tonic funktioniert immer und überall, für jeden, mit jedem, und das Geheimnis liegt vermutlich in der Chemie zwischen dem harten und dem zarten Zeug, die einander ergänzen statt zu verprellen.

Do Gin and Tonic know what love is?

Er steht auf, geht um den Tisch herum: „Meine Schulter ist total verspannt."

Ich verkneife mir das „Dein Ernst?"-Lächeln mit dem „Come on"-Blick. Die verspannte Schulter. Ein Trick, dem die „Siebzehn" quasi auf die Stirn geschrieben, nein tätowiert ist.

„Na gut", sage ich. „Ich kann dich ja etwas kneten."

Er setzt sich, mit dem Rücken zu mir, und ich lege kurz die Handflächen auf seine Schulterblätter und bohre anschließend meine Finger in seine Muskeln. Mal stöhnt er vor Schmerzen auf, mal vor Erleichterung, und als es dann tatsächlich zur Sache geht, stöhnt er gar nicht mehr, da er plötzlich damit beschäftigt ist, unseren Kuss zu koordinieren, sodass er weder zu feucht wird noch zu trocken, weder zu zungen- noch zu mundlastig, weder zu wild noch zu weich. Es spricht ja nichts dagegen, den Kopf anzulassen, aber er küsst mit dem Kopf. Als würden keine Funken sprühen, sondern elektrische Impulse durch die Synapsen schießen. Als würde nicht das erwärmte Herz schneller schlagen, sondern der Hohlmuskel höherfrequentig kontrahieren.

Irgendwas stimmt hier nicht. Nur weiß ich nicht genau, was. Trotz angeheiterter Stimmung, Background-Musik,

Kuschelwetter und einer ordentlichen Vorarbeit, die wir durch das Telefonat am Vorabend geleistet haben, liegt ein Problem vor, das sich nicht so einfach mit einer fehlenden Chemie erklären lässt. Klar, die Knallgasreaktion hat unser Miteinander jetzt nicht unbedingt ausgelöst, aber nach Buttersäure hat das Ganze nun auch nicht gerochen! Es war nett, so weit, so gut. Mit Luft nach oben. Luft, die den Atem zu der Annahme ließ, es könne sich noch mehr daraus entwickeln. Luft, mit der man im Laufe der Bekanntschaft einen Ballon hätte aufblasen und damit abheben können.

„Alles okay?“, frage ich.

„Ja, ja“, sagt er. „Du immer mit deinen Fragen.“

„Musst du nicht gleich los?“

„Weshalb?“

„Wegen der Katzen.“

„Welche Katzen?“

„Deines Bruders.“

„Ach so! Ja, klar. Ich habe aber noch Zeit.“

„Wir haben neun Uhr. Du wolltest um neun zu Hause sein.“

„Willst du mich rauswerfen?“

„Nein.“

„Ich bleibe bis zehn.“ Er blickt auf sein Handy: „Sie hat angerufen.“

„Wer?“

„Die Freundin.“

„Deines Bruders?“

„Ja. Ich bleibe trotzdem. Aber besser, wir gehen nicht ins andere Zimmer, oder?“

„Weil?“

„Weil wir ja keinen Sex wollen.“

„Muss noch nicht sein.“

„Sonst denke ich noch, du wärst eine Bitch.“

Ich drücke seinen Oberkörper von mir: „Und ich, du wollest in deiner Wannabe-Wallstreet-Firma damit angeben, dass du mal eine abbekommen hast, die keine knappe achtzehn ist und auf deinen geleasten gelben Porsche reinfällt.“

Er lacht kurz auf: „Ich würde dich nie für eine Bitch halten. Nicht in tausend Jahren. Du bist einfach nur toll.“

„Du bist auch toll.“

„Sagst du das, um mir ein gutes Gefühl zu geben, oder meinst du das ernst?“

„Ich meine alles ernst“, antworte ich mit einer Hand an seinem Knie, während er mit den Fingern an meinem Hals rumspielt.

„Wenn ich dein Freund wäre, würdest du an meiner Seite bleiben, egal was passiert?“

„Ich würde für meinen Freund einen Mord vertuschen“, haue ich gedankenlos raus.

Er weitet die Augen, nimmt meine Hand, führt sie zu seinem Mund. Ich lächle verwirrt.

„Meinst du das auch ernst?“, fragt er sichtlich berührt und küsst meine Finger.

„Was?“

„Dass du einen Mord für mich vertuschen würdest?“

Ich antworte nicht.

„Ich glaube, das ist das Attraktivste, was ich in meinem ganzen Leben gehört habe.“

Er befreit mich aus der Strickjacke, die ich über dem Top

trage, und knutscht sachte meinen Arm ab, vom Handgelenk bis zur Schulter: „Du bist so toll, dass du das gesagt hast."

„Was?"

„Dass du einen Mord für mich vertuschen würdest."

Irgendwie bringe ich es nicht übers Herz, ihn darüber aufzuklären, dass das nicht so richtig ernst gemeint war.

„Du stehst also darauf, wenn man bereit ist, große Opfer für dich zu bringen?", frage ich.

Er küsst mich erneut, mit einem Mund, der Mut gefasst hat. Einer Begeisterung, die keine Bedingungen stellt, er küsst mich jetzt nicht mehr mit dem Kopf, sondern mit Leben und Tod und dem Leben *nach* dem Tod, mit dem Himmel küsst er mich, in den er durch nur einen Satz aufgestiegen ist. Es sind Küsse, die wie Kometen auf unserer Körperoberfläche verglühen, mal auf der Kleidung und mal drunter.

„Woran denkst du?", fragt er mit letzter Stimme.

Ehrlich?

Ich denke an seine Mutter. Nachdem er beim ersten Treffen von ihr erzählt hat, habe ich sie gegoogelt: eine schöne Frau an der Spitze einer Großkanzlei, umringt von Männern, gegen die sie sich ebenso gut durchzusetzen wusste wie gegen klagende Rechtsabteilungen. Eine, die auch viele Opfer gebracht hat – für die Arbeit – und Morde vielleicht für gut zahlende Klienten vertuschen würde.

Seine Mutter nervt.

Ihretwegen wird das schon wieder alles nichts, Gin hin, Tonic her. Sie hat jeder Frau, die in Daniels Leben tritt, eine unlösbare Aufgabe gestellt: *Sei ein korrigiertes Abbild von mir: eine starke, dominante Karrieristin, die – damit die*

Wunden meines Sohnes heilen, statt aufzureißen – bereit ist, ihn unermüdlich ihrer Liebe zu versichern, auf kreativem bis kriminellem Wege. Solltest du diese beiden Eigenschaften nicht in der richtigen Balance miteinander kombinieren können, wird sein Trauma sich wohl oder übel vertiefen statt auflösen … Rechtsverdreherin!

Aber nicht nur das Recht wird gerne verdreht. Auch die Berichterstattung über die Siege und Erfolge aus dem Rollenkampf der Geschlechter klingt auf dem Papier hin und wieder anders als in den Köpfen und Herzen der Beteiligten.

Arme Männer von heute, die sich manchmal insgeheim die Frau von gestern wünschen.

Arme Frauen von gestern, die dabei zuschauen, wie ihre Töchter die Männer von heute zeitgleich zu bekämpfen und zu betüddeln versuchen.

Arme Männer von gestern, die mit einem gequälten Lächeln alles mit ansehen und sich insgeheim fragen, wie es so weit kommen konnte und warum ihre Söhne in der dominanten Dynastie tonangebender Hausherren nicht die Stellung gehalten haben.

Arme Frauen von heute, die ihren Müttern und Vätern Enkel liefern sollen, ohne dabei ihre Träume, ihr eigenes Baby, fallen zu lassen.

♥

Wie kann das permanente Bedürfnis nach Bestätigung mit dem Elternhaus zusammenhängen?

Grundsätzlich gibt es bei Fragen dieser Art keine hundertprozentig gültige Antwort, da die Wissenschaft der Seele nur so von Widersprüchen, Ausnahmeerscheinungen und Unerforschtem wimmelt. Wer im elterlichen Kontakt aber unzureichend Rückversicherung/Bestätigung/positives Feedback erhalten hat – zum Beispiel durch einen bestimmten, zumeist starren Erziehungsstil (hohe Ansprüche und autoritäres Auftreten, oder umgekehrt: Überpassivität und Laisser-faire) oder durch physische (Karrierefokus, Kontaktabbruch) beziehungsweise psychische (Erkrankungen, Persönlichkeitsstörungen) elterliche Abstinenz mit niedriger bis fehlender emotionaler Verfügbarkeit – der könnte später in diesem Zusammenhang ein lautes und bedürftiges „inneres Kind" verspüren, das den erwachsenen Anteil in „unpassenden" Situationen (Partnerschaft, Arbeitsleben, Umgang mit eigenen Kindern) beiseitedrängt. Der Betroffene fühlt sich dann wie ein Mädchen/Junge, das/der sich lediglich als Frau/Mann „verkauft". Dieser kindliche Anteil benötigt viel Zuwendung und Bestätigung, die früher verwehrt wurde. Er ist schnell verängstigt und kann sich durch Ablehnungen gar existenziell bedroht fühlen, da die Mechanismen eines reifen Erwachsenen, der sich eigenständig „halten" und stabilisieren kann, fehlen.

Ein Wort zur Verteidigung: Natürlich würden die meisten Eltern ihren Kindern lieber einen Kompass statt einen Knacks mit auf den weiteren Lebensweg geben. Sie tun das, was sie persönlich für richtig halten, denken dabei sowohl ans Kindswohl als auch an ihr eigenes, projizieren unerfüllte Sehnsüchte auf den Nachfahren („Er/sie soll es besser haben"; „Ich will ihm/ihr ermöglichen, was mir selbst verwehrt blieb") und tragen hin und wieder den eigenen ungelösten Konflikt auf dem

Rücken der Eltern-Kind-Beziehung aus („Ich habe so große Angst, mich in ein Abbild meiner Mutter zu verwandeln, dass ich ins gegenteilige Extrem schieße"; „Mein Sohn hat dieselbe unerträgliche Arroganz wie sein Vater"; „Die wachsende Unabhängigkeit meines Kindes bereitet mir Verlustangst"). All die Mikro- und Makroschäden, die hierbei entstehen, hindern das Kind natürlich nicht daran, auch von den positiven Aspekten der Erziehung zu profitieren. Eltern machen selten alles falsch oder alles richtig, sodass man als Kind bis ins Erwachsenenalter unterschiedliche Anteile entwickelt, die sich zum Teil sogar widersprechen können.

Und ja, auch das gibt es: Mutter und Vater geben alles, halten sich an jedes geschriebene wie ungeschriebene Gesetz der „richtigen Erziehung", sind pädagogisch und psychologisch versiert, setzen Grenzen, ohne den Freigeist zu behindern, bieten Unterstützung, ohne Druck auszuüben, schenken Liebe, ohne Rückforderungen zu stellen – und das Kind führt später trotzdem ein Leben auf dem Minenfeld und tritt von einer Katastrophe in die nächste, ohne dass jemand versteht, warum.

♥

Ich verabschiede Daniel und freue mich, dass wir uns nähergekommen sind, ohne etwas zu überstürzen. Als er sich im Treppenflur noch einmal umdreht und mir einen Kuss zufliegen lässt, füllt sich mein Bauch mit einer wohligen Wärme, die ich für die nächste Zeit gerne behalten würde. Obwohl ich kein Fan bin von Freundschaft plus Palaver,

Übergangsaffären oder Single-Mingle-Jingle-Spielereien, habe ich diesmal richtig Lust auf diese moderne Lockerheit. Ich fühle mich gemocht, geschätzt, umgarnt, unterhalten. Das ist viel. Genug für hier und heute. Und das Wichtigste bei dieser nicht auserzählten Story, deren Spannungsbogen weder zu steil ist noch zu flach: Ich traue Daniel nicht zu, mich zu verletzen.

Wir sind ungewohnt entspannt: Wie kommt's?
a) Sicherheit: Die andere Person gibt uns eine Extraportion an Bestätigung (durch positives Feedback, reges Meldeverhalten, Zukunftspläne, verliebte Blicke). Aber Vorsicht: Hohe Sicherheit kann, muss aber kein gutes Zeichen sein in der frühen Kennenlernphase. Sollte der andere uns idealisieren, sich sehr bedürftig oder bindungsorientiert zeigen, könnten ungesunde Strukturen dahinterstecken (Beziehungssucht, Abhängigkeit, Bindungsstörung vom Jäger-Typ, narzisstische oder emotional-instabile Züge mit Verschmelzungstendenz).

b) Überlegenheit: Wir fühlen uns der anderen Person auf einer oder mehreren Ebenen überlegen (Optik/Ausstrahlung, Beruf, soziales Setting, Erfahrungsschatz, seelische Stabilität). Auch hier ist Vorsicht geboten: Nichts und niemand ist im Dating Game zu unterschätzen. Jeder (!) hat das Potenzial, uns von heute auf morgen ins Aus zu schießen, völlig gleich, wie die harten Fakten aussehen und wie „dankbar" der andere über seinen „Hauptgewinn" sein müsste. Die Dinge sind weitaus komplizierter und unterliegen verschiedenen Faktoren, welche Gesetze wie „Der Nerd hat von der Ballkönigin zu träumen" entkräften. Auch der Außenseiter mit der Brille und dem Überbiss kann, sofern die richtigen Voraussetzungen vorliegen, die begehrte Traumblondine triggern, für sich gewinnen und später im Liebeskummerloch verbuddeln. Ein überzeichnetes Beispiel zum Verständnis: Er erinnert sie in vielerlei Hinsicht an ihren narzisstischen, emotional kalten Vater, während sie in ihm lebhafte Erinnerungen an das Mädel weckt, das ihn jahrelang als emotionalen Abfalleimer missbraucht und im Anschluss abserviert hat.

c) **Ungezwungenheit:** Im Beruf läuft es bestens, wir sind gerade Tante oder Onkel geworden, die nächste Reise steht bevor, ein kreatives Projekt bahnt sich an und der Freundeskreis wächst auch wieder enger zusammen. Das Daten macht Spaß, ein Sahnehäubchen auf dem saftigen und sättigenden Kuchen der Selbstzufriedenheit, den wir uns in letzter Zeit gebacken haben. Wir suchen nach Ablenkung, Inspiration, Good Vibes – ohne an einen Ehemann, Kindsvater oder Kaufpartner fürs gemeinsame Nest zu denken.

Vorsicht: Dieser oftmals hart erarbeitete Zustand von Unabhängigkeit und attraktiver Unbedürftigkeit kann schnell flöten gehen, wenn wir in toxische Hände geraten. Auch Menschen im seelischen Gleichgewicht können durch charismatische Dating-Partner, die ambivalente Signale senden, getriggert werden.

d) **Der Backup-Plan:** Unsere vermeintliche Coolness basiert auf einer Option B, die wir im Hinterkopf haben, vielleicht sogar bereits in der Hinterhand – wie ein Schutzschild, das uns davor bewahrt, von den Worten und Taten des aktuellen Dating-Partners allzu stark getroffen zu werden. Doch Vorsicht: Da diese Art der Gelassenheit auf externen Faktoren (weitere Dating-Option) basiert und damit nicht aufrichtig ist, kann sie sich ins Gegenteil umkehren, sobald die Dinge außer Kontrolle zu geraten drohen: Sollte A sich zurückziehen und der Backup-Plan B ebenfalls nicht aufgehen, sitzt derjenige, der sich aus Angst vor dem Alleinsein oder dem Selbstwertkollaps gleich mehrere Türen offen gelassen hat, am Ende heulend vor der Tür.

♥

Fünf Minuten, nachdem Daniel aus dem Haus ist, erhalte ich die mittlerweile obligatorische „Nachricht danach", in der er auf die Möglichkeit einer Date-Verlängerung hinweist: „Hey, ich bin noch ganz in der Nähe", sagt er in seiner Sprachmessage. „Die Freundin meines Bruders ist schon bei den Tieren, ich muss also nicht mehr hin. Ich hätte bei dir bleiben können, über Nacht. Das wäre echt schön gewesen. Mann, ist doch blöd jetzt so."

„Ja, schade", antworte ich. „Nächstes Mal dann! Sag bitte Bescheid, wenn du gut angekommen bist."

Er, eine halbe Stunde später: „Bin gut angekommen."

Ich, wohlig warm unter der Wolldecke, abgeschminkt im T-Shirt, mit Netflix an der Wand und Handy in der Hand: „Alles klar, Nacht!"

In den Folgetagen haben wir kaum Kontakt. Auf meinen Versuch, eine Konversation zu starten, reagiert er mit kurzen

Phrasen ohne Rückfragen oder einsilbig kommentierten Fotos. Als ich schließlich nachhake, ob alles in Ordnung sei, spielt er den Ahnungslosen: „Wieso? Klar ist alles in Ordnung."

Ich tue etwas, das einerseits Mut erfordert, andererseits einer gewissen Kraftlosigkeit geschuldet ist, die sich nach ein paar Runden im Dating Game bemerkbar macht: Ich lege die kritischen Karten einfach auf den Tisch: „Ich dachte, du würdest dich vielleicht rarmachen nach dem letzten Treffen."

„Rarmachen?"

„Wir müssen keine Spielchen spielen. Schreib mir, wann immer dir danach ist, das tue ich auch."

Ehrlichkeit an der falschen Adresse wird jedoch mit einer Retour bestraft, die aus einer schlecht verpackten Lüge besteht: „Nee, hab gerade einfach nur meinen Cousin hier."

Dann, an einem Sonntag gegen achtzehn Uhr – ich stehe am Herd und gebe eine Tasse Reis in kochendes Wasser –, ploppt eine Nachricht von Daniel auf meinem Handy auf: „Fühlst du dich gar nicht einsam manchmal?"

Eine Frage, ohne Hallo, ohne Tschüss, penetrant persönlich, ein bemerkenswerter Bruch mit dem kühlen Quatsch der letzten Tage.

Dann, die nächste: „Immer hängst du allein im Café, in deiner Wohnung, in der Bibliothek. Allein, allein."

Mein erster Gedanke: Er hat was getrunken.

Mein zweiter Gedanke: Ich sollte die Herdplatte ausschalten, da mir schlagartig der Appetit vergangen ist.

„Ich kann nicht klagen", schreibe ich aus der Defensive, „habe meine Freunde, meinen Job, meine Hobbys. Was soll die Frage?"

Er: „Was willst du dann von mir?“

Ich: „?“

Er: „Sei mal ehrlich: Geht es dir überhaupt um mich? Ich glaube, du machst das vor allem für dich selbst. Das mit uns.“

Ich spüre, wie mein Herz sowohl schneller als auch kräftiger schlägt. Wie es seine Beine in die Hände nimmt, um davonzurasen vor dem Drama, das sich an diesem unscheinbaren Ruhetag zusammenbraut. Aber es steckt fest. In meiner Brust. Es hämmert gegen meinen Thorax wie ein strampelndes Kind, das keine Luft mehr kriegt in seiner Blase.

Er: „Brauchst du Bestätigung?“

Ich: „Braucht jeder im gesunden Maß.“

Er: „Worauf bist du aus? Eine nette Musik-Freundschaft und hin und wieder mehr?“

Ich: „Wie kommst du darauf? Ich fand alles schön bisher!“

Er: „Wirkt auf mich so. Kapiere nicht, was du möchtest.“

Ich: „Ich möchte dich entspannt kennenlernen.“

Er: „Entspannt? Ich bitte dich. Entspannt gibt es nicht, und das weißt du auch.“

Ein bisschen hat er recht.

Ich: „Muss das jetzt per WhatsApp sein?“

Er: „Tele oder Treffen die Tage geht auch. Du hast mal erzählt, dass du dein letztes Date per WhatsApp abgeschossen hast. Dachte daher, das wäre hier so dein Medium. Ich höre dir gut zu, wie du merkst. Du mir eigentlich auch?“

Ich, schon wieder vom Pfeil der Provokation getroffen und unter Schmerzen in die Falle seiner Faktendreherei tappend: „So vereinfacht habe ich dir das ganz bestimmt nicht erzählt. Was ist denn plötzlich los?“

Er: „Mir reichen zwei Treffen, um gefühlt hundert Jahre zu planen. Ich muss wissen, was Sache ist. Ich habe Angst, falsche Entscheidungen zu treffen."

Ich: „Du musst doch nichts entscheiden!"

Er: „Doch, muss ich! Wir treffen uns wieder, und es wird was Ernstes, oder wir lassen es, komplett."

Ich, mittlerweile auf der Fensterbank sitzend, mit Blick auf den traurigen Topf, der ausgebremst auf einer ausgeschalteten Herdplatte steht, verfasse eine Sprachnachricht: „Wenn du so durch den Wind bist, dann sollten wir vielleicht eine Pause einlegen und beide überlegen, was wir wollen."

Er: „Bestrafst du mich jetzt für meine Ehrlichkeit?"

Ich: „Nein. Du verspürst Druck, ich nehme Druck raus."

Er: „Klingt wie ein Handjob."

Ich: „Weiß grad nicht, ob ich weinen oder lachen soll."

Er: „Weinen, ist doch klar. Als würde dich das alles kalt lassen. Don't pretend."

Ich antworte nicht. Er schickt eine Sprachnachricht: „Ich habe doch gar keine abschließende Aussage getroffen. Fakt ist: Ich bin begeistert. Von jedem Treffen und Gespräch mit dir. Da swipt man so durch Tinder und erwartet gar nicht, jemanden zu treffen, mit dem das so laufen könnte. Muss das alles erst mal irgendwie schlucken. Ich bin ja noch nicht mal richtig geschieden! Das Schlimme ist, dass ich ständig alles interpretiere. Ich versuche zu verstehen, was du wohl denkst und wie du das meinst. Das ist bescheuert, ich weiß … Was willst du denn?"

Ich, schwer schluckend: „Dass es uns beiden gut geht."

Ich schließe die Augen, lehne den Hinterkopf an die

Fensterscheibe und stoße einen langen Seufzer aus – als wollte ich Mitleid erregen bei einem imaginären Zuschauer, der in der Küche sitzt und dabei zusieht, wie Daniel mir sekündlich in die Suppe spuckt. Eine, von der ich allmählich Bauchschmerzen kriege – durch den Druck, den er erzeugt, ohne mir im Gegenzug ein Fünkchen Sicherheit zu schenken.

„Wir sollten ein paar Tage auf Abstand gehen", spreche ich mit dünner Stimme auf, „und dann schauen. Ich mag dich, aber wenn du durch unseren Kontakt nach so kurzer Zeit schon überfordert und überfragt bist, kann ich nicht weitermachen."

Er: „Finde ich sehr schade, jetzt sind wir beide traurig. Weinst du?"

Ich, so halb gefasst: „Was für ein Drama nach nur zwei, drei Treffen."

Er: „Zwei. Drei. Diese Zahlen bedeuten nichts. Und auch das weißt du."

Ich: „In diesem Punkt gebe ich dir recht."

Und der Teil, den ich ihm verwehre: „Ich verstehe deine Angst. Die vor der Wiederholung eines alten Dramas, dem Misslingen eines neuen Glücks. Angst ist ein zeitloser Antagonist der Liebe, den alle kennen, die im Kummer um den anderen schon mal sich selbst verloren haben. Mich zu verletzen, um dich zu schützen, wird mich nur kurzfristig schmerzen und dir langfristig keinen Schutz bieten."

Ich behalte die Worte für mich. Worte, die beim Aussprechen erleichtern würden und sich beim Runterschlucken plötzlich wie schwere, schmerzende Steine anfühlen. Worte, die drinnen und draußen ihren Aggregatzustand ändern.

Seine letzte Nachricht: „Ich will Kontakt! So viele Dinge, die ich gerne teile und so wenige Menschen, mit denen ich sie teilen kann: Musik, Schreiben, Spezialhumor. Aber ich bin durcheinander. Verstehst du? Ich weiß nicht, was ich will."

Sein letzter Satz ist mittlerweile fast schon populärer als „Ich liebe dich."

♥

„Ich weiß nicht, was ich will" – welche Übersetzungen gibt es für diesen Satz?

a) Ich weiß, was ich will, aber ich sage es dir nicht, da es dich unter Umständen verstören könnte (zum Beispiel: Ich will, dass du mir hinterherläufst und dich als sichere Nummer anbietest, während ich alle Freiheiten bewahre und mich ohne Zeitdruck entscheide.)

b) Ich weiß nicht, ob ich dich will.

c) Ich weiß nicht, ob du mich willst (... willst du?)

d) Ich weiß nicht, zu welchem Geschlecht ich mich mehr hingezogen fühle.

e) Ich schäme mich aufgrund von Potenzproblemen und/oder meiner anatomischen Beschaffenheit für meine Sexualität und weiß nicht, wie ich das ausdrücken soll, ohne im Boden zu versinken.

Das Schiff sinkt, die weißen Raketen sind abgeschossen und

beleuchten den dunklen Himmel wie ein Feuerwerk, das um Hilfe fleht.

Es ist Zeit, von Bord zu gehen: „Ich glaube, es würde uns beiden guttun, erst mal freundschaftlichen Kontakt zu halten", schreibe ich. „Wir können ja etwas Ruhe einkehren lassen und dann schauen, ob und wie das möglich ist."
Freundschaft.

Ich glaube mir selber nicht. Aber ich glaube, dass ich meinen Stolz gerettet habe.

Er, mit trotziger Traurigkeit: „Okay. Wäre mir lieber als nichts."

Ich sitze noch immer auf der Fensterbank in der Küche, noch immer ist der Topf mit dem erkalteten Wasser und den harten Reiskörnern das Einzige, worauf ich starre, wenn ich den Blick vom Display hebe. Ich merke, wie meine Sicht verschwimmt, da meine Augen sich ungeplant mit Tränen füllen. Ja, man kann auch das Weinen planen, kann sich zusammenreißen, tage- und wochenlang, und irgendwann gezielt losheulen, bei einem Song oder Film, den man sich zunutze macht wie ein Ventil. Manchmal reicht es auch schon, sich nicht mehr aktiv abzulenken von dem, was sich im Herzen abspielt.

Aber diese Tränen kommen ohne Termin, und ich weiß beim besten Willen nicht, wie ich sie wieder fortschicken soll.

♥

Der andere dreht durch und zündet im Dating Game plötzlich das Spielfeld an – wieso?

a) Kontrolle: Er erträgt die fehlende Kontrollierbarkeit der Situation nicht. Je stärker er emotional involviert ist, desto intensiver sind die hirnzermarternden Grübeleien über die Gefahr, am Ende als verletzter Verlierer dazustehen – insbesondere dann, wenn der andere einen entspannten oder gar unschlüssigen Eindruck macht. Die Abwertung des Dating-Partners kann hierbei die notwendige Trennungsenergie freisetzen.

b) Gewissen: Er hat Dreck am Stecken und fühlt sich daher früher oder später schmutzig. Die andere Person wird ihm zunehmend sympathisch, das schlechte Gewissen lauter, der Blick in den Spiegel schwieriger. Statt den Mut aufzubringen, die Problematik ehrlich zu kommunizieren, zieht er/sie den Dating-Partner mit in den Abgrund. Dahinter können Frust und Wut über die empfundene Ausweglosigkeit der Situation stecken. Ein Beispiel: Er steckt in einer unglücklichen Beziehung und möchte aus dieser „herausgerettet" werden – der Dating-Partner macht jedoch keine Anstalten, ihm die Art von Sicherheit und Garantie zu geben, die er nötig hätte, sodass er das Restrisiko, am Ende allein dazustehen, aufgrund seiner Angst vor dem Alleinsein nicht eingehen kann.

c) Psychische Probleme: Sollte der andere zum Beispiel einen narzisstischen Persönlichkeitsakzent haben (von einer manifesten Störung ist erst auszugehen, wenn bestimmte Kriterien in festgelegter Anzahl vorliegen), können subjektiv empfundene Kränkungen zu einer Abwertung des Dating-Partners mit plötzlichem Abbruch des Kennenlernens/der Beziehung führen. Die Ursachen für die Kränkungen sind für den Abgewerteten schwerlich nachvollziehbar. Auch bei

Borderline-Akzentuierungen kann es nach anfänglich „schönen Zeiten“ (mit Idealisierungs- und Symbiose-Tendenzen) zu einer plötzlichen und scheinbar grundlosen Abwertung kommen, die, ähnlich wie beim Narzissmus, von einer baldigen Wiederannäherung gefolgt sein kann.

Weniger „dramatisch“ wird das Dating Game von Bindungsängstlichen (Panik durch die wachsende Verantwortung, Angst vor Freiheitsverlust, Scheu vor dem emotionalen Verletzungsrisiko) und Depressiven (Antriebs- und Energielosigkeit, gestörtes Freudenempfinden, pessimistischer bis katastrophisierender Blick auf die Situation, Selbstabwertung) beendet.

Eventuell glaubt der andere auch, durch den vorzeitigen Abgang nicht als „Versager“ entlarvt zu werden, sodass wir das „starke Bild“ in Erinnerung behalten, das er uns präsentiert hat und seiner Ansicht nach eine Fälschung ist.

Was ist da zu tun? Wie heißt doch die Redensart: „Reisende soll man nicht aufhalten“? Hier können wir auch sagen: Dem Feldanzünder im Dating Game bloß nicht das Feuer aus der Hand schlagen, sonst verbrennt man sich am Ende nur die Finger und muss obendrein noch alleine für Kühlpads und Pflaster aufkommen. Wer uns definitiv nicht trösten wird, ist der Untröstliche, der trotz Interesse oder gar Gefühlen entschieden hat, das Dating zu demontieren. Hier gewinnt ein Satz an Gewicht, über den sich die Geister streiten: „Liebe allein reicht nicht.“

Tut sie auch nicht. Nicht die Liebe kann Berge versetzen, sondern ihr Träger, und wer bereits schwerstbeladene

Schultern hat, kann diese Last, mag sie auch die schönste der Welt sein, nicht auch noch auf sich nehmen.

♥

Vier Wochen später. Sonntagsabend, achtzehn Uhr, scheinbar Daniels Lieblingszeit, um es knallen zu lassen. Ich blicke auf mein Handy, er hat mir einen Screenshot mit der Bildunterschrift „Auf deinen Rat hin" geschickt.

Ich klicke darauf, eine Unterhaltung mit seinem Vater, der im herangezoomten WhatsApp-Profil schief grinst, mit warmen Augen.

Daniel, in der grünen Sprechblase: „Wir hatten jetzt anderthalb Jahre lang keinen Kontakt, und ich weiß nicht mal mehr, warum. Wollen wir deinen Geburtstag am Freitag zusammen feiern, was denkst du?"

Papa, in der grauen Sprechblase: „Hallo. Ich würde mich sehr freuen."

Ich, ein bisschen gerührt: „Hey, schön! Sonst alles gut?"

Er: „Ja, habe leider ein Impingement-Syndrom an der Schulter, ziemlich schmerzhaft."

Er schickt die nächste Bilddatei: ein ärztlicher Befund.

Ich: „O, das tut mir leid. Wirst du gut versorgt von Family & Co.?"

Er: „Nicht so. Was machst du grad?"

Ich: „Zimtsterne backen, für Weihnachten."

Er: „Bringst du mir einen vorbei?"

Ich: „Klar."

Ende.

Und natürlich gibt es keine Zimtstern-Übergabe. Unser

Stern am Himmel möglicher Hoffnungen ist verglüht. Trotzdem ganz nett, der Small Talk zwischendurch, ein Weihnachtsgruß, ein Frohes Neues, ein Happy Birthday – besser als der fragliche Kult vom kompletten Kontaktabbruch. Man steht im Dating Game ohnehin oft genug auf dünnem Eis, balanciert über ein Hochseil oder hängt in der Luft. Da müssen nicht auch noch rechts und links Nummern und Namen gelöscht werden, deren Dating-Historien gleich mit im Datenmüll landen. Instant-Liebeleien, die als Insta-Leichen enden.

Aber okay. Wir haben alle schon mal ein bisschen geghostet und gelöscht und entfolgt.

Als ich ein paar Wochen später bei Daniel ein neues Profilfoto bemerke – entspannt in einem warmen Land, in kurzer Hose, mit schicker Brille, während in Deutschland gefühlt Haus und Herz zufriert –, werde ich ein wenig misstrauisch, ohne zu wissen, worüber.

Wie fremdgesteuert suche ich die sozialen Plattformen nach Hinweisen ab, auf der Suche nach der Antwort auf die Frage, die ich mir konsequent nicht gestellt habe. Und nach einer guten halben Stunde und unzähligen Klicks, die von A nach B nach Z führen, finde ich im Instagram-Profil seiner (Ex-)Frau in der Spalte der Verlinkungen ein Foto mit Standort in Südafrika: Daniel im selben Outfit wie auf dem WhatsApp-Profil, Hand in Hand vor einem Range Rover, sie mit zurückgeworfenen Kopf zu ihm aufschauend. Er freundlich runterguckend, verzückt, aber etwas verklemmt, mit einem Lächeln, bei dem die Mundwinkel gegen irgendeine Schwerkraft anzukämpfen scheinen.

In meinem Kopf gehen die Lichter seiner Lügen auf: das Herumgedruckse beim zweiten Treffen, die Katzen, auf die er aufpassen musste, die Einundzwanzig-Uhr-Ausgangssperre, die er uns aufgehalst hat. Daheim wartete tatsächlich eine Katze, *seine* Katze. Die Frage nach der offenen Beziehung beim Telefonat: Was ich davon halte, wie ich dazu stehe, sein Herantasten. Vielleicht steckt er noch immer in einer, mit Catwoman, nur dass er nicht Batman ist. Er ist *Bad Man*. Vielleicht betrügt er sie aber auch. Weil er es kann. Weil sie ihn will.

Ich denke an seinen Kommentar über das Alleinsein, das ihm so schwerfalle. An den Druck, den er am Ende ausgeübt hat, die Entscheidung, die er aus mir herausquetschen wollte, als wäre ich eine Zitrone, die man für fünfzig Cent im Discounter bekommt, die Bestätigungen, die er schwarz auf weiß brauchte wie die Unterschriften für ein Vertragsdokument. Er wollte raus aus der Nummer, einer Hausnummer namens Heirat, jumpen wollte er, wie man sagt, warmwechseln, lückenlos lieben, wen Neues. Es gab kein Trennungsjahr, keinen Scheidungstermin, sein Ring lag griffbereit in der Kommode, nicht in der Auszugskiste.

Er wollte schauen, ob da noch mehr geht. Was Besseres geht. Auf meine Kosten. Auf ihre Kosten.

Ich zoome das Urlaubsfoto im Screenshot heran und maße mir an, ein Urteil zu fällen: Richtig glücklich schaut er nicht aus. Aber sicher fühlt er sich, das sieht man ihm an. Ob er beides miteinander vereinen wird, ist zweifelhaft. Nicht nur für ihn.

Warum kommt die Wahrheit am Ende immer raus?
Weil sie weder feige noch sterblich ist – anders als der, der sie kidnappt, wegsperrt und obendrein noch glaubt, sie könne mit ihrer lieblichen Stimme nicht laut genug brüllen. Was uns dabei hilft, sie zu hören, sind ehrliche, uneitle Reflexionen sowie die mutige und uneingeschränkte Bereitschaft, dem Bauchgefühl zu lauschen. Nur wir können die richtigen Fragen stellen, mögen die Antworten für unseren Stolz, unsere Sehnsüchte und unsere Gefühle noch so falsch klingen. Sie sind es nicht.

Falsch ist nur der Selbstbetrug.

♥

NACHWORT

WARUM DER ZAUBER NICHT VERFLIEGT

Manche sagen, Freiheit sei Fluch und Segen zugleich: Wenn uneingeschränkte Selbstbestimmung auf eine unbegrenzte Auswahl an Dating-Optionen trifft, sei es natürlich schwer, sich auf einen Menschen, eine Beziehung, ein Lebenskonzept festzulegen – kein Wunder also, dass wir ein beziehungsunfähiger Haufen sein sollen, dem wichtige Werte abhandengekommen sind.

Ich sehe das anders. Freiheit erlaubt uns Selbsttreue. Die Zeiten, in denen es ein ungeschriebenes Gesetz war, dass ein gemeinsamer Wohnort, ein Ehering und eine Familie die Ziele der Liebe seien – wenn nicht sogar die Beweise für Beziehungsglück – gehören der Vergangenheit an. Heute können wir ohne schlechtes Gewissen, ohne Rechtfertigungsdruck und der Sorge, den Stempel einer defekten Restware zu erhalten, entscheiden, wie die richtige Beziehung für uns aussieht: Manche wünschen sich einen Partner, mit dem sie ein

Leben in Saus und Braus verbringen können, andere wollen eine kumpelhafte Beziehung, in der Sport und Reisen über Reichtum oder Romantik stehen, wieder andere suchen einen unabhängigen Gefährten, der selbstfokussiert neben ihnen her lebt und ihnen ein Maximum an Freiheit gewährt. Ein paar ersehnen auch die Substanz, aus der die symbiotische Seelenverwandtschaft besteht und sind womöglich bereit, mit dem Preis einer (leichten) Toxizität in Form von Fixierung und Abhängigkeit dafür zu bezahlen.

Wenn es kein Richtig und Falsch mehr gibt in der Wahl des eigenen Weges, kein Rezept, das uns die konservativen Köche auftischen, wenn die Angst vor dem Alleinsein uns keine falsche Demut diktiert und Opfer abverlangt, die wir eigentlich nicht bringen wollen – … wenn die Liebe zu dem wird, was sie ursprünglich sein sollte: *ein Gefühl, das bindet, ohne zu bedrängen*, dann ist der Zauber noch lange nicht verflogen.

Dann ist alles möglich, ganz gleich, wie unmöglich die letzten Dates oder Beziehungen verlaufen sind.

Dann liegt alles noch vor uns. Völlig gleich, was wir schon alles hinter uns haben.

Alle in diesem Buch veröffentlichten Aussagen und Ratschläge wurden von der Autorin und vom Verlag sorgfältig erwogen und geprüft. Eine Garantie kann jedoch nicht übernommen werden, ebenso ist die Haftung der Autorin bzw. des Verlags und seiner Beauftragten für Personen-, Sach- und Vermögensschäden ausgeschlossen.

Die Ereignisse in diesem Buch sind größtenteils so geschehen, wie hier wiedergegeben. Für den dramatischen Effekt und aus Gründen des Personenschutzes sind jedoch einige Namen und Ereignisse so verfremdet worden, dass die darin handelnden Personen nicht erkennbar sind.

Bei der Verwendung im Unterricht ist auf dieses Buch hinzuweisen.

FSC www.fsc.org
MIX
Papier aus verantwortungsvollen Quellen
FSC® C145070

echtEMF ist eine Marke der Edition Michael Fischer

1. Auflage
Originalausgabe

Covergestaltung: Suparada Ströbel, unter Verwendung eines Motivs von © Molibdenis-Studio über Shutterstock
Redaktion: Regina Carstensen
Bildnachweis: Autorenbild Umschlag © Matthias Meurer, alle Illustrationen über Shutterstock; S. 4/ © justone, S. 7/ © Iconic Bestiary, S. 34/ © Blan-k, S. 53/ © Artfury, S. 85/ © Coosh448, S. 101/ © Martial Red, S. 134/ © Sondel Design, S. 164+199/ © Blan-k, S. 223/ © davooda, S. 261/ © Maxim Cherednichenko, S. 286/ © Aygun Ali
Layout/Satz: Luca Feigs
Gedruckt bei GGP Media GmbH, Karl-Marx-Str. 24, 07381 Pößneck

ISBN 978-3-7459-1181-7

www.emf-verlag.de